btb
Aus Freude am Lesen

btb

Buch

Island, im 14. Jahrhundert: Die alte Guðrún liegt im Sterben, und ihre 18-jährige Tochter Katrín Pálsdóttir, die Heldin unseres Romans, wartet in Angst und Verwirrung, was geschehen wird, denn der Tod der Mutter wäre eine Katastrophe: Unterhielt sie doch trotz priesterlichen Verbots eine Liebesbeziehung zu einem verheirateten Mann, wofür sie schließlich exkommuniziert wurde. Der Mann starb auf See, und Katrín ist die Frucht dieser gottlosen Liebe, derentwegen sie und ihre Mutter vollkommen isoliert, von der Gesellschaft geschnitten, auf ihrem Hof leben. Wenn die Mutter stirbt, wird sie in die ewige Verdammnis eingehen? Wahrscheinlich wird Katrín sie nicht einmal christlich begraben können. Und was wird aus dem Hof? Was wird aus ihr, ohne Freunde und hilfreiche Nachbarn? Sie weiß, dass in diesem Moment ihr Schicksal besiegelt wird…

Autorin

Vilborg Davídsdóttir ist eine bekannte isländische Journalistin und Autorin mehrerer preisgekrönter historischer Romane. »Das Feueropfer« ist ihr erstes Buch, das auf Deutsch erscheint.

Vilborg Davídsdóttir

Das Feueropfer

Roman

Aus dem Isländischen
von Gudrun M. H. Kloes

btb

Die isländische Originalausgabe erschien 1997
unter dem Titel »Eldfórnin« bei Mál og menning, Reykjavík

Umwelthinweis:
Alle bedruckten Materialien dieses Taschenbuches sind
chlorfrei und umweltschonend.

btb Taschenbücher erscheinen im Goldmann Verlag,
einem Unternehmen der Verlagsgruppe Random House

1. Auflage
Deutsche Erstveröffentlichung Juli 2003

Umschlaggestaltung: Design Team München
Satz: Uhl + Massopust, Aalen
RK · Herstellung: Augustin Wiesbeck
Made in Germany
ISBN 3-442-72794-4
www.btb-verlag.de

FÜR KATRÍN –
MEINE TOCHTER, MUTTER UND
URGROSSMUTTER

A uniculis peccatorum.
Et ego absolvo te auctoritate dei patris
omnipotentis et beatorum apostolorum petri et pauli
et sanctae matris ecclesiae et officii
in hac parte mihi commissi absolvo te
ab ista excommunicatione quam incurristi vel
fornicatione simplici vel duplici vel
fornicatione cum presbytero ab hiis
peccatis tuis mihi per te confessis.
In nomine patris et filii et spiritus sancti.
Amen.

(Gebet, um eine Frau von den Sünden freizusprechen, die mit einem Geistlichen in Unzucht lebte. Aus den Beichtvorschriften der Bischöfe von Hólar, um 1500 niedergelegt.)

Zum Freispruch von den Sünden.
Und ich erlöse dich hiermit kraft der Macht des allmächtigen
Vaters und der heiligen Apostel Petrus und Paulus
und der heiligen Mutter Kirche,
und kraft des Amtes, das mir
in dieser Angelegenheit anvertraut wurde,
erlöse ich dich aus diesem Bann, der dir aufgrund
jener Unzucht, einfach oder mehrfach, oder Unzucht mit einem
Geistlichen auferlegt wurde,
und von diesen deinen Sünden,
die du vor mir gebeichtet hast.
Im Namen des Vaters, des Sohnes und des Heiligen Geistes.
Amen.

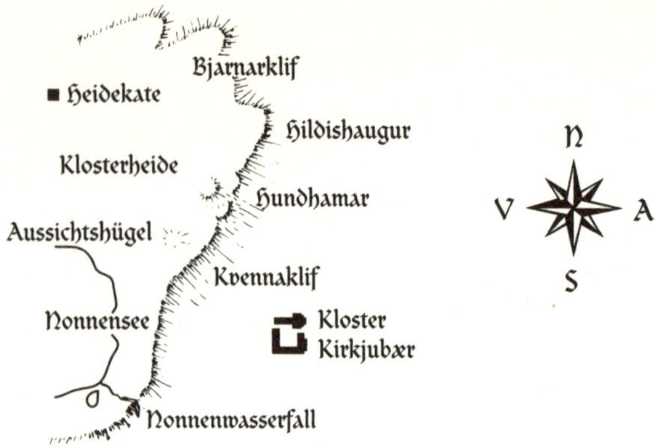
Bjarnarklif
Heidekate
Hildishaugur
Klosterheide
Hundhamar
Aussichtshügel
Kvennaklif
Nonnensee
Kloster
Kirkjubær
Nonnenwasserfall
N
V
A
S

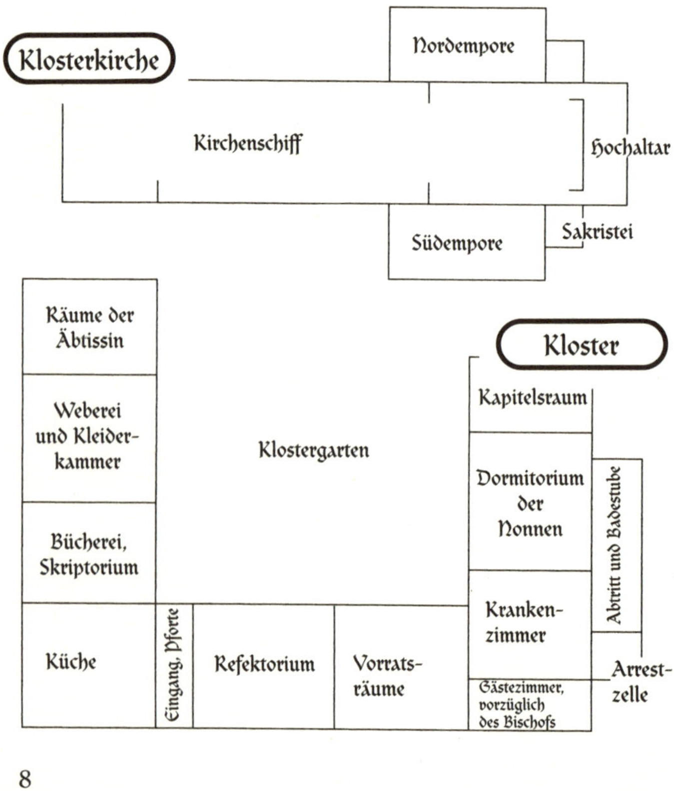
Klosterkirche
Nordempore
Kirchenschiff
Hochaltar
Südempore
Sakristei
Räume der Äbtissin
Weberei und Kleider-kammer
Bücherei, Skriptorium
Küche
Eingang, Pforte
Klostergarten
Refektorium
Vorrats-räume
Kloster
Kapitelsraum
Dormitorium der Nonnen
Abtritt und Badestube
Kranken-zimmer
Arrest-zelle
Gästezimmer, vorzüglich des Bischofs

Die Aussetzung

Alles hat seine Stunde, und jedes
Ding unter dem Himmel hat seine Zeit.
Geboren werden hat seine Zeit,
und Sterben hat seine Zeit.
(Der Prediger 3,1-2)

An jenem sechsten Tag im Juni, dem Donnerstag vor der Kolumbamesse, im Jahr des Herrn 1326, lag dichter Nebel über dem Kloster Kirkjubær: Die Luft war düster und feucht. Bis zur Morgenandacht war es noch eine Stunde. Die Nonnen lagen im Tiefschlaf. Der ehrwürdige Pater Jón Sigurðarson, Priester und Beichtvater des Klosters, zog die Kapuze über seine Tonsur, schlug einen Zipfel der Soutane über das Bündel, das er im Arm hielt, und stieg vornübergebeugt die Treppe der Marienkirche hinab. An der Glockenpforte nördlich der Kirche hielt er kurz inne und sah sich um, ehe er weiterging. Niemand war unterwegs. Er ließ das Kloster hinter sich und lenkte seine Schritte zum Wasserfall weiter oben am Berghang. Der Boden war nass, und als er endlich außer Sichtweite des Klosters kam, waren seine Schuhe bereits durchgeweicht.

Der steile Pfad neben dem Nonnenwasserfall führte hinauf auf die Heide und war schlüpfrig. Jón war schon fast oben angekommen, als er beinahe das Gleichgewicht verlor, doch er konnte sich rechtzeitig abfangen und atmete erleichtert auf, als der Hang hinter ihm lag. Der See tauchte auf – grau, matt und wellenlos. Nebel ringsum. Die ganze Heide schien nicht von dieser Welt, Höhen und Hänge waren von Dunstschleiern umhüllt. Kein Geräusch außer dem Meckern einer Bekassine irgendwo in der Nähe, weiter entfernt knarrte ein Schneehuhn. Jón zog den Kuttenzipfel von dem Bündel, das er noch immer fest an sich presste. Das Kind hatte keinen Laut von sich gegeben, seit er es schlafend aus den Armen seiner Mutter gelöst hatte. Er schob die Tücher von dem kleinen Gesicht und starrte es an. Es war bläulich angelaufen, und die geschwollenen Augen waren geschlossen. Mit seinen kalten Fingern strich er über die Wangen des Säuglings und spürte, dass er warm war. Warm aus dem Mutterleib. Eine dunkelbraune Haarsträhne hing dem Kind in die Stirn. Er hielt seinen Finger vor die winzigen Nasenlöcher. Der Atem war warm. Eine Träne rollte über seine Wange und fiel dem Kind ins Gesicht; es zuckte mit den Lidern, und dann sahen das Kind und der Mann sich in die Augen. Das Neugeborene begann zu weinen, und im gleichen Augenblick hörte er die Glocken. Laudes, das Morgengebet, und Zeit zum Aufstehen. Jóns Hände zitterten, als er hastig das Kreuzzeichen über dem Kind schlug und dessen Gesicht wieder mit den Tüchern bedeckte. Dann setzte er seinen Gang fort, schritt rasch ein Stück am Seeufer entlang, wandte sich dann nach Westen und sah sich nach einer Stelle um, die er vor langer Zeit entdeckt hatte.

Der Fuchsbau war nur für jemand sichtbar, der ihn kannte. Jón wusste, dass er in Kürze vermisst werden würde. Er war nervös, und deshalb dauerte seine Suche länger als erwartet. Die Stelle lag näher am Ufer, als er gedacht hatte, nur wenige Schritte davon entfernt. Der Bau schien verlassen, doch lagen Knochen und Gerippe im Eingang, die er weiter nach innen schob. Das Loch war eng, aber doch weit genug. Es dauerte nicht lange, das Bündel hineinzuschieben. Keine Spuren der Sünde, nur ein paar Steine vor der Öffnung. Er schlug das Kreuz darüber, bekreuzigte sich selbst und ging.

In der Heidekate auf der Klosterheide stand man mit dem Laudesläuten auf und ging nach dem Geläut der Abendandacht zu Bett. Bei Windstille konnten die beiden Bewohner der Kate manchmal den Klang der Marienlieder hören, die die Nonnen allabendlich vor dem Schlafengehen sangen.

Tjörvi und Salvör, die Bewohner der Heide, waren Geschwister. Das morgendliche Wasserholen zählte zu Tjörvis Pflichten, doch an jenem Tag stand er spät auf, und Salvör entschloss sich, selbst um Wasser zu gehen, obwohl er heftig protestierte. Er schlüpfte so schnell wie möglich in seine Kleider und lief ihr halb angezogen auf den Vorplatz nach, doch da war sie schon mit dem Eimer unterwegs, und er kehrte niedergeschlagen ins Haus zurück, nachdem sie ihn für sein Ungestüm getadelt hatte.

Sie schritt zügig aus, auch wenn ihr Rücken von harter Arbeit gekrümmt war. Der Nebel verhüllte die Sicht hinunter auf den See. Erst als sie sich dem Ufer näherte, machte sie schemenhaft einen dunkelgekleideten Mann jenseits des Wassers aus, der sich schnellen Schrittes nach Osten wandte, von der Heide hinab. Ein Mann zu Fuß und allein. Wahrscheinlich noch einer der Bedürftigen auf dem Weg nach Kirkjubær. Der Winter war hart gewesen, viele waren an den Bettelstab geraten.

Salvör tauchte den Eimer in den See und hob ihn randvoll wieder heraus. Im gleichen Augenblick hörte sie ein erbärmliches Wimmern und fuhr zurück. Sie sah sich entsetzt um. War das der Wassergeist? Mit halblauter Stimme brachte sie Beschwörungen hervor. Die Laute hatten wie von einem Kätzchen geklungen. Da! Da war es wieder! Unterdrückt, aber deutlich. Sie ging auf das Geräusch zu und hielt an einem kleinen Steinhaufen vor dem Fuchsbau inne. Salvör bückte sich mühsam und stieß die Steine von der Öffnung weg. Ehe sie die Hand in den Bau steckte, wusste sie schon, was sie finden würde.

Das Stoffbündel war schmuddelig. Sie streifte die Tücher vorsichtig von dem Kind. Ein ausgetragenes Mädchen, wohlgestalt und offensichtlich gesund. Die Nabelschnur war erst kürzlich durchtrennt worden und das Ende noch blutig, weiße

Käseschmiere bedeckte den Körper. Die alte Frau seufzte. Welch ein vollkommenes Schöpfungswerk des Herrn!

»Liebes Kleines«, murmelte sie und lächelte dem Kind mit ihrem fast zahnlosen Mund zu. Zu ihrer Verwunderung hörte es auf zu weinen, das kleine Gesicht nahm einen Ausdruck an, der fast ein Lächeln war. »Der Fuchs sollte dich also bekommen«, sagte sie. »Schimpf und Schande über sie.«

Das Mädchen war in ein blutgetränktes Leintuch gewickelt, und um den abgebundenen Nabelstumpf wand sich ein roter Streifen aus bester Seide. Das Leinen war feiner als alles, was Salvör jemals gesehen hatte. »Schimpf und Schande über sie«, sagte sie noch einmal, nahm den Eimer mit der freien Hand und eilte der Kate zu. Unterwegs sang sie Beschwörungen, die Böses von neugeborenen Seelen fern halten sollen. *Sator arepo tenet opera rotas.*

Im Namen des Herrn

Hier scheiden wir und
werden uns begegnen
an unsrem Todestage;
gib, lieber Gott,
den Toten Frieden
und den Lebenden Barmherzigkeit.
(aus der altisländischen Dichtung
Sólarljóðum)

Es war der Freitag vor der ersten Olafsmesse im Jahr 1325, als Guðrún von Dalur ihrem Haushalt mitteilte, dass sie von ihrem Tod geträumt habe, und innerhalb eines Tages heimkehren würde. Sie schickte nach einem Priester, um ein letztes Mal zu beichten und sowohl Vergebung ihrer Sünden als auch die Sterbesakramente zu erbitten. Guðrún hatte nicht lange gelegen. Eine plötzliche Krankheit hatte sie vor wenigen Tagen aufs Lager geworfen und ihre ganze rechte Körperhälfte gelähmt, selbst die Gesichtsmuskeln. Daher war es ziemlich schwierig, sie zu verstehen. Katrín, Guðrúns achtzehnjährige Tochter, wollte der Mutter den bevorstehenden Abschied von dieser Welt nicht recht abnehmen. Zumindest anfänglich nicht. Ihre Mutter hatte die Angewohnheit, gern zu übertreiben, und fühlte sich nur richtig wohl, wenn sie ungeteilte Aufmerksamkeit genoss. Und das gelang ihr diesmal wirklich, denn das Gesinde vernachlässigte seit dem Morgen seine Arbeit, lief ruhelos umher und erwartete das Eintreffen des Priesters. Einige murmelten Gebete vor sich hin, und vor dem Kruzifix in der Stube waren Kerzen entzündet worden. Die Nähe des Todes schien allen greifbar. Außer Katrín, die so etwas wie eine Miene der Selbstzufriedenheit im halb gelähten Gesicht ihrer Mutter zu erkennen meinte, wenngleich sie die Augen geschlossen hielt und zu schlafen schien. Wie konnte sie in so einer Stunde dermaßen ruhig wirken? Sie, die nach dem Priester gesandt und jahrelang keine Beichte abgelegt hatte! Katrín hätte die Mutter am liebsten an den Schultern gepackt, sie kräftig geschüttelt und ermahnt, diesen Unsinn zu lassen, aber natürlich tat sie nichts dergleichen.

Wie sollte ein normaler Sterblicher die Stunde seines Todes voraussagen können? Und wohin sollte Katrín sich wenden, wenn sie auf sich allein angewiesen sein würde? Mutter und Tochter hatten keine näheren Verwandten mehr. Jedenfalls keine, die sich zu ihrer Verwandtschaft mit Guðrún und Katrín aus Dalur bekennen würden. »Warum trägst auch du diese Leidensmiene, wo du doch weißt, dass Mutters Worte nicht ernst zu nehmen sind?«, fragte Katrín die Wirtschafterin Margrét, die bereits rot geweinte Augen hatte. »Sie hatte noch nie prophetische Träume, geschweige denn vom Tod.«

»Sprich mit Achtung von deiner Mutter, meine kleine Katrín«, antwortete die alte Margrét mit finsterer Miene. Sie war selbst klein, trotzdem nannte sie das heiratsfähige Mädchen immer noch klein, obwohl es ungewöhnlich groß war. Schließlich war sie Katríns Amme gewesen, als sie selbst ein Kind an der Brust hatte und bei Katríns Mutter die Milch versiegte. Die Geburt war schwer gewesen, und Guðrún wäre fast am Blutverlust gestorben.

»Ich kann dir sagen, dass ihr dein Vater in jener Nacht, als er ertrank, von Salzwasser durchweicht im Traum erschien und sagte, dass die Brandung sein Boot zertrümmert hätte und alle umgekommen wären. Das wusste sie immerhin von der Hausfrau von Bakki, die sich anstellte, als gehöre der Leichnam ihr, nachdem man ihn fand. Aber die Alte von Bakki konnte ihn als Lebenden nicht wärmen, geschweige denn als Toten.«

Katrín erschrak. »Warum hat sie mir denn nie etwas von diesem Traum gesagt?«

Margrét seufzte und strich mit ihren abgearbeiteten Händen über die Wange des Mädchens. »Warum hätte sie das tun sollen? Es war schwer genug für sie und für euch alle. Es war wohl genug geschehen, und alle Leute fürchteten, dass sie als Geister umgehen würden, die bedauernswerten Männer. Es war ein so furchtbares Wetter.« Sie wischte sich mit dem schmuddeligen Ärmel über die tränenerfüllten Augen. »Du warst erst acht Jahre alt, und meine Guðrún musste allein der Sippschaft von Bakki standhalten, die sie bei der Beerdigung aus der Kirche jagte. Ich habe sie die ganze darauf folgende Nacht weinend im Schoß gehalten. Aber sie konnten ihr das Land nicht nehmen, so sehr sie es auch versuchten. Dein Vater hatte es ihr schriftlich auf Pergament gegeben, dass dieses Land ihr Eigen wäre, was auch geschehen würde. Und nun dürfen sie sich wieder treffen, vereint im Himmel nach zehnjähriger Wartezeit.«

Margrét bekreuzigte sich, und Katrín tat es ihr nach, obwohl sie tief im Herzen daran zweifelte, dass so eine Wiedervereinigung dem Herrn über Leben und Tod zu Gefallen sei. Seit ihrer frühen Kindheit wusste sie, dass die Lebensweise ihrer Eltern gottlos, sündhaft, ja unverzeihlich war. Liebenden wird alles verziehen, sagte ihre Mutter jedoch immer. Besonders denen, die stark lieben. Und nicht selten führte sie eine Bibelstelle an, die Páll ihr gezeigt hatte: »Glaube, Hoffnung, Liebe, das Größte von ihnen ist die Liebe.« Und wenn es auch verlockend war, ihr zu glauben, so spürte Katrín tief im Innern, dass ihre Mutter sich damit irgendwie verteidigen und ihr Gewissen beruhigen wollte. Sonst hätte sie es nicht ausgehalten.

Wie oft war der alte Pater nicht zu Mutter und Tochter von Dalur gekommen und hatte versucht, Guðrún von ihrem Irrweg abzubringen. Er hatte sie inständig gebeten, ihren Liebhaber abzuweisen und in die Arme seiner angetrauten Ehefrau zu schicken, die in Bakki auf ihn wartete. Doch ebenso oft hatte Guðrún das abgelehnt. »Diejenigen, die Gottes Gesetz aus Lust brechen und im Ehebruch leben, werden für ihre Sünden mit ewigem Feuer und Höllenqualen bestraft!«, sagte er einmal mit aufflammendem Zorn und stürmte danach aus der Tür.

Obwohl Katrín erst wenige Jahre alt war, als sie diesen Wortwechsel hörte, war sie doch schon verständig genug, den Anlass zu begreifen. Und es wurde ihr klar, dass nicht einmal der Pater höchst persönlich die Lebensweise eines so wohlhabenden und einflussreichen Mannes, wie es ihr Vater damals war, ausdrücklich kritisieren durfte. Páll hatte eine Kirche auf seinem Anwesen errichten und ihr viele Jahre lang großzügige Geldsummen zukommen lassen; der Kirchenzehent wurde stets rechtzeitig oder gar früher entrichtet, und außerdem hatte er dem Pater in schlechten Jahren Geld gelichen. Niemand schlug Páll von Bakki einen Gefallen ab, und niemand blickte ihn bei der Sonntagsmesse scheel an.

Und doch war abzusehen, dass allen Ablasszahlungen zum Trotz der Bischof von Skálholt die beiden schließlich exkommunizieren würde. Es wurde gemunkelt, dass Pálls Schwiegervater, der Rechtskundige Haukur, sich an den Bischof gewandt hatte. Er hoffte wohl, dass Verbannung aus der christlichen Gemeinschaft seinen Schwiegersohn auf den rechten Weg zurückbringen würde. Niemand konnte genau sagen, wie Páll auf diese Nachricht vom Bischofssitz Skálholt reagiert hatte, aber es spielte auch kaum eine Rolle, denn das Schicksal richtete es so merkwürdig ein, dass der Bischof in jenem Sommer an Stelle der Exkommunikation eine Totenmesse für die sterbliche Hülle des Ertrunkenen las.

Der Bischof visitierte gerade das Kloster, als die Nachricht eintraf, die Leiche sei an Land gespült worden, und trotz allem, was vorangegangen war, setzte der Bischof höchst persönlich Páll von Bakki an der Mauer der Marienkirche in Kirkjubær bei. Es war, als sei alles vergessen und vergeben, und niemand sprach am Tag der Beerdigung von der angekündigten Exkommunikation. Jedenfalls nicht vernehmlich, und keinesfalls so, dass die Witwe es hören konnte. Einige machten jedoch gedämpfte Bemerkungen darüber, dass der Schiffsbruch für Jórunn, die Tochter des Rechtsgelehrten von Bakki, in der Tat zur rechten Zeit gekommen wäre. Und damit war nicht nur gemeint, dass sie von der öffentlichen Schmach befreit wäre, sondern er bewahrte sie auch davor, dass die Kirche mit der Exkommunikation den ganzen Besitz Pálls an sich genommen hätte, wäre er nicht reuig gewesen. Die Nachbarn erwiesen der Witwe Jórunn nicht das angemessene Mitleid, obwohl alle wussten, was sich zwischen ihrem Mann und Guðrún von Dalur abgespielt hatte. Als die Geliebte ihm eine Tochter gebar und er ihr das Land überschrieb, das sie zuvor als Lehen von Bakki bewirtschaftete, sprachen die Leute von seiner Großzügigkeit und nicht darüber, dass der Ehefrau, die ihm doch drei viel versprechende Söhne geschenkt hatte, Unrecht getan würde. Und das, obwohl Dalur ein Teil der Mitgift Jórunns gewesen war. Warum diese Härte? Wird nicht oft behauptet, dass derjenige, der keine Liebe hat, auch keine verdient?

Es schien, als ob das Ansehen der Hausfrau von Bakki wüchse, denn vor allen Nachbarn, den Nonnen, dem Klosterpater, ja vor dem Bischof von Skálholt persönlich verdammte sie Guðrún und ihre Tochter und jagte sie aus der Kirche. Danach belächelte niemand mehr die verschmähte und betrogene Frau, und manch einer kritisierte Guðrún dafür, dass sie sich erdreistet hatte, zur Totenmesse zu kommen. Unter ihnen waren auch Leute, die sie vorher bemitleidet hatten, weil ihre Liebe zu Páll verboten gewesen war. So wollten sie mögliches Unglück von sich und ihren Lieben abwenden, denn Jórunns Flüche und Verdammungen könnten ja wahr werden, und wer mochte wissen, ob sie nicht auch diejenigen treffen konnten, die Guðrún bisher ihre Freundschaft erwiesen hatten?

Es regnete in Strömen, und die Nacht zog herauf, als ein Jungknecht, der nach dem Priester geschickt worden war, endlich mit einem jungen Mann, den Katrín noch nie gesehen hatte, auf den Vorplatz ritt. Er war schlank und hatte lange Beine, Haar und Bartstoppeln waren schwarzbraun wie auch die von fast zusammengewachsenen Brauen beschatteten Augen, die direkt in die Seele ihres Gegenübers zu blicken schienen. Die Kleidung ließ auf eine gute Position schließen: Die Kapuze lief in einem ellenlangen, breiten Stoffstreifen aus, den er als Schutz gegen das Unwetter um den Hals gewunden hatte, und die lange, schwarzbraune Kutte war aus erlesenem Wollstoff; über der Brust war sie eng geschnitten, nach unten ausgestellt und mit einigen hellen Streifen durchwirkt; sie fiel in weichen Falten über die Füße, die in spitzen Lederschuhen steckten. Die Ärmel waren am Handgelenk mit dunkelrotem Garn bestickt, und die gleiche Farbe erschien an den hüfthohen Schlitzen zu beiden Seiten der Soutane.

Der Mann hieß Jón Sigurðarson und war erst kürzlich zum Klosterpater der Schwestern in Kirkjubær berufen worden – dorthin hatte der Jungknecht sich gewandt, nachdem er in Bakki die Auskunft erhalten hatte, Pater Hjalti liege krank darnieder und könne den Hof nicht verlassen. Der Gast fror und war vom Regen durchnässt. So wurde er gleich in die Badestube gebeten, damit er sich trocknen und am Feuer wärmen konnte.

Die Wirtschafterin Margrét eilte davon, um vom Knecht ein langes Unterhemd und Socken zu holen. Katrín wies sie an, dem Pater beim Umziehen behilflich zu sein. Ein solcher Dienst oblag normalerweise den Mägden; dieser Pater jedoch war höher gestellt als alle anderen Besucher, die bisher nach Dalur gekommen waren, abgesehen von Páll dem Reichen und dem alten Pater Hjalti. Katrín gehorchte wortlos. Gäste kamen selten, und auf diesen jungen Pater war sie neugierig. Doch auf den Anblick, der sich ihr bot, als sie die Tür zur Badestube öffnete und eintrat, war sie nicht vorbereitet, denn

Jón Sigurðarson hatte sich splitternackt mit ausgestreckten Händen am Steinofen niedergelassen. Er wandte der Tür den Rücken zu und schien nicht zu zucken, als er jemanden eintreten hörte. Er machte keine Anstalten, sich zu bedecken. Seine nasse Kutte lag auf der Sitzbank an der Wand.

»Hast du etwas zum Anziehen für mich?«, fragte er mit tiefer Stimme. Katrín blieb wie angewurzelt stehen und brachte kein Wort hervor. Als Kind hatte sie manchmal Knechte in der Badestube gesehen, später aber nur noch selten und nie so nah. Er war eher mager, und sie sah, dass er trotz seiner Ausbildung zum Pater schon schwere Arbeit verrichtet haben musste, denn seine Oberarme und Schenkel waren muskulös.

Der Pater drehte sich, da er keine Antwort erhielt, mit fragender Miene um, und Katrín registrierte rasch, dass Gott ihn auch von vorne wohl gestaltet hatte, senkte aber fast ebenso schnell den Blick und reichte ihm schweigend das Kleiderbündel.

»Ich danke«, sagte er mit einem unangenehmen Unterton, so als hätte er ihre sündigen Gedanken gelesen und würde sie zutiefst verabscheuen. Sie drehte sich auf der Ferse um und hörte noch, wie er ein Gebet sprach, während sie die Badestube blutrot und mit klopfendem Herzen verließ und sich zur Stube ihrer Mutter wandte.

Guðrún hatte sich tagsüber waschen lassen, und die Mägde hatten ihr ein reines, schneeweißes Leinenhemd angezogen. Das goldene, dicke Haar, eine Spur heller als das der Tochter und weitgehend frei von grauen Fäden, flutete offen über das Kissen, so dass sie jünger erschien, als ihre gut vierzig Jahre hätten vermuten lassen. Im Zimmer war es dämmrig, doch ein Windlicht neben dem Lager warf einen schwachen Schimmer über Guðrúns Gesicht. Ihre Hautfarbe war beinahe normal. Das rechte Auge jedoch war fast geschlossen, der Mundwinkel hing herab, und ab und zu lief ihr Speichel über das Kinn. Katrín holte ein Tuch, um ihn abzuwischen, und setzte sich auf die Bettkante.

»Ist der Priester gekommen?«, fragte Guðrún leise. Ihre Stimme klang fremd und ein wenig schleppend, war jedoch gut verständlich. Katrín nickte.

»Es ist der Pater aus dem Kloster. Er heißt Jón Sigurðarson. Pater Hjalti ist angeblich krank«, antwortete sie.

Guðrún versuchte ein Lächeln, das aber zu einer bizarren Grimasse missriet. »Es ist ganz egal, um wen es sich handelt, sie stecken alle unter einer Decke. Aber Pater Hjalti ist sicher froh, eine gute Entschuldigung dafür zu haben, jetzt nicht zu mir kommen zu müssen«, sagte sie undeutlich. »Ich kann es ihm nicht verdenken. Doch ich hätte mich gern von ihm verabschiedet. Und von seiner Haushälterin auch.«

»Du brauchst dich nicht zu verabschieden«, sagte Katrín. »Ich habe dem heiligen Þórlákur drei Wachskerzen gestiftet und…« Sie verstummte und zwinkerte heftig, um die Tränen in den Augenwinkeln zurückzuhalten. Ihre kalten Hände zerknüllten das weiße Unterkleid ihres Kittels im Schoß.

»Weine nicht, meine Liebe. Ich werde zu deinem Vater ins Paradies kommen.«

Katrín zog die Nase hoch und riss sich zusammen. Ins Paradies? Sie versuchte sich an ihn zu erinnern, an ihn, die Mutter und sie selbst als kleines Mädchen beim Gebet, auf ihrer Bettkante. Aber Páll's Gesichtszüge waren seit langem im Nebel der Jahre versunken. Große, warme Hände waren das einzige, was ihr von dem Mann in Erinnerung geblieben war, um den sich das Leben ihrer Mutter gedreht hatte.

»Aber was wird aus mir, Mama?«, fragte sie. Das vorangegangene Schweigen verlieh ihren Worten einen verzweifelten Unterton, bei dessen Klang sie erschrak. Dennoch wiederholte sie die Frage, weil ihre Mutter nicht gleich antwortete. »Was wird aus mir?«

»Aus dir?« Guðrúns linke Augenbraue hob sich ein wenig, so dass ihre Miene noch distanzierter wirkte als vorher. »Du behältst das Land. Du kommst durch.« Sie seufzte tief und schloss die Augen. »Trauere nicht um mich. Viele Leute sterben, ohne jemals gelebt zu haben. Ich habe gelebt.«

Eine Hand legte sich auf Katríns Schulter. »Du ermüdest deine Mutter.«

Katrín drehte sich um. Pater Jón, in einem bodenlangen weißen Messgewand mit einer Stola über den Schultern, war eingetreten. In diesem Habit wirkte er so anders und würdevoll, dass Katrín einen Augenblick lang glaubte, sich den nackten Mann in der Badestube nur eingebildet zu haben. Er hielt einen kleinen, silbernen Schrein für das Sakrament in einer Hand vor der Brust, und über seiner Schulter lag der breite Riemen einer großen Ledertasche, die er auf der Kleidertruhe an der Wand ablegte.

»Lass uns nun allein, liebe Katrín«, sagte ihre Mutter. »Und sag den Leuten, dass sie, wenn ich gebeichtet habe, alle hereinkommen sollen, damit ich mich verabschieden und sie um Vergebung bitten kann für das, was ich ihnen möglicherweise angetan habe.«

Katrín erhob sich, verneigte sich vor dem Pater und ging wortlos hinaus. In der Küche weinte die Haushälterin Margrét über ihren Töpfen und brachte abgehackte Mariengebete und Bruchstücke der frühchristlichen Sonnendichtung hervor.

»Möge die heilige Maria ihr eine gnädige Fürsprecherin vor dem Sohne sein«, sagte sie und zog kräftig die Nase hoch. »Jetzt rächt es sich für meine Guðrún, dass sie nichts bereut und jene Beichten nicht ablegte, die Pater Hjalti ihr seinerzeit aufgetragen hatte. Wer bereut, dem wird vergeben werden, das habe ich ihr gesagt, und sie weiß es auch.«

»Gott sieht, dass sie im Grunde ihres Herzens nichts bereut, auch wenn sie dem Pater vielleicht etwas anderes sagt und er sich täuschen lässt«, sagte Katrín traurig. »Und was sind Reue und Vergebung wert, wenn die Demut fehlt?«

Die Haushälterin stutzte und unterbrach ihr trauriges Weinen. »Wie kannst du so von deiner todgeweihten Mutter sprechen? Sie wird ihre Sünden im Fegefeuer büßen, und du, ihr eigen Fleisch und Blut, solltest die Letzte sein, die sie verdammt. Besser als jeder andere solltest du darüber Bescheid wissen, was sie in diesem Erdenleben erdulden musste.«

Katrín antwortete nicht, presste die Lippen zusammen und wandte sich ab. In ihrem Inneren loderte der Schmerz, aber sie mochte sich ihm nicht hingeben. Nicht jetzt. Nicht gleich. Später.

»Gelobt seist du, Maria, voller Gnade. Der Herr sei mit dir, du bist gebenedeit unter den Weibern…«

Wie würde es weitergehen?

»…Und gesegnet sei die Frucht deines Leibes, Jesus Christus…«

Katrín beschloss, nach draußen zu gehen. Hier drinnen war es nicht auszuhalten.

Es hatte aufgeklart, und der Abendwind sorgte für eine gewisse Abkühlung. Trotz der vorgerückten Stunde war es noch recht hell, und Katrín wurde plötzlich von dem Verlangen erfüllt, hinaus in die Sommernacht zu laufen und alles hinter sich zu lassen, nie mehr zurückzusehen. Aber sie hatte viel zu viel Angst und tat nichts dergleichen. Die Angst hielt sie hier fest.

Ewiges Feuer der Hölle, Frost und Flamme.

Sie bemerkte nicht, wie die Zeit verging, während sie da reglos auf einem Stein im Hof saß. Sie hatte die Arme fest unter der Brust verschränkt und starrte in die Ferne, wo am Horizont Himmel und Erde verschmolzen.

»Katrín, du sollst kommen.«

Sveinn, der Sohn von Margrét. Ein ihr gleichaltriger Bursche. Katrín rührte sich nicht. Sie konnte es einfach nicht.

»Ist sie gestorben?«

»Ich weiß nicht. Kann sein. Du musst jetzt kommen, du wirst erwartet.«

Ein kalter Schauer erfasste Katrín. Sie bewegte den einen Arm. Langsam. Dann den anderen. Drehte die Handgelenke, ballte die Hände zu Fäusten. Öffnete sie und schloss sie immer wieder.

»Bist du verrückt geworden?«

Katrín erhob sich von dem Stein und ging hinein. Das ganze Gesinde hatte sich an Guðrúns Lager versammelt. Die Leute wichen zur Seite, so dass Katrín näher treten konnte. Sie sah den Pater vor der Bettkante knien. Sie ging mit langsamen Schritten zu ihm hin und wollte ihrerseits auf die Knie fallen, doch da bekreuzigte und erhob er sich und wandte sich ihr zu.

»Sie ist noch nicht verschieden«, sagte er. »Aber der Atem ist schwach. Nach einer Art Anfall ist sie jetzt nicht mehr bei sich.«

Katrín betrachtete ihre Mutter. Ein Auge war nach hinten gerollt, der Mund zusammengepresst und schief, das Gesicht nicht wiederzuerkennen. Sie war nicht mehr schön. Vom Krankenlager stieg scharfer Uringeruch auf. Katrín sah wieder den Pater an.

»Ich ahne, was du fragen willst«, sagte er mit leicht belegter Stimme. Er räusperte sich, ehe er fortfuhr: »Die Lust des Körpers außerhalb der Ehe ist eine Todsünde, und für Widersetzlichkeit gegenüber der Beichte kann man verdammt werden. Doch sie konnte noch bereuen und diktierte mir ihren Willen, den ich hier niedergeschrieben habe, rechtzeitig von ihr unterzeichnet, ehe sie das Bewusstsein verlor und …« Er stockte aus unerfindlichem Grund und schwieg. Katrín sagte immer noch nichts. Hatte nichts zu sagen. Pater Jón ging zur Kleidertruhe, nahm ein dort liegendes Pergament und reichte es ihr. Krumme, tanzende Buchstaben.

»Bezeuge hier den letzten Willen deiner Mutter«, sagte er. »Ich muss ihr noch das Sakrament und die letzte Ölung erteilen. Die Zeit ist knapp.«

Ein Federkiel zwischen Katríns Fingern. »Sie wollte noch alle um Vergebung bitten.«

»Der Wille genügt Jesus Christus. Guter Wille und aufrichtige Reue und Buße mildern die Qualen des Fegefeuers. Im Kloster wird alljährlich eine Seelenmesse für sie gelesen werden. Nun schreibe deinen Namen hier ganz unten hin.«

Er stand neben ihr und wartete ungeduldig, während sie den Blick über den Text streifen ließ und ihn zu verstehen suchte. ›In nomine Domini amen erlasse ich dieses Testament, gesund im Geiste, doch am Körper krank. Der Gegenwert von fünfzehn Ellen Wollstoff gehe an jedes Mitglied des Gesindes und dreißig an meine verlässliche Wirtschafterin Margrét Sveinsdóttir, zudem die Kuh Skjalda. Der Pater, der mich salbt und beerdigen wird, erhalte den Falben. Mit meiner Tochter Katrín Pálsdóttir folge das Anwesen Dalur auf immerwährenden Besitz mit allen Gegenständen und Einkünften, die ihm von Anbeginn bis in die jüngere Zeit angehören, sowie der gesamte Viehbestand dem Kloster Kirkjubær. Als Gegenleistung werde mir ein Grab beim Kloster und jeweils zum Todestag eine Seelenmesse in der Klosterkirche zuteil. Katrín erhalte meinen Sattel und das silberbeschlagene Zaumzeug, die Stute Jörp, ein gutes Federbett und alle Wäsche, die sie wünscht, und sie erhalte die Münzen aus meiner Truhe. Gezeichnet zu Dalur am Freitag vor der Olafsmesse anno Domini 1325. Guðrún Jónsdóttir.‹ Der Name mit links und schlecht geschrieben, ein Tintenklecks zum Abschluss.

Katrín holte tief Luft. »Und wenn ich mich weigere?«

»Kein Mensch wird zum Dienste an unserem Herrn Jesus Christus gezwungen. Aber deine Mutter hat gesündigt…« Er verstummte und wartete, bis das Schweigen so bedeutungsschwanger geworden war, dass es Katrín in den Ohren schmerzte. Ewiges Höllenfeuer. »Die Klostermauern gewähren Zuflucht vor der Pein der Welt«, sagte er schließlich. »Du wirst wohl kaum hier alleine wirtschaften können. Und wenn es dir bei den Schwestern nicht behagt, dann kannst du dich wieder dem Weltlichen zuwenden. Niemand leistet das Gelübde vor dem Ende des Noviziats.«

Allein. Ein einzelner Mensch. Fegefeuer, Frost und heißer Hauch. Katrín tauchte die angespitzte Feder langsam in das Tintenfass. Einer der Bediensteten seufzte. Der Pater ließ einen falkenscharfen Blick über die Gruppe schweifen, doch niemand sagte etwas. Katrín schrieb ihren Namen. Schnell und entschlossen.

»Kann die Wirtschafterin Margrét Sveinsdóttir schreiben?«, fragte Pater Jón, ohne jemanden anzusprechen. Die alte Margrét trat mit verweinten Augen und roter Nase nach vorn.

»Die gute Guðrún hat mich die Buchstaben gelehrt«, antwortete sie. Jón nahm die Feder aus Katríns Hand und reichte sie der Wirtschafterin mit dem Pergament. »Bezeuge hier deine Anwesenheit«, sagte er und wies ihr die Stelle an, wo sie unterschreiben sollte. Die alte Frau gehorchte und zog ihre Initialen mit zitternder Hand. Große, klobige Buchstaben, wie von Kinderhand. Ein Tintentropfen lief an der Schwanenfeder herab, als sie dem Pater das Pergament reichte, und landete auf dem schneeweißen Ärmel seines Habits. Margrét hielt den Atem an und sah entsetzt, wie der Tropfen sich auf dem Stoff ausbreitete, die rotbraune Tinte war wie Blut. Blut des Herrn. Sie bekreuzigte sich und wich panikartig vor dem Pater zurück. Jón schien beleidigt. Er wollte gerade etwas sagen, als ein leises Stöhnen vom Lager drang. Er drehte sich auf dem Absatz um und begann unverzüglich in der Schriftsprache zu beten. Die Umstehenden verstanden nur einzelne Worte und spürten, dass sowohl Engel als auch Teufel zugegen waren. Sie bereiteten sich gerade auf den Kampf um die Seele der Guðrún von Dalur vor, und alle sanken auf die Knie, als der Kirchenmann das Kreuzzeichen mit Öl über den Lidern der sterbenden Frau schlug und Gott im Himmel anflehte, sie für ihre Sünden, die sie mit dem Licht der Augen begangen hatte, nicht zu hart zu bestrafen. Dann schlug er ein Kreuz über den Ohren und bat Gott den Herrn um Nachsicht dafür, dass diese Ohren unangemessene Worte gehört hätten. Kreuzzeichen über der Nase, die den besonderen Körperduft nach einer verbotenen Liebeshandlung gerochen hatten, über dem Mund, der mit den Lippen, die einer anderen Frau vorbehalten waren, gespielt hatten. Über Händen, die den Körper eines Ehebrechers gestreichelt hatten, Kreuzzeichen über der Brust, die sich immer noch hob und senkte, aber nicht länger für ihn. Über Füßen, die sich um den Rücken dessen geschlungen hatten, der mit ihr eine Tochter zeugte, damit sie nicht allein sei, wenn er nicht da sein konnte.

Und der Pater flehte den allmächtigen Gott um Vergebung für diese sündige Frau an, die so sehr bereute, dass sie dem Herrn ihre Tochter und all ihre Habe verschrieb. Danach legte er ihr eine Hostie auf die Zunge, den Leib Christi, und versuchte, sie so weit wie möglich nach hinten zu schieben, weil ihre Gesichtsmuskeln gänzlich gelähmt waren und die Gefahr bestand, dass die Hostie wieder hervorkäme. Doch wie durch ein Wunder schloss Guðrún den Mund aus eigener Kraft, und die Anwesenden sahen unverkennbar, dass sie die Oblate hinunterschluckte. Danach stockte ihr Atem, und sie verschied.

Heilige Maria, Mutter Gottes, bitte für uns Sünder, jetzt und in der Stunde unseres Todes. Amen.

Später, als Katrín sich jene Nacht wieder in Erinnerung rief, die sie mit Margrét und Jón, dem Pater, am Totenbett ihrer Mutter gewacht hatte, da konnte sie sich an keinen ihrer Gedanken mehr erinnern, nur daran, was für eine tiefe und schöne Stimme der Pater gehabt hatte. Obwohl er die Seelenmesse in Hochnordisch sang und sie den Text nicht ganz verstand, ergriff sie der Gesang so sehr, dass sie endlich weinen konnte, und als Margrét ihr wie zum Trost den Handrücken tätschelte, da lächelte sie unter Tränen.

Am nächsten Tag zur Mittagszeit gingen sie nach Kirkjubær. Die meisten Dienstboten folgten dem Leichenzug. Die Pferde waren beladen mit Kleiderkisten und wollenen Bündeln aus Decken und Bettzeug, denn Katrín würde ebenso wenig nach Dalur zurückkehren wie ihre Mutter.

Die Erde war nach dem Regen feucht, doch es hatte aufgeklart und war warm. Katrín war die meiste Zeit über wie in Trance und schenkte ihrer Umgebung wenig Aufmerksamkeit. Ihre Augen ruhten fast ununterbrochen auf dem in Leinen gewickelten Leichnam ihrer Mutter, der von vier Dienstboten auf einer Bahre getragen wurde. Sie folgte ihnen und den beiden Dienstmädchen, die vor ihnen gingen. Katrín ritt im Schritt auf der Stute Jörp. Sie war die Letzte im Zug, obwohl sie ganz vorne hätte sein sollen. Doch Pater Jón ritt an der Spitze, mit dem Falben als Handpferd, ihm folgte der Schafsknecht, der die drei Packpferde im Gänsemarsch führte, und danach kam Margrét, die immer noch schluchzte.

Der Weg war nicht sehr weit, doch sie gingen langsam, und es war schon spät, als sie das Kloster erreichten. Das Abendgebet war vorüber. Die Bewohner von Dalur gingen meist in Bakki zur Kirche, doch Katrín war früher schon nach Kirkjubær gekommen. Ein einziges Mal. Die Erinnerung an diesen Tag hatte sich ihr ins Gedächtnis gebrannt, und doch war es, als sähe sie die großartige Kirche und die hohen Klostergebäude zum ersten Mal. Die genaue Erinnerung daran, wie die Kirche eingerichtet war, stieg in ihr auf, und ihr fiel auch ein, was an jenem Tag, als man ihren Vater zu Grabe getragen hatte, gesagt worden war. Sie erinnerte sich an die Bosheit, die die Hausfrau von Bakki versprüht hatte, und an das Weinen ihrer Mutter. Nur das Kloster selbst kam in ihren Erinnerungen nicht vor.

Sie fühlte sich erleichtert und betrachtete die Gebäude mit Interesse. Die Kirche war ein Holzbau mit hohen Fenstern an jeder Seite, einige aus buntem Glas. Die Wohnräume der Nonnen waren aus Erde, Stein und Grassoden. Die Wände waren recht glatt und fühlten sich hart wie Stein an. Wie Ziegel waren die Grassodenstücke einmal rechtslastig, einmal linkslastig aufeinander geschichtet, und offenbar wurden die Wände regelmäßig von Unkraut und anderen Pflanzen befreit, denn das ordentliche Muster war so deutlich zu sehen, als wären die tragenden Wände von Kirkubær erst kürzlich errichtet worden.

Die Anlage war ein Geviert: Die Grassodenhäuser bildeten drei Flügel und die hohe Holzkirche den vierten im Norden, während der Hofplatz nach Süden lag, mit der Küche am einen Ende und den Gästezimmern am anderen, beide mit gleichen Holzgiebeln, die zum Hof blickten, und verbunden durch eine lange Halle.

Richtung Süden lagen beidseitig noch kleinere Anbauten in großer Vielfalt sowie freistehende Vorratshäuser, Ställe und kleinere Gebäude, die auf dem Vorplatz einen Innenhof bildeten, eine Art Klostergarten. Offenbar wurde hier viel herumgelaufen, denn es gab wenig Grün, und die Erde unter den Füßen war hart. Stellenweise hatte der Regen noch Schlammpfützen hinterlassen, doch entlang der Gebäude konnte man auf einem Weg aus flachen Natursteinen trockenen Fußes gehen.

Einige Hunde kamen laut bellend auf die Ankömmlinge zugerannt, verstummten jedoch, als Jón sie zurechtwies. Einer sprang mit hohen Sätzen direkt auf die Bahre zu, um den Leichnam zu beschnüffeln, drehte aber ab, als die Männer ihn mit vereinter Stimme anbrüllten. Mit eingezogenem Schwanz rannte er jaulend davon. Im Klosterhof war niemand zugegen, und erst als man abgestiegen war und die Packpferde entladen hatte, traten zwei Männer aus einer stattlichen Halle am östlichen Ende des Klosters heraus und grüßten im Namen Gottes. Einer halbwüchsig, der andere älter. Beide waren gut gekleidet und trugen Kapuzen auf dem Kopf. Ihre blauen und braunen Halbkutten fielen über lange Hosen.

»Wer ist gestorben?«, fragte der Jüngere ohne besondere Anteilnahme. Der Ältere, ein stattlicher Mann mit schütterem Haar, schlug mit der Hand in seine Richtung, doch der Jüngere wich geschickt aus, als kenne er das schon. Der Ältere ächzte.

»Schäm dich, Bengel. Siehst du nicht, dass das Mädchen von Dalur seine Mutter beweint?«

Katrín fuhr sich rasch mit dem Handrücken über Augen und Nase, als der Junge auf sie zu ging. Er breitete seine Arme aus, doch sie machte keine Anstalten, die Umarmung zu erwidern. Es war etwas Unsympathisches an der Art, wie er sie anstarrte. Seine Augen sahen aus wie zwei trübe Pfützen, und ihr Ausdruck erschien Katrín ziemlich dümmlich.

Jón Sigurðarson kam herbei und stieß ihn zur Seite. »Verschwinde, kleiner Guttormur, und bring die Pferde weg. Die braune Stute soll auf die Weide, die anderen kommen in den Stall.«

Guttormur ließ resigniert die Arme fallen und gehorchte. Der ältere Mann bat Katrín, seinem Sohn zu verzeihen, und stellte sich als Þormóður vor, Verwalter der gnädigen Äbtissin und der Nonnen.

»Die Dalur-Guðrún wollte wohl nicht bei der Kirche von Bakki ruhen?« Die Miene war spöttisch, wenn auch ein höflicher Ton in seiner Stimme lag. Katrín blickte verlegen zu Boden. Also wusste auch er über ihre Eltern Bescheid. Wahrscheinlich wussten es alle. Alle im Bistum Skálholt. Vielleicht alle in ganz Island. Pater Jón antwortete an ihrer Stelle.

»Die selige Guðrún hat dem Kloster ihr Anwesen Dalur und ihre Tochter vermacht, und deshalb wird sie hier mit einer Seelenmesse beerdigt«, sagte er knapp. »Morgen werde ich die Messe lesen.«

Þormóður hob verwundert die Brauen und schien etwas sagen zu wollen, aber Jón ließ ihn nicht zu Wort kommen. »Wo finde ich Frau Agatha?«, fragte er.

»Im Refektorium, vermute ich«, antwortete der Verwalter. »Sie sind noch beim Essen. Sollen wir die selige Guðrún nicht in die Kirche bringen?«

»Bahrt sie im vorderen Kirchenschiff auf. Und schafft Material für den Sarg herbei. Ihre Männer können ihn heute Abend fertig stellen.«

Þormóður nickte den Frauen zu, die dicht beieinander standen und in dieser Trauerstunde aneinander Halt suchten. Die

Hausherrin war viel zu früh dahingeschieden, die Zukunft aller ungewiss, und Katrín würde ins Kloster eintreten. »Geht und sucht mein Weib auf, die Hausfrau Steinunn«, sagte er nicht unfreundlich. »Sie wird etwas zu essen für euch haben und euch ein Lager für die Nacht zeigen.«

Die Frauen verneigten sich eine nach der anderen und baten Gott, den Mann zu segnen. Katrín schwankte, ob sie ihnen oder ihrer Mutter folgen sollte. Als die einen in den Räumen des Verwalters verschwanden und die Knechte den Leichnam hinter dem Verwalter und dem Pater in Richtung Kirche trugen, blieb sie allein mitten auf dem Klosterhof zurück. Unschlüssig folgte sie den Männern, hielt aber nach einigen Schritten inne. Und wenn nun in der Kirche etwas Furchtbares geschehen würde, während man ihre sündige Mutter hineintrug? Wenn Gott der Herr ein unmissverständliches Zeichen setzte, dass er diese Frau nicht in seinem Haus haben wollte? Er wusste bestimmt, dass ihre Reue nicht echt war, ebenso wenig wie die Berufung der Tochter. Ganz sicher wusste er, dass alles aus Not geschah, wegen der eigenen Bedürfnisse und nicht zur Ehre Jesu Christi. Er, der Allwissende. Würde dafür Vergebung gewährt?

Immer schon war Katrín eine Zweiflerin gewesen. Stets fragte sie sich, was wahr oder unwahr, richtig oder falsch war. Als Kleinkind hatte sie ihre Hand in die Glut der Feuerstelle gehalten, um herauszufinden, ob sie sich wirklich so furchtbar verbrennen würde, wie ihre Mutter und Margrét ihr versichert hatten. Das sollte dich lehren, den Leuten zu glauben, sagten diese und trugen eine beruhigende Salbe auf die Brandwunde auf, doch Katrín hatte daraus nichts anderes gelernt, als dass Feuer heiß und eine Verbrennung schmerzhaft ist.

Jesus Christus vergibt deinem Vater und mir, hatte ihre Mutter gesagt, weil wir in Liebe leben. Doch dann schlug ein Blitz vom Himmel, und Páll ertrank. Das war die Strafe. Oder hatte es schon einmal im Hochsommer so ein Unwetter gegeben? Vor drei Jahren war der Sommer allerdings ebenso kalt wie der Winter gewesen. Das Gras war nicht gewachsen, die Tiere, die Armen und Obdachlosen waren verhungert. Doch nicht einmal in jenem Sommer hatte es so ein Unwetter gegeben wie damals, als die »Marienkelch« vor dem Myrdals-Sander unterging. Gott war streng, daran bestand kein Zweifel.

Katrín beobachtete abwesend einige gesprenkelte Hühner, die im Klosterhof umherstolzierten, blieb jedoch reglos und grüßte auch nicht, als eine Magd mit einer Schüssel zum Hühnerstall kam und dem Geflügel Körner und Essensreste vorwarf. Die Hühner scharten sich zum Festmahl, doch genau in diesem Augenblick kam Jón Sigurðarson schnellen Schrittes um die Ecke und trat mitten in das Grüppchen, so dass sich die Hennen gackernd über den ganzen Hof verteilten. Der Pater sah ärgerlich zur Hühnermagd hinüber, doch seine Miene hellte sich auf, als er Katrín erblickte. Sie ging auf ihn zu und versuchte, ruhig und gefasst zu wirken, auch wenn ihr die Angst wie ein schwerer Stein im Magen lag.

»Ist … ist etwas geschehen? Warum kommst du allein zurück? Wo sind die Knechte?«, fragte sie mit ungeduldigem Unterton.

»Geschehen? Was meinst du?«, fragte Jón verwundert. »Ich habe sie mit dem Verwalter in die Werkstatt geschickt, um Bretter für den Sarg zu holen, und danach in den Männertrakt, wo sie die Nacht verbringen werden.«

Mit welchen Zeichen würde Gott seinen Zorn ausdrücken? Würde sie sie erkennen? Möglicherweise würden sie sich später zeigen.

»Warum sollte etwas geschehen sein?«

Katrín antwortete nicht, sondern wies auf die Kleidertruhen und die Wollbündel. »Sie müssen meine Kisten ins Haus tragen«, sagte sie.

»Es gibt genug Leute, die sich darum kümmern können. Komm mit mir.« Jón schritt ihr voran auf das Haus auf der Westseite des Hofs zu. Dort stand eine große Tür offen. Katrín folgte ihm zögernd. Sie traten nicht direkt in die Küche, wie es in anderen Häusern üblich war, sondern in einen kleinen, getäfelten Vorraum, der die Küche mit der Halle verband.

»Warte hier«, sagte Jón, verschwand durch eine Tür zur Rechten, die er hinter sich zuzog. Katrín blickte sich um, doch im Vorraum war nichts zu sehen. Aus der Küche kamen jedoch der Duft von frischem Kochfisch und andere Gerüche, die sie nicht kannte. Es roch so gut, dass ihr das Wasser im Mund zusammenlief und sie sich erinnerte, seit dem frühen Morgen nichts mehr gegessen zu haben. Neugier und Hunger zogen sie in Richtung Küche. Sie hörte Stimmen und hielt an der Tür inne.

»Das ist nun schon die zweite Portion Brot, und so etwas heißt fasten zur Olafsmesse«, sagte eine empörte und laute Frauenstimme. »Bruder Jón wäre nicht zufrieden, wenn er von dieser Völlerei wüsste.«

»Er will jetzt Pater Jón genannt werden, nachdem er geweiht wurde«, sagte eine andere. »Und er ist nicht da, so dass ich denke, sie sollten sich voll stopfen, solange es Gelegenheit dazu gibt.« Es folgte ein Lachen. Frisch gebackenes Brot. Das war der Duft.

»Er wurde nach Dalur gerufen. Es heißt, sie sei todkrank, die Hausfrau dort.«

»Die Dalur-Guðrún?« Im Flüsterton, der auf dem Gang jedoch gut zu vernehmen war, fragte eine Stimme: »Sollte der Teufel sie jetzt endlich holen, wie Jórunn es ihr vor einem Jahr angekündigt hatte?« Die Frauen lachten laut und boshaft.

Katrín biss die Zähne zusammen. Sie wäre am liebsten in die Küche getreten und hätte die Mägde getadelt. Wenn sie auch die Bediensteten in Dalur bei Dreistigkeit oder Faulheit zurechtgewiesen hatte, war es ihr doch völlig ungewohnt, mit Fremden zu sprechen, schon gar nicht mit solchen, die ihre Eltern und sie selbst in den Augen Gottes und der Jungfrau Maria in den Schmutz zogen.

»Verleumdung ist ein schlimmes Laster!« Die tiefe, mahnende Stimme des Paters erklang hinter ihr. »Lieber solltet ihr dem Mädchen einen Happen anbieten und ihr zum Tod ihrer Mutter euer Beileid bezeugen!« Er packte Katrín fest am Handgelenk und zog sie fast gewaltsam in die Küche. Seine Berührung kam ihr wunderlich vor. Obwohl er sie gleich wieder losließ, war es, als ob die Haut an dieser Stelle brannte.

Die Mägde erschraken heftig, verneigten sich tief, murmelten unzusammenhängende Wörter und reichten eine kleine Schüssel mit Brot und Butter herüber. Der Pater sah sie so scharf an, dass Katrín glaubte, sie würden vor ihm in der Erde versinken. Recht geschähe ihnen, diesen Biestern. Sie riss das Brot an sich, ohne die Frau, die die Schüssel hielt, auch nur eines Blickes zu würdigen, und nahm sich mit ihrem eigenen Messer, das sie am Gürtel trug, ein ordentliches Stück Butter. Was für ein himmlischer Geschmack! Dieses Brot war nicht aus Strandhafer gebacken und mit getrockneten Kräutern verlängert, dies schien Backwerk aus importiertem Weizen zu sein. Sie kaute das weiche Brot lange und genießerisch und spürte die Butter auf der Zunge schmelzen. Kaum war sie damit fertig, streckte sie die Hand nach einem weiteren Stück aus.

»Übermaß und Gaumenlust sind sündhaft.« Der Pater hatte sich selbst nichts gegönnt. Katrín zog ihre Hand zurück.

»Todsünden, nicht wahr?«, fragte die jüngere Magd grinsend. Jón antwortete nicht darauf, und Katrín entnahm seinem Gesichtsausdruck, dass diese Dreistigkeit ihn ärgerte. Er bedeutete ihr mit einem Kopfnicken zu folgen, doch in der Tür wandte er sich um und sagte: »Zehn Vaterunser auf Knien. Heute Abend und morgen früh.« Recht geschah ihnen.

Sie durchquerten den ganzen Vorraum. An seinem Ende befand sich eine Tür, und von dort gelangten sie in den inneren Klostergarten. Entlang aller Häuser sowie vor der gegenüberliegenden Kirche waren Steinplatten sorgsam angeordnet. Sie führten quer durch den Garten von Süd nach Nord und von Ost nach West, so dass sie ein großes Kreuz bildeten. In der Mitte befand sich ein steinerner Brunnen. Der Hofbach floss zu beiden Seiten in steingefassten Rinnen. Jeder Trakt hatte zwei gleich geschnitzte Rundbogentüren an beiden Enden. Die Türzargen waren massiv und solide. Alles war wohl geordnet und anders, als Katrín es kannte.

Die Räume der Äbtissin Agatha lagen im westlichen Trakt. Eine magere, streng blickende Nonne mittleren Alters mit eingefallenen Wangen und einer schmalen, ein wenig gebogenen Nase öffnete ihnen die Tür und bat sie herein. Es war die Priorin Þorgerður, die rechte Hand und eine der beiden leiblichen Schwestern der Äbtissin im Kloster, wie Katrín später erfuhr. Doch bei diesem ersten Zusammentreffen sagte Schwester Þorgerður kein Wort. Sie schnaubte nur einige Male hörbar.

Frau Agatha saß in einem großen Stuhl mit hoher Lehne und hatte die Beine auf einen niedrigen Schemel gelegt. Sie war schon älter und pummelig, mit einem runden, freundlichen Gesicht. Hauchfeine rote und lila Äderchen zogen sich wie ein feines Netz über ihre Wangen. Die Augen starrten ein wenig, als hätte ihre Sehkraft nachgelassen. Einige graue Haare lugten unter der Haube hervor, die das Gesicht umrahmte und das pralle Doppelkinn stützte. Hinter ihr loderte ein Feuer im Glutofen, und im Raum war es heiß. Die Äbtissin reichte dem Pater ihre rechte Hand. Er fiel vor ihr auf die Knie und küsste den großen Goldring an ihrem Ringfinger. Nach kurzem Zögern tat Katrín es ihm nach. Von Schwester Þorgerður war ein leises Schnauben zu vernehmen, doch der Blick, den Frau Agatha auf das Mädchen richtete, war mild und freundlich.

»Sei willkommen in Gottes Frieden, liebes Kind«, sagte sie. »Der Tod deiner Mutter kam unverhofft, scheint mir. Und mir wurde gesagt, dass ihr letzter Wunsch dem Kloster galt.«

Jón Sigurðarson zog das zusammengerollte Pergament mit dem Testament hervor und reichte es der Äbtissin, die es ihrerseits an die Priorin weiterreichte. Schwester Þorgerður überflog die Zeilen rasch und verlas danach laut, was Jón einen Tag zuvor auf Guðrúns Wunsch aufgezeichnet hatte.

Katrín verfolgte das Mienenspiel Frau Agathas genau, während diese lauschte. Erst sah sie Verwunderung, dann Ärger.

»Ist es dein aufrichtiger Wunsch, den Schleier zu nehmen und dich Gott zu weihen?«, fragte die Äbtissin Katrín, und Schwester Þorgerður verstummte.

Katrín nickte und verneigte sich gleichzeitig. Kam etwas anderes in Frage?

»Kennst du das Gelübde?«

Katrín war verwirrt. Jón Sigurðarson kam ihr zu Hilfe. »Sie hat einen inbrünstigen Glauben und ist in ihrem Vorhaben entschlossen, doch die Vorbereitungszeit war kurz.«

»Du gelobst Gehorsam, Armut und Keuschheit, und wenn du auch glauben magst, dies alles sei einfach, weil du bisher gehorsam, arm und keusch warst, so ist dem nicht so.« Agatha zeigte mit einem Finger auf Katrín, und ihr Siegelring blitzte auf. »Wer hatte die Idee zu diesem Testament? Du oder deine Mutter?«

Katrín sah unsicher zu Pater Jón hinüber, der ihrem Blick standhielt, diesmal aber nichts sagte.

»Nun?«, fragte Frau Agatha.

»Sie. Aber ich will nach ihrem Wunsch handeln.«

»Du bist nicht hässlich, im neunzehnten Jahr, euer Land ist gut und kein Heiratskandidat in Sicht?«

Katrín schüttelte den Kopf. Schwester Þorgerður schnaubte wieder.

Die Äbtissin betrachtete das Mädchen eine Weile nachdenklich. »Ich will nicht um die Sache herumreden«, sagte sie schließlich. »Du weißt wahrscheinlich selbst, weshalb es deiner Mutter nicht gelang, einen Mann für dich zu finden, und du wirst verstehen, dass eben diese Umstände es mir erschweren, dich stattdessen hier aufzunehmen. Die Leute von Bakki sind geachtet, und der Rechtsgelehrte hat dem Kloster im Laufe der Zeit reichlich Zuwendungen gewährt.«

»Das Anwesen Dalur ist groß«, sagte Jón Sigurðarson. »Nicht weniger als dreißig Hunderte wert, und es gehört eigentlich rechtmäßig ohnehin zum Kloster, wie manche sagen. Die Rinder zählen fast zwanzig, Schafe und Böcke wahrscheinlich etwa achtzig.«

»Ich weiß, ich weiß«, antwortete Frau Agatha matt und hob die Arme. »Aber in dieser Angelegenheit will ich die Schwestern um Rat fragen. Ich lege diese Frage morgen der Kapitelversammlung vor.«

»Soll sie im Gästezimmer oder im Dormitorium schlafen?« Schwester Þorgerðurs Stimme klang belegt und trocken.

Frau Agatha lehnte sich im Stuhl zurück und dachte nach. »Geleite sie ins Dormitorium, es ist eng geworden im Gästezimmer, und die Frauen wollen ihre Ruhe. Meine liebe Þorgerður, kümmere du dich darum. Ich will bis zum Komplet ausruhen.«

Pater Jón verneigte sich und ging, und Katrín hätte ihm am liebsten nachgerufen, sie nicht alleine hier zurückzulassen, doch sie schwieg und gehorchte still den Gesten der Priorin. Die bedeutete ihr, ihr zu folgen, nachdem sie eine Decke über ihre geistige Mutter und leibliche Schwester gebreitet hatte.

Das Schlafhaus befand sich im östlichen Trakt gegenüber den Räumlichkeiten der Äbtissin und war in einen inneren Raum für die Nonnen und einen äußeren für die Postulantinnen und Laienschwestern unterteilt, die für ihren Unterhalt arbeiteten und keine Gelübde ablegten.

Als sie durch die Tür traten, verstummte das leise Stimmengewirr sofort. Schwester Þorgerður ging voran und hielt mitten im Raum inne. Katrín wartete in der Ecke bei der Tür. Der Raum war recht groß. Durch zwei Luken weit oben an den Außenmauern fiel Licht herein, und einige Tranlampen brannten. Die Mauern waren mit Behängen bespannt und durch mannshohe Holzwände unterteilt, die Durchgänge, aber keine Türen hatten. An den Wänden entlang standen eingebaute Betten mit je einer Truhe am Kopfende. Bei einigen Lagern war der Vorhang zugezogen, so dass die Schlafenden nicht zu sehen waren. Auf den meisten Betten jedoch saßen Frauen unterschiedlichen Alters, einige im Habit der Novizinnen mit weißer Haube, die Laienschwestern im Alltagsgewand. Manche hatten Handarbeiten oder Wolle und Kämme in der Hand, andere hatten die Augen geschlossen und die Hände gefaltet. In zwei kleineren Betten lagen Kinder. In einem davon zwei zusammen, die sich schlafend stellten. Aus dem anderen war leises Kichern zu vernehmen. Das Kind hatte sich seine Decke übergezogen und strampelte darunter herum. Schwester Þorgerður ging hin und zog die Decke weg. Ein etwa sechs oder sieben Jahre alter Junge mit leuchtend rotem Haar verstummte sofort und starrte sie an. Mit den Händen versuchte er, ein getigertes Kätzchen zu verbergen. Das Tier wand sich und miaute aus Protest über die Gefangenschaft.

»Páll Jónsson!« Schwester Þorgerður holte aus und verpasste dem Jungen eine schallende Ohrfeige. Er begann sofort zu heulen und stammelte, dass seine Großmutter ihm erlaubt hätte, das Kätzchen zu behalten.

Im gleichen Augenblick trat eine Nonne mittleren Alters mit breitem Gesicht und ausgeprägten Zügen, die Katrín bekannt vorkamen, durch die Tür. Unter dem schwarzen Schleier kam eine rötliche Locke hervor. Die dicken Brauen über den dunkelblauen Augen waren etwas dunkler. Die Nase war gerade und nicht zu lang, die Lippen aber waren schmal und die Mundwinkel leicht nach unten gezogen. Die Haut der Frau war auffallend hell, die Schatten unter den Augen bläulich.

»Das stimmt«, sagte sie und in ihren Augen war eine größere Wut zu erkennen, als sie sich anmerken lassen wollte. »Ich habe zwei Kätzchen aus dem Wurf behalten, und das ist eines davon.«

Schwester Þorgerður drehte sich abrupt um und sah sie scharf an. »Es gibt genug Katzen hier, und es ist unnötig, diese gefräßigen Biester nur deswegen zu halten, damit ungezogene Kinder mit ihnen spielen können. Sie sollen lernen, gehorchen und nicht spielen. Ist es nicht so, Schwester Jórunn?«

»Doch, so ist es, Schwester Þorgerður«, antwortete diese mit Eiseskälte in der Stimme. »Und ich bin dazu da, auf den Gehorsam zu achten, und auf nichts anderes. Es wäre wünschenswert, dass sich die Priorin öfter daran erinnerte und sich lieber um ihre eigenen Pflichten kümmern würde.«

Der kleine Junge hatte aufgehört zu weinen und schaute abwechselnd von einer Frau zur anderen, als würde er ein Duell verfolgen. Das Kätzchen in seinem Arm jammerte erbärmlich.

»Es wäre aber auch nicht gut, wenn die Äbtissin erführe, dass dein Enkelsohn bevorzugt wird und nicht dem gleichen Gehorsam unterworfen ist wie die anderen«, entgegnete Schwester Þorgerður mit weicher Stimme. Schwester Jórunn kniff die Lippen zusammen, riss das Kätzchen am Nackenfell hoch und warf es zu Boden. Nach Katzenart landete es auf allen Vieren und schien sich seiner Freiheit zu erfreuen. Sein bisheriger Bewacher brach jedoch in wütendes Geheul aus.

»Diese Katze wird getötet, wenn es der Frau Äbtissin notwendig erscheint, sonst nicht«, sagte Schwester Jórunn. »Das ist mein letztes Wort.« Das Kätzchen schoss wie ein Blitz unter das nächste Bett. Schwester Þorgerður warf den Kopf in den Nacken und stolzierte zur Tür. Niemand außer Katrín, die immer noch an der Tür stand und sich unauffällig verhielt, sah den Jungen das Gesicht verziehen und die Zunge hinter ihrem Rücken herausstrecken.

»Das wird gleich morgen früh im Kapitel besprochen«, sagte Þorgerður, während sie die Tür öffnete. Erst jetzt schien sie sich wieder an den Grund ihres Besuchs im Dormitorium zu erinnern. »Dieses Mädchen hier braucht einen Schlafplatz«, sagte sie über ihre Schulter hinweg. »Sie stammt aus Dalur und heißt Katrín, wird Tochter des Páll genannt und bleibt in Zukunft hier. Du erlaubst ihr vielleicht, sich neben den kleinen Páll zu legen.« Mit diesen Worten ging sie hinaus und schlug die Tür hinter sich zu. Doch die Blicke aller Frauen im Schlafraum richteten sich auf Schwester Jórunn Hauksdóttir, die ehemalige Hausfrau von Bakki. Alle sahen sie erbleichen und blickten rasch zu Boden. Niemand sprach ein Wort. Endlich ging Schwester Jórunn zur Tür und musterte Katrín auf Armlänge von oben bis unten. Sie betrachtete sie eingehend, schweigend und mit verschlossener Miene.

»Ich habe dich erwartet«, sagte sie dann. »Hier gibt es keine Gästebettdecken. Du musst dich damit begnügen, jenseits der Trennwand bei den Alten zu schlafen. Komm.«

Katrín folgte ihr und hörte, wie die Frauen hinter ihrem Rücken unverzüglich zu flüstern begannen. Jenseits der Trennwand sah es ähnlich aus, die Wände waren ebenfalls mit Stoffen bespannt, allerdings mit verschosseneren. Betten und Truhen waren wie im anderen Teil, doch insgesamt war es enger, und Katrín schlug ein unangenehmer Geruch entgegen, der sie an Dalur-Guðrún auf dem Sterbebett erinnerte. Die Frauen, die hinter der Zwischenwand hausten, lagen alle schlafend oder tatenlos im Bett. Keine grüßte, außer einer gebrechlichen Alten, die ihre knochigen Hände nach ihnen ausstreckte und das Mädchen in Gottes Frieden willkommen hieß. Sie fragte, ob die Blatternseuche schon vorüber sei. Fünfzehn Jahre war das nun her.

»Dort«, sagte Schwester Jórunn und zeigte auf ein Bett in der hintersten Ecke. Dann schickte sie sich zum Weggehen an, hielt aber noch kurz inne und fragte: »Sie ist also gestorben?« Als Katrín nicht gleich antwortete, fügte sie hinzu: »Deine Mutter?« Als ob sie jemand anders hätte meinen können. Katrín bejahte und sah, wie für einen kurzen Moment ein unfreundliches Lächeln über ihr Gesicht huschte. »Der Abtritt und die Badestube sind hinter dem Haus«, sagte sie noch und ging.

Katrín setzte sich mit hochgezogenen Schultern auf das Bett und vergrub ihr Gesicht in den Händen. Die Tränen strömten wie beim Gletschertauen im Frühjahr. Sie war also gestorben, ja. Und würde vielleicht für alle Zeit im Fegefeuer schmoren, um für ihre Sünden zu büßen. Sie hatte offenbar nicht damit gerechnet, dass ihre Buße abgelehnt und ihre Tochter durch den Ehebruch der Eltern als unrein angesehen würde. Und dass den frommen Frauen nicht daran gelegen wäre, ihre Gemeinschaft mit Jesus Christus und der Jungfrau Maria mit ihr zu teilen.

»Kalt.«

Katrín sah auf. Es war die Frau im nächsten Bett, die gesprochen hatte.

»Kalt«, wiederholte sie und griff nach ihrer Decke, die den halbnackten Körper nur teilweise bedeckte. Katrín wischte sich die Augen ab, schnäuzte sich in den Kleiderärmel, erhob sich und deckte die vor Kälte zitternde Frau zu. Sie schien verhältnismäßig jung zu sein, wenn auch älter als Katrín. Und sie hatte ein hübsches Gesicht. Große blaue Augen, lange Wimpern, Augenbrauen in geschwungenen Bögen, die Nase gerade und der Mund klein. Eine schöne Frau. Aber die blauen Augen sagten nichts. Obwohl sie Katrín sahen, wichen sie ihr schnell aus und starrten wie leblos zur Decke. Katrín nannte ihren Namen und streckte ihre Hand aus, doch die schöne Frau antwortete und rührte sich nicht.

»Wie heißt du?«, fragte Katrín und sprach langsam und einfühlsam wie mit einem kleinen Kind. Da blickte die Frau sie endlich an, und in ihren Augen lag so etwas wie Vernunft, vielleicht auch Trauer.

»Ertrunken«, sagte sie.

Kurz darauf wurde zum Abendgebet geläutet, und Katrín vernahm Geräusche von der anderen Seite der Trennwand. Niemand aus dem Krankenzimmer erhob sich, doch sie hörte, dass einige in ihren Betten beteten. Da ließ sie sich auf die Knie nieder, sprach das Glaubensbekenntnis und das Vaterunser und fügte zwei Ave Maria für ihre Mutter an.

Das Lager, das Jórunn ihr angewiesen hatte, war gut ausgestattet: frisches Heu und ein Schaffell als Unterlage, auch ein dickes Polster aus Wolle sowie eine weiche und warme

Wollwebdecke. Trotzdem zog Katrín nur das Obergewand aus. An diesem unbekannten Ort wollte sie nicht nackt schlafen. Jemand begann, das Marienlied anzustimmen. Salve Regina, mit heller und klarer Stimme. Katrín lauschte beeindruckt, auch wenn sie den Text nicht ganz verstand. Die Schwestern kamen vom Komplet zurück, und eine trat in die Krankenstube und blies das Licht aus. Dämmerung und Nacht zogen ein.

Dalur-Guðrún liegt blau und kalt im Leichenhaus der Vorkirche, das Leichentuch vom wutverzerrten Gesicht gerissen. Ein Mann in nasser Seemannskleidung steht bei ihr. Ein Mann mit großen Händen. Wasser rinnt aus seinen Sachen und bildet eine Pfütze auf dem Boden. Es riecht nach Salz und Sturm.

»Dir ist es völlig gleich, dass wir nicht beieinander sein dürfen«, sagt sie vorwurfsvoll. »Gleich, ob du wieder nach Hause geschickt wirst, ich aber ins Fegefeuer. Dabei war ich es, die dir das Leben schenkte, vergiss das nicht. Du stehst in meiner Schuld!«

Die Kirchenglocken schlugen, und Katrín fuhr von ihrem Lager hoch, schweißgebadet und voller Angst. Draußen hinter den Luken war es dämmrig – Morgengrauen, Zeit für die Frühandacht. Der schreckliche Traum war noch so gegenwärtig, dass sie nicht wieder einnicken mochte. Schließlich schlief sie aber doch ein und wurde nicht mehr wach, ehe zu den Laudes geläutet wurde. Es dauerte eine Weile, bis sie sich vergegenwärtigt hatte, wo sie war, doch dann schlüpfte sie in das Obergewand und die Schuhe und legte sich ihr Schultertuch um. Sie war entschlossen, mit den Nonnen zur Messe zu gehen.

Einige sahen sie schief an, als sie zu ihnen hinüberkam, doch keine sagte ein Wort. Sie zogen im Gänsemarsch aus dem äußeren Schlafgebäude in das innere, und Katrín nahm schweigend den letzten Platz in der Schlange ein. Sie wusste, welcher Platz ihr in dieser Gemeinschaft gebührte. Im inneren Dormitorium trafen sie die älteren Nonnen, zehn an der

Zahl. Von dort ging es hinüber zum Kapitel und wenige Schritte weiter bis zur Südempore der Kirche.

In der Kirche war es kalt, obwohl sie zur Feier der Olafsmesse ganz mit Wandbehängen und einem tiefblauen Himmel unter der Decke geschmückt war. Darunter hingen noch Teppiche und Fahnen. Die Giebelwände zierten bestickte Dreierfahnen mit eingewebten Darstellungen aus der Heiligen Schrift. Weihrauch hing in der Luft. Auf der Südempore standen zwei Altäre. Einer war der Jungfrau Maria geweiht, der andere der heiligen Katharina. Darüber hingen Gemälde. Das eine zeigte die Mutter Gottes mit dem Jesuskind an der Brust. Die Heilige war am zerbrochenen Rad zu ihren Füßen leicht zu erkennen. Brennende Wachskerzen standen auf großen Eisenleuchtern neben beiden Altären.

Die Frauen rückten auf zwei sich zugewandten Bänken vor dem Nonnenchor zusammen, ein Eisbärenfell lag auf dem Steinboden zwischen ihnen. Die angesehensten und ältesten Schwestern saßen den Altären am nächsten, die jüngsten am weitesten von ihnen entfernt. Die Laienschwestern und Katrín waren noch ein Stückchen weiter weg und hatten keine Sitzplätze. Die Nonnen stimmten den Messgesang an und standen fast die ganze Zeit, nur ab und zu setzten sie sich kurz hin. Katrín sang mit, so weit sie die Gebete kannte. Sie verstand nicht viel, und nach dem irritierenden Traum waren ihre Gedanken zunächst noch in Aufruhr. Doch nach einer Weile breitete sich ein Gefühl der Ruhe in ihr aus. Sie betrachtete die Kerzenflamme am Altar ihrer Namensvetterin Katharina von Alexandria, spürte die Frömmigkeit rings um sie. Auf einmal hatte sie die Hoffnung, dass alles gut gehen würde. Gott schien ihr in dieser großen Kirche näher zu sein als in der kleinen von Bakki, die romanischen Fenster und die Bögen des Deckengewölbes zogen den Blick und den Geist nach oben gen Himmel. Zwischen den Säulen, die das hohe Holzdach trugen und die Empore vom Chor trennten, war der Hochaltar zu sehen, darüber Jesus, der Sohn Gottes und

Mariä, leidend am Kreuz, aber mit stolzem, majestätischem Gesichtsausdruck und einer vergoldeten Dornenkrone.

Gleich nach den Laudes machten sich die Laienschwestern an die tägliche Arbeit. Die meisten waren Spinnerinnen und Weberinnen. Die Nonnen jedoch trafen sich in einem Raum zwischen Kirche und Dormitorium zur täglichen Kapitelversammlung, so wie es der heilige Benedikt und die heilige Scholastika von allen verlangten, die nach ihrem Vorbild ein Christus geweihtes Leben führten. Frau Agatha nahm den Vorsitz am Kopfende des erhöht stehenden Tisches ein, zu ihrer Rechten saß die Priorin Þorgerður, zu ihrer Linken Schwester Jórunn, und so eine nach der anderen. Zuletzt ließ sich Katrín Pálsdóttir unsicher auf einer niedrigeren Stufe nahe der Tür nieder. Sie versuchte dennoch, furchtlos zu erscheinen. Bereit, jedes Urteil anzunehmen, wie es auch ausfallen möge.

Die Kapitelsitzung begann mit einer Lesung von Schwester Þorgerður aus den Regeln des heiligen Benedikt. Katrín verstand von dem Inhalt so gut wie nichts, außer dass sie das Wort *humilitate* aufschnappte. Es ging wohl um Demut der Klosterbewohner gegenüber ihren Vorgesetzten, und sie bemerkte, dass Jórunn dem scharfen Blick von Þorgerður nicht auswich, als sie am Ende der Lesung von ihrem Buch aufsah.

Die Äbtissin räusperte sich und begann zu sprechen, doch zu Katríns Verwunderung war weder von Dalur-Guðrún noch von ihrem letzten Willen die Rede. Es ging vielmehr um den Bauern Ketill von Ásgarður, der der Kirche eine beträchtliche Summe schuldete. Das Kapitel stimmte darin überein, dass er für die Dauer eines halben Jahres einen Bedürftigen aufnehmen sollte, um die Schulden auszugleichen. Darin schienen sich die Frauen einig, doch dauerte die Entscheidung, welcher Bedürftige nach Ásgarður gehen sollte, eine geraume Zeit. Zwar gab es derer genug, doch einer war zu krank, eine alte Frau zu gebrechlich, ein Gelähmter hatte einen Versorgungsvertrag mit dem Kloster geschlossen und durfte nicht fortgeschickt werden. Katrín hörte nicht mehr zu, sondern betrachtete die Nonnen. Alle trugen die gleichen schwarzen Wollstoffkutten, die Hauben schwarz mit etwas Weiß am Hals und über der Stirn. Bei keiner war mehr als höchstens eine Haarsträhne zu sehen. Und doch waren sie unterschiedlich, jede von ihnen auf ihre Art besonders. Alle richteten sie den Blick auf die Äbtissin, bis eine in Richtung Tür und zu Katrín schaute. Ihre Augen begegneten sich, und die Nonne, eine junge rothaarige Frau mit Sommersprossen auf der Stupsnase und fröhlicher Miene, lächelte ihr zu. Das Lächeln und die warmen Augen fühlten sich an wie Sonnenschein und milder Sommerhauch, der nach der Kühle des frühen Morgens wärmt. Katrín gelang ein erwiderndes, dankbares Lächeln. Dann hörte sie, dass ihr Name fiel. Frau Agatha berichtete vom Inhalt des Testaments.

»Man muss berücksichtigen, dass das Vermächtnis großzügig ist und unter dem Eindruck der Buße steht, doch andererseits wurde das Mädchen in Sünde außerhalb der Ehe gezeugt, wider die Gesetze Gottes und der Kirche«, sagte die Äbtissin bedeutungsvoll. Katrín faltete die Hände und grub die Fingerspitzen in die Handrücken. »Wir sind nicht verpflichtet, das Testament einer Frau anzunehmen, die ein Leben wie Guðrún Jónsdóttir von Dalur führte und erst am Todestag Reue zeigte.«

»Unter uns ist niemand unehelich«, sagte eine der Nonnen, eine Frau mit scharfer, in der Mitte eingedellter Nase, großem Mund und einiger Ähnlichkeit mit Schwester Þorgerður, jedoch jünger und von weicherer Gestalt, mit sich abzeichnendem Doppelkinn und starkem Hals. »Könnte das Kloster nicht das Land als Mitgift und sie als eine der Frauen annehmen, die kein Gelübde leisten? Sie könnte gut in der Weberei arbeiten.«

»Meine liebe Guðrún, unter jenen Frauen befindet sich keine, die auch nur den Gegenwert einer Kuh mitgebracht hätte, geschweige denn einen ganzen Hof mit allem Viehbestand«, sagte die Nonne, die Katrín zugelächelt hatte. »Wir wissen von Unehelichen bei den Augustinern in Þykkvabær und auch anderswo, sogar am Bischofssitz. Nehmen wir es genauer als andere, Schwester? Wir sind doch alle nicht frei von Sünde.« Dieser Einwand kam Schwester Guðrún sichtlich ungelegen. Sie errötete tief und sagte nichts mehr.

»Aber Randíður!«, flüsterte eine der Frauen, aber laut genug, so dass es überall zu vernehmen war. Eine peinliche Stille, die Frau Agatha schließlich unterbrach, breitete sich im Kapitel aus.

»Ich möchte die Ansicht von Schwester Jórunn hören«, sagte sie.

Jórunn Hauksdóttir, vormals Hausfrau von Bakki, Witwe von Páll dem Reichen, ehedem betrogene und erniedrigte Frau, nun stolze ältere Nonne, die die Postulantinnen und Oblaten des Klosters Kirkjubær erzog und betreute, erhob sich und blickte ihre Schwester an. Die Entscheidung lag bei ihr, was Katrín für nur gerecht hielt.

»Niemand weiß genau, wer der Vater dieses Mädchens ist«, sagte sie mit würdevoller Stimme und nicht ohne Wärme. »Vielleicht war es ein fahrender Händler, vielleicht ein Kaufmann aus der Niederlassung am Meer. Wer weiß schon, wer alles nach Dalur kam und was dort geschah? Sie ist von unbedeutender Herkunft, doch das Anwesen, das die Frau meiner Familie durch Betrug entriss, wurde Gott geschenkt, und es ist nicht an uns, ein solches Geschenk zurückzuweisen, das rechtmäßig mit mir zum Kloster gekommen wäre, als ich vor fast zehn Jahren in die Gemeinschaft Jesu Christi eintrat.« Sie machte eine kurze Pause, die Nonnen warteten, dann fuhr sie fort. »Ich stimme also dafür, dass wir ihr in der Not beistehen und uns ihrer erbarmen, ihr erlauben, hier Schutz und Kraft im Gebet und im Fleiß zu finden, doch wenn sie das Gelübde bricht, soll sie hart bestraft werden, härter als üblich, denn sie muss in Anbetracht jener Erziehung, die sie bei dem Weib von Dalur erhalten hat, mehr als andere lernen.«

Sie hatte weder Katrín noch Guðrún mit Namen genannt. Sie alle wissen, wer mein Vater ist, dachte Katrín. Doch sie konnte Jórunn diesen Hochmut und die Lüge nicht verübeln. Sie tat ihr Leid, weil sie viele Jahre betrogen und niemals geliebt worden war.

Die Nonnen schienen Jórunn zuzustimmen, jedenfalls widersprach keine, und die Äbtissin nickte zufrieden, als Jórunn sich wieder hinsetzte.

»So soll es denn sein«, sagte sie. »Der Verwalter Þormóður wird jemanden finden, der den Hof bewirtschaftet, und das Mädchen leistet die Triennalprofess während der Visitation des Herrn Bischofs zur Kreuzmesse ab. Nach der Terz soll die Totenmesse für Guðrún Jónsdóttir gehalten werden. Gibt es noch etwas, das hier in diesem Kapitel beraten werden muss?«

Schwester Þorgerður warf Jórunn einen scharfen Blick zu, atmete tief ein und schien etwas sagen zu wollen, doch da sah Agatha sie finster an, und die Priorin schwieg. Der Katzenbalg musste warten. Eine der jüngeren Nonnen gab zu verstehen, dass sie sprechen wolle, und Frau Agatha neigte den Kopf zum Zeichen, dass sie das Wort habe.

»Ehrwürdige Mutter, mir ist gesagt worden, dass eine unserer besten Milchkühe seit einiger Zeit an Euterbrand leidet, weshalb es weniger Käse als sonst im Vorrat gibt. Könnten die Mägde nicht eine Kuh aus Dalur in unseren Stall holen?«

Ehe Frau Agatha die Gelegenheit hatte zu antworten, fügte Schwester Randiður an: »Ein Stierkalb käme ebenfalls gelegen, denn bald fehlt es uns an Buchhäuten. Wir haben nur noch ein halbes Pergament.«

Die Äbtissin zog die Brauen hoch. »Wieder mangelt es dir an Demut, Schwester Randíður, du vergisst ein weiteres Mal, vor dem Sprechen um Erlaubnis zu bitten. Erinnere dich bei der nächsten Beichte daran. Dieses Kapitel ist beendet, doch will ich Katrín von Dalur bitten, noch eine Weile hier zu bleiben, denn ich möchte mit ihr sprechen und ihr die täglichen

Regeln des Ordens erläutern, die sich für eine Postulantin gebühren.«

Die Nonnen erhoben sich und verließen im Gänsemarsch das Kapitelgebäude. Katrín blieb sitzen, und unmittelbar nachdem sich die Tür hinter der letzten Nonne geschlossen hatte, richtete die Äbtissin das Wort an sie.

»Die Schwestern Jórunn und Randíður kümmern sich um die Schulung der Novizinnen und Kinder«, sagte sie. »Randíður unterrichtet Grammatik und Schreibkunst und manchmal Buchillustration, wenn jemand dafür begabt ist, doch Jórunn ist verantwortlich für das Betragen und dafür, dass das gesamte Verhalten christlich und angemessen ist. Bei Bedarf kann sie Strafen aussetzen, und sowohl ihr wie Randíður ist absoluter Gehorsam zu leisten. Auch wenn du nicht vor Herbst das Gelübde ablegen wirst, wirst du ab dem heutigen Tag das Gewand der Keuschheit tragen; Schwester Guðný wird dich messen und in der Kleiderkammer eine passende Kutte finden. Du bist verpflichtet, alle sieben Messen an allen Tagen zu besuchen. An jedem Tag erteilt Schwester Jórunn dir eine Pflicht, die du rasch und gut und ohne Murren zu erledigen hast. Jeden Tag sollst du ferner nach dem Mittagessen in die Bücherei gehen und bei Schwester Randíður Literatur und Gesang lernen. Täglich wirst du unter der Leitung von Schwester Guðný Handarbeiten machen oder weben, falls dir die Nadelarbeit nicht liegt. Pater Jón ist dein Beichtvater und Lehrer in allen göttlichen und menschlichen Theorien. Er ist der einzige Mann, der ohne meine besondere Genehmigung an unserem Konvent teilnehmen darf. Du darfst keine anderen Gäste als deine nächsten Verwandten an bestimmten Tagen empfangen, und während der Probezeit wird du nicht die Erlaubnis erhalten, Besuche außerhalb des Klosters zu machen.« Die Äbtissin unterbrach ihre trockene Rede, als sie Katríns jämmerliche Miene während der letzten Worte bemerkte; sie war vor Mitleid gerührt. »Alle diese Bedingungen, meine Liebe, muss ich dir offen nennen, auch wenn du vorerst keine Hoffnung auf Besuch haben dürftest.«

Katrín nickte und fuhr sich mit dem Ärmel ihres Kleides über das Gesicht. Agatha fuhr fort, ihr Tonfall war nun wieder unpersönlich und direkt: »Wir widmen unser Leben der Armut, und dein Besitz ist daher ab jetzt Besitz des Klosters. Abgesehen von dem, was du am Leibe trägst, und ausgenommen einiger Dinge, die dich besonders an zu Hause erinnern. Doch bedenke, dass jene, die das Weltliche hinter sich lassen, auf jeden Luxus und jeden Müßiggang verzichten. Schwester Jórunn wird dein Gepäck durchsehen und entscheiden, was du davon für dich behalten darfst. Die Mahlzeiten werden gemeinsam eingenommen. Frühstück gibt es nach der Terz, denn wir gehen fastend zu den Messen. Das Abendessen wird nach dem Komplet eingenommen. Dies sind die wichtigsten Regeln unseres bescheidenen Lebens zu Ehren Christi und seiner heiligen Mutter Maria.« Die Äbtissin schwieg, und Katrín wartete reglos und mit hängendem Kopf ab. Sie spürte, dass vieles nicht ausgesprochen worden war. Frau Agatha dachte eine Weile nach und betrachtete Katrín unterdessen eingehend.

»Ich leite dieses Kloster seit nun bald dreißig Jahren, und während dieser Zeit sah ich manch ein Mädchen und manch eine Frau in deiner Lage«, sagte sie schließlich, und ihr Tonfall war etwas milder als zuvor. »Auch wenn du jetzt einem Häufchen Elend gleichst und deine Mutter noch nicht unter der Erde ist, so gab es doch viele, die schlechter dran waren. Einigen wurde niemals Zuneigung zuteil, weder von Lebenden noch von Verstorbenen. Den meisten ist es hier gut ergangen, und sie fanden Liebe und Frieden in unserem Herrn und dem Dienst an ihm, auch jene, die nicht aus eigenem Antrieb herkamen, sondern auf Wunsch anderer. Die Umstände deines Klostereintritts sind nicht die besten, und ich vermute daher, dass es dir recht schwer fallen wird – doch bedenke, dass Gott der Herr uns gerade dann prüft, wenn wir seiner am meisten bedürfen.« Sie erhob sich mit einiger Mühe von dem niedrigen Stuhl und stieg von ihrem Platz herab. Neben Katrín blieb sie stehen und strich mit ihrer weißen, fleischigen Hand über deren dunkelblondes, dichtes Haar, das zu einem schweren Zopf geflochten war. »Und dein Haar muss gestutzt werden, meine Gute.«

Das Mädchen blickte rasch auf. Sie war erschrocken und packte das Zopfende, als fürchte sie, dass die Äbtissin bereits die Schere zückte. »Warum das denn?«

Frau Agatha ließ die Hand sinken. »Schönes Haar schmückt weltliche Frauen, und den Männern gefällt es. Wenn du jene Welt aber verlässt, stehen sowohl dein Körper als auch dein Geist im Dienste Christi. Eitelkeit und Herausputzen für Männer widersprechen dem Keuschheitsgebot.«

Katrín wog diese Worte und wusste, dass sie weise gesprochen waren. Doch mit diesem Opfer wollte sie sich nicht abfinden, schon weil sie sich ihr Lebtag lang so viel Mühe mit ihrem hüftlangen Haar gemacht hatte. Sie wusch und kämmte und flocht es regelmäßig. Eines Tages fängst du dir einen Ehemann mit diesem Haar, hatte Margrét manchmal zu Katrín gesagt, wenn sie beim Kämmen jammerte. Mit ihren hohen Wangenknochen und ihrer geraden Nase übertraf sie andere Frauen kaum an Schönheit, aber ihr blondes, dickes Haar fiel auf, weil es in Wellen über ihren Rücken floss. Wenn Männer es sahen, entdeckten sie gleichzeitig etwas Leidenschaftliches in Katríns Art, sahen die weichen Wölbungen des Körpers und vergaßen es nie mehr, auch wenn Katrín selbst nichts davon wusste.

Aber das spielte nun keine Rolle mehr.

»Wann?«

»Bald.«

»Kann es warten, bis ich das Gelübde ablege?«, fragte sie bittend.

Warum warten? Widerstrebend nickte die Äbtissin – wissend, dass es einfacher war, nicht alles auf einmal zu opfern.

»Du kannst den Zopf hochstecken und eine Haube tragen, bis du die Profess ablegst, denn die Nonnenhaube und den Schleier bekommst du nicht, ehe das Haar abgeschnitten ist«, sagte sie.

»Danke, ehrwürdige Mutter.« Katrín senkte den Kopf und küsste den Ring an Frau Agathas ausgestreckter Hand.

»Nun sollst du deine Mutter aufsuchen und zum letzten Mal Abschied nehmen, denn es geht auf die Messe zu, und dann schließen die Männer den Sarg«, sagte die Äbtissin und entfernte sich, ohne eine Antwort abzuwarten.

Katrín gehorchte, obwohl es sie nicht im Geringsten danach verlangte, die Tote noch einmal zu sehen. Sie hätte die Totenmesse am liebsten schon hinter sich gehabt. Guðrún von Dalur war in einem kühlen Raum aufgebahrt, der offensichtlich als Leichenhaus diente. Ein aufgehängter, großer Stickteppich trennte die Lebenden von den Toten. Doch diesmal lag nur dieser eine Leichnam hier, eingesargt und auf Stroh gebettet. Der Deckel war noch nicht geschlossen. Katrín hatte das Leichentuch selbst genäht und über das Gesicht gebreitet, und zunächst war sie etwas verwundert und zugleich erleichtert, weil es nicht zu sehen war. Der Traum stand noch zu deutlich vor ihr. Sie näherte sich dem Sarg mit schleppenden Schritten, kniete auf dem kalten Steinboden in angemessener Entfernung zur Toten nieder und suchte in ihrem Gedächtnis nach geeigneten Worten. Worten, die passen, wenn man als Letzte zurückgeblieben ist und von der Vorletzten Abschied nimmt.

Die Trauer vermochte den Vorwurf nicht zu verdrängen. Warum war sie so sündhaft gewesen und hatte nichts bereut? Der Wutschrei war lauter als das Trauerstöhnen. Warum ließ sie ihre Tochter allein mit der gesamten Bürde ihrer Missetaten zurück?

Sünden bewirken,
dass gedrückt wir gehen
aus der bösen Welt.

Doch nur der Sünder
muss sich fürchten;
der Tadellosen Dasein ist gut.

Kann man stellvertretend für andere tadellos sein? Katrín hob den Blick, sah den Leichnam an, danach die Wand und das Kruzifix dort, den Erlöser am Kreuz. So wie er? Christus erwiderte ihren Blick.

»Ich glaube, du bist ein gutes Mädchen, auch wenn sie so viel gesündigt hat.« Die klangvolle, tiefe Stimme. Katrín drehte sich um und sah Pater Jón Sigurðarson in jenem Winkel stehen, wo der Teppich an die Außenwand stieß. Sie erhob sich; ihre Knie waren taub, weil sie so lange gekniet hatte.

»Warum sollte ich besser sein als sie?« Nur sie konnte die Verstorbene verteidigen. Er sollte sie nicht verurteilen. Nur Gott darf urteilen. »Vielleicht bin ich sogar schuldiger.«

»Sei nicht anmaßend.« Jón kam näher, trat ganz dicht an sie heran. »Das ist Sünde.« Katrín wich zurück, näher zum Leichnam, weg vom Pater. Er machte noch einen Schritt, legte seine Hand auf die Schulter des Mädchens und berührte ihren geflochtenen Zopf mit den Fingerspitzen. Lange Finger, eine schöne Hand. »Du trauerst, und das ist gut. So soll es sein.«

Katrín wich seinem Blick aus, doch die braunen Augen zogen sie an. Die Kirchenglocken läuteten zur Terz. In der Vorkirche waren Schritte zu hören.

Jón zog seine Hand zurück. »Wir singen die Olafsmesse am Hochaltar und danach die Totenmesse«, sagte er. »Du kannst vorne bei den Leuten sein oder auf der Empore bei den Schwestern.« Er deutete mit seinem langen Zeigefinger auf den Leichnam. »Sie wird nach vorn gebracht werden.«

»Ich bleibe diesmal bei den Leuten«, erwiderte Katrín.

»Und dann nie mehr.« Jón wandte sich ab und verschwand hinter dem Teppich. Sie folgte ihm und lief dem Verwaltersohn Guttormur mit den trüben Augen und dem Grinsen fast in die Arme. Sein Kopf war unbedeckt, die Kapuze hing auf den Rücken hinab. So konnte sie sehen, dass auch er eine Tonsur hatte. Er grinste sie dümmlich an.

»Ich bin Hostarius«, sagte er und machte ein bedeutungsvolles Gesicht. Katrín reagierte nicht, sie hätte ihn am liebsten ignoriert und versuchte, an ihm vorbeizukommen, doch der Junge vertrat ihr den Weg.

»Ich läute die Glocken und bewache die Kirchentür, so dass kein Ungebetener hereinkommt«, sagte er. »Sie kam nur durch, weil sie tot ist.« Er nickte mit dem Kopf in Richtung des Leichenhauses. Katrín hätte ihn am liebsten geohrfeigt, beherrschte sich aber und machte einen zweiten Versuch, ihn zu umgehen, doch wieder stellte er sich ihr in den Weg, und sie kam nicht weiter. Pater Jón war im Chor verschwunden.

»Geh«, flüsterte sie bittend. »Musst du nicht die Tür hüten?«

Er blickte zur Tür und sah, dass sich draußen Volk versammelt hatte.

»Es ist hauptsächlich Gesindel«, sagte er, doch er ging und ließ sie endlich vorbei. Sie machte, dass sie hinauskam. Viele waren zur Kirche gekommen; schließlich war die Olafsmesse immer gut besucht, obwohl die Þorláksmesse auch noch nicht lange her war.

Der heilige Olaf von Norwegen stand den Leuten hier näher als viele andere Heilige etwa aus Rom oder gar Jerusalem. Abgesehen von jenen, die auf dem Friedhof Vaterunser beteten, unterhielten sich die Leute, und Katrín konnte den Namen ihrer Mutter und ihren eigenen hören. Unter dem Volk erkannte sie Margrét und einige andere Leute aus Dalur. Die Wirtschafterin schien nicht mehr ganz so geknickt wie am Vortag, ja sogar eher ein bisschen stolz als traurig, sie hatte aber verweinte Augen. Sie begegneten sich auf halber Strecke mit ausgestreckten Händen, berührten, küssten und umarmten sich aber nicht. Nicht vor all diesen Leuten, die sie beobachteten, auch wenn einige so frömmlerisch waren, dass sie schon das Vaterunser vor sich hin murmelten.

Sie hatten kaum Zeit für ein Gespräch, denn der Messdiener war mit dem Kreuz und dem Küster Móðólfur herausgetreten, gefolgt von zwei Patern in reichem Ornat: Jón Sigurðarson im roten Messgewand, den anderen kannte Katrín nicht. Hinter ihnen ging der leidige Verwaltersohn Guttormur. Auch die Schwestern waren herausgekommen und folgten den Geistlichen, die Gemeinde kam in Bewegung, und Katrín und Margrét folgten der Prozession im Sinn des Sonnenlaufs rund um die Kirche. Sie waren weit hinten, aber noch vor einer Schar in Lumpen gekleideter Obdachloser, die sich den Bedürftigenteil des guten Essens holten wollten, das es im Kloster nach dem gestrigen Fasten anlässlich der Olafsmesse geben würde. Die Pater und der Küster sangen, bis sie wieder in die Kirche eingetreten waren. Die Leute kamen herein und redeten weiter miteinander, nachdem sie sich vor dem Altar bekreuzigt hatten. Die Stimmen wurden leiser, als die Pater den Chor betraten und die Nonnen die Empore. Die Hausherren gingen weiter in die Kirche hinein als das Gesinde, das Abstand zum Allerheiligsten hielt. Die Frauen auf der Nordseite und die Männer im Süden, alle fanden einen Platz unter ihresgleichen. Dann setzte der Gesang zu Ehren des heiligen Olaf ein. Die tiefe und kräftige Stimme von Pater Jón erscholl aus dem Chor bis in die Vorkirche, demütig in mildem Flehen um die Gnade des Allmächtigen Gottes bittend. Kyrie eleison, neun Mal, denn neun ist die Zahl der himmlischen Heerscharen.

Katrín schob sich nach vorn, bis sie zu den besseren Frauen kam. Einige saßen ganz vorn auf eigenen Kirchenstühlen. Dort stand auch der bereits geschlossene Sarg vor dem Altar. Die Leute wichen vor Katrín zurück und warfen ihr scheele Blicke zu. Doch sie tat, als sei nichts, obwohl sie die Augen im Rücken spürte und das Flüstern hörte. Sie warf den Kopf in den Nacken, wie sie es bei Margrét gesehen hatte. Sollten sie doch gaffen, wenn es ihnen beliebte. Sie besaß ihre Ehre noch, auch wenn ihre Eltern nicht zusammengefunden hatten, wie Tristan und Isolde in dem Buch, das ihr Vater ihnen einmal geliehen hatte. Sie hatten es nie zurückgeben können, weil er ertrank. Das Buch lag zuoberst in einer der Kisten, die sie mitgebracht hatte. Musste sie es nun dem Kloster geben? Dieses einzige Geschenk, das sie von ihrem Vater besaß? Katrín schauderte.

In der Kirche war es recht hell. Beim Altar und dem Pult standen große Kerzen, dann waren da noch die zahlreichen Fenster. Als die Sonne im gleichen Augenblick, als Pater Jón mit der Kollekte begann, aus den Wolken hervorbrach, wurde es noch heller. Die Sonnenstrahlen fielen durch das bunte Glas der hohen und schmalen Fenster in das Gotteshaus und badeten die Gemeinde in einem Licht, das nicht von dieser Welt zu sein schien: rötlich, blau und grünlich. Der Strahl, der einen Lichtstreifen auf den Sarg der Guðrún von Dalur warf, war lila, geheimnisvoll und dem Anlass entsprechend. Staub tanzte in den Strahlen, wirbelte auf und ab, hin und her. Jedes Körnchen war allein unsichtbar und nur dank der anderen zu erkennen, jedes unterstand einer höheren Macht. Katrín betrachtete die Strahlen wie hypnotisiert, vergaß für eine Weile alles um sie herum, bis Weihrauchduft in ihre Nase stieg und sie bemerkte, dass der Küster Móðólfur begonnen hatte, das Evangelium vorzutragen. Matthäus 16. Sie lauschte. Sein Latein war schwer verständlich, doch für eine Frau ihres Standes war Katríns Mutter durchaus gebildet gewesen und hatte ihre Tochter gut unterrichtet. Wer mir folgen will, sprach Jesus, der soll sich selbst verleugnen und mir nachgehen, las der Küster, denn wer sein Leben retten will, wird es verlieren, aber wer sein Leben meinetwegen verliert, wird es finden.

Die Stimme des Küsters klang ein wenig schrill, und doch berührte sie das Wort Gottes tief. Vielleicht galt es ihr allein, oder vielleicht doch ihrer Mutter, und dann war die Sache eine ganz andere. Katrín sah den Küster unbefangen an, doch dieser hob den Blick nicht von seinem heiligen Buch. Das tat dafür der kleine Ministrant, ein sechs- oder siebenjähriger

Knabe, der mit einer großen Kerze an der Seite des Küsters stand, zum Zeichen, dass das Wort Christi wie ein helles Licht am gesamten Himmel steht. Er erschrak sichtlich über den eindringlichen Blick der jungen Frau und schlug rasch die Augen nieder. Dabei tropfte heißes Wachs auf die Hand des Küsters, der sich daraufhin beim Lesen verhaspelte und unvermittelt zum Schlusswort kam. Die Verkündung endete früher als normal, und der Kerzenträger fing sich später, als niemand hinsah, eine Ohrfeige ein, doch die Gemeinde konnte sich endlich niederlassen und war erleichtert. Einige hockten sich auf ihre Fersen, doch viele knieten auf mitgebrachten Kissen. Katrín legte ihre Kutte zu einem Polster unter die Knie.

Bisher hatte sie nie jemand anderen predigen hören als den alten Pater Hjalti von Bakki, dessen Auslegungen der Heiligen Schrift stets so weitschweifig und kompliziert waren, dass die Gemeinde kaum bis zum Ende zuhörte und sich schon bald angeregt unterhielt und die Ermahnungen missachtete. Hier war alles anders. Wenn die Leute auch während des Gesangs und der Gebete flüsterten, lauschten die meisten doch mit Interesse der Predigt, die Pater Jón über den heiligen Olaf, den Freund Gottes und König von Gottes Gnaden, hielt. Der junge Pater predigte nicht, fand Katrín, er erzählte den Leuten eine Geschichte und tat dies mit solcher Hingabe, dass sie die Martern des Heiligen im Kampf von Stiklestad so lebhaft vor sich sah, als sei sie selbst mit auf dem Schlachtfeld. Sie schloss die Augen, als sich nach dem Sturz des Heiligen Dunkelheit über das Land herabsenkte.

Ganz am Ende war es, als ob sich Pater Jón plötzlich der Verstorbenen zu seinen Füßen erinnerte. Er sagte, dass die liebe Schwester Guðrún Jónsdóttir von Dalur nach der Messe zu Grabe getragen und beerdigt werde.

Noch einmal erhob man sich und sprach das Glaubensbekenntnis; die Pater und einige Gelehrte in Latein, die anderen in Hochnordisch. Wir glauben an Gott den Allmächtigen, Schöpfer des Himmels und der Erde. Danach kehrte Pater Jón der Gemeinde und dem Chor den Rücken. Ein kleiner Ministrant ging nun mit dem Licht, dem Kollektenbeutel und roten Wangen herum, und da erkannte Katrín ihn. Es war Páll Jónsson. Sie vergegenwärtigte sich, dass sie eng verwandt waren, sie und sein Vater waren Halbgeschwister väterlicherseits.

Alle wussten, was nun bevorstand, und selbst jene, die den ganzen Gottesdienst kaum geschwiegen hatten, verstummten nahezu, als der Junge den Chor betrat und hinter dem Pater Position bezog. Obwohl die undeutlichen Gebete in der vorderen Kirche kaum zu verstehen waren, nahm man nun die Kopfbedeckungen ab, schob die langen Kapuzen nach hinten und fiel mit erhobenen Armen auf die Knie, während sich die Wandlung vollzog und Glockengeläut die Kirche erfüllte. Die Hostie in Jóns hochgereckten Händen wurde zum Leib des Gekreuzigten, der Wein im Kelch zum Blut des Erlösers. Wie immer erfüllte dieser Augenblick Katríns Herz mit tiefer Freude, auch wenn sie die Wandlung nicht begriff. Sie stimmte in den Gesang vom Lamm Gottes ein. Agnus Dei, das sein unschuldiges Leben für die Sünden der Menschen ließ. Und nachdem alle, die Vergebung symbolisierend, den zweiten Friedenskuss ausgetauscht hatten, die Männer und die Frauen jeweils unter sich, da folgte sie ohne Zögern den anderen Kirchgängern zum Altar, um am Abendmahl des Erlösers teilzunehmen, auch wenn seit Ostern, als sie den Leib des Herrn zum letzten Mal empfangen hatte, erst wenige Monate vergangen waren. Denn nun bedurfte sie wie nie zuvor des Gefühls, dass eine höhere Macht in ihren Adern strömte. Sie war die Letzte, kniete nieder, erhob das Gesicht zum Altar und wartete andächtig, dass sie an die Reihe käme. Ruhig, gelassen und demütig. Wie hatte sie bloß Gottes Zorn fürchten und glauben können, dass so unbedeutenden Menschen wie ihr und ihrer Mutter ein Himmelszeichen erschiene?

Der Pater reichte einem nach dem anderen den Leib Christi, und dann kam die Reihe an sie, die zukünftige Braut Jesu. Sie sah seine ausgestreckte Hand und die Oblate auf dem Leichentuch Gottes zwischen seinen langen Fingern. Sie hob den Kopf, blickte direkt in Pater Jóns braune Augen und lächelte ihn an. Und da geschah, was ihm noch nie vorher passiert war und eigentlich nicht geschehen durfte: Seine Finger zitterten, er verlor das verwandelte Brot, das ihr zugedacht war, und ließ es zu Boden fallen. Katrín blickte voller Entsetzen auf die Oblate, dann zu Jón, der wie gelähmt schien. Was sollen wir nun tun, was bedeutet das? Er begriff schneller als sie, beugte sich zu ihr nieder und flüsterte: »Schnell, nimm die Hostie mit der Zunge und hüte dich davor, sie mit den Händen zu beschmutzen.«

Katrín gehorchte verwirrt und ängstlich. Sie leckte die Oblate vom Boden und spürte schließlich den staubigen Leib Gottes. War das nicht Gotteslästerung? Warum traf es sie, und warum jetzt? Jón wich ihrem fragenden Blick aus, als er Katrín den Kelch reichte. Währen sie trank und sich den Mund ausspülte, prüfte er den Boden. Dann nahm er den Kelch wieder an sich, ohne ihr in die Augen zu sehen. Sie verstand immer noch nichts. Dann entfernte sie sich vom Altar und nahm ihren Platz unter jenen Frauen, die dem Sarg ihrer Mutter am nächsten waren, wieder ein. Katrín blickte sich um, konnte aber aus den Mienen der Umstehenden kein Anzeichen dafür entnehmen, dass jemand den Vorfall beobachtet hatte. Und doch war sie nervös und überzeugt, dass dies ein Vorzeichen für weitaus Schlimmeres war.

Jón sprach die Seelenandacht über dem Sarg, ohne sich zu versprechen, doch seine Augen hafteten am Boden und lösten sich nicht vor dem Segen. Sein Blick war verlegen, und Katrín bedauerte ihn noch mehr als sich selbst.

Die Knechte von Dalur trugen den Sarg hinter dem Geistlichen und dem Küster hinaus, und die meisten Kirchgänger folgten dem Zug zum Friedhof nördlich der Kirche. Guðrún hatte wenige Freunde gehabt, doch es war ein Werk christlicher Nächstenliebe, einem Verstorbenen zum Grabe zu folgen. Es wurde auch registriert und später viel besprochen, dass alle Nonnen am Leichenzug teilnahmen, selbst Jórunn Hauksdóttir.

Dass Jón Sigurðarson kein Requiem hielt, überraschte niemanden. Schließlich handelte es sich um eine Konkubine aus einer kaum über dem gemeinen Volk stehenden Schicht. Der Pater sprach jedoch alle notwendigen und angebrachten Gebete, und die Versammelten stimmten in sein Vaterunser ein. Katrín betete leise, aber doch gut vernehmlich. Der Leichnam Guðrúns von Dalur senkte sich in den Leib der Mutter Erde, Jón warf eine Hand voll Erde nach und versprengte Weihwasser. Aus Erde hast du mich gemacht und mit Fleisch bekleidet, mag Gott mich erwecken am Jüngsten Tag.

Damit war es geschafft. Die Leute bekreuzigten sich und verließen den Kirchhof. Auf dem Vorplatz der Marienkirche setzten sie ihre Begrüßungen, Unterhaltungen und Verabschiedungen fort. Katrín gab Margrét einen Kuss und verabschiedete sich von ihr und den anderen aus Dalur an der Seelenpforte, ohne auch nur ein Wort hervorbringen zu können. Danach kehrte sie allein zum Friedhof zurück. Sie ließ sich auf einem Grasbuckel beim Grab nieder, sah, wie die Totengräber drei Häuflein Erde auf den Sarg warfen, und sie weinte, ohne sich dessen gewahr zu werden. Als die Erde auf den Sarg fiel, erklang ein merkwürdig hohles Geräusch.

»Lieber Gott, schenke den Toten Ruhe und sei den Lebenden gnädig.« Schwester Randíður stand an ihrer Seite. Das Mädchen hatte begriffen, dass die Mutter für immer verloren war und nichts mehr sein würde wie zuvor. Randíður kniete nieder, legte ihren Arm um Katríns Schultern und zog sie tröstend zu sich heran. Katrín ließ ihren Kopf auf die Schulter der Frau sinken und verbarg das Gesicht in der schwarzen, groben und nach Bärentraube riechenden Wollstoffkutte. Sie atmete schwer und suchte ihre Aufgewühltheit zu verbergen.

»Schneuz dich damit«, sagte Schwester Randíður und reichte ihr ein kleines Tuch aus Leinen. »Nun gehen wir zum Frühstück.«

Katrín nahm das Tüchlein, putzte sich die Nase, gab es verlegen zurück und schämte sich ihrer Schwäche. Schwester Randíður nahm ihre Hand, half ihr auf die Beine und führte sie vom Friedhof an den Leuten vorbei, die noch immer vor der Kirche standen. Sie ignorierte die Blicke und ging zum Klostergarten. Dann kamen sie zur Tür des Küchenvorraums, den Katrín bereits am Vorabend betreten hatte. Dort ließ sie Katríns Hand los. Die warme Berührung schien Katrín gestärkt zu haben, und sie vermisste sie sogleich.

Jenseits der Küche ging es vom Vorraum direkt ins Refektorium, und die Frauen begaben sich gerade auf ihre Plätze. Kein Wort wurde darüber verloren, dass sie beide zu spät kamen. Die Sitzordnung der Nonnen entsprach jener im Kapitel und bei der Messe, doch die Laienschwestern hatten parallel dazu einen eigenen Tisch. Dort jedoch wurde Katrín kein Platz angewiesen, sie kam stattdessen ganz unten am Nonnentisch zu sitzen.

Während die Mägde das Essen auftrugen, herrschte Stille im Refektorium. Dann begab sich eine der Nonnen mit einem Buch zum Lesepult zwischen den Tischen, legte es aufgeschlagen hin und richtete den Blick auf die Äbtissin. Frau Agatha senkte den Kopf und sprach das Gebet, in das die Nonnen einstimmig einfielen. Danach setzten sie sich. Die Mahlzeit und die Lesung des Tages konnten beginnen.

Zu ihrer Verwunderung hatte Katrín großen Appetit und nahm sich reichlich vom kalten Hammelfleisch, den warmen Garküchlein und trank dazu Molke in tiefen Zügen. Sie hätte gerne noch mehr gegessen, doch als sie sah, dass ihre Tischgenossinnen sowohl weniger als auch bedächtiger aßen, mochte sie nicht um einen Nachschlag bitten. Still saß sie vor ihrem leeren Zinnteller und starrte das Lesepult und die Frau an, die vorlas. Heute, anlässlich der Olafsmesse, aus dem Martyrium des heiligen Olaf. Es war ein Bericht über jene großen Wunder, die sich bei der Exhumierung und dem Transport seiner Gebeine in Trondheim ereignet hatten. Die Frau sprach mit klangvoller Stimme, las gut und flüssig. Jedes Wort war deutlich im Raum vernehmbar. Hin und wieder hob sie den Blick und ließ ihn über die Schwestern schweifen. Einmal sah sie Katrín direkt ins Gesicht, so dass diese rasch und beschämt die Augen niederschlug. Sie hatte die Frau mit ihrem großen, roten Feuermal, das sich über die ganze linke Wange ausbreitete und im Schein der Tranlampe über dem Pult zu glühen schien, unverhohlen angestarrt.

Nach der Mahlzeit begaben sich die Nonnen an ihre Arbeiten. Nach kurzem Zögern folgte Katrín Schwester Jórunn in den Schlafsaal, wo die ältere Frau sich abrupt umdrehte und Katrín barsch nach dem Schlüssel zu ihren Kisten fragte, die vor ihnen mitten auf dem Boden standen.

Widerspruchslos händigte Katrín ihr den Schlüsselbund aus, und die Postulantinnen und Oblaten, die im Raum waren, verfolgten neugierig, wie Schwester Jórunn eine Kiste nach der anderen öffnete und den Inhalt inspizierte. In der ersten waren Decken und gute Bezüge für drei Bettdecken; Jórunn legte sie zur Seite und zog dann mit spitzen Fingern ein gutes Federkissen hervor, das Guðrún gehört hatte. Gerade so, als könne sie ahnen, welcher Kopf darauf geruht haben mochte.

»Derartiger Luxus ziemt sich an diesem Ort nicht, es sei denn für hochwohlgeborene Gäste«, sagte sie und ließ das Kissen auf die Bezüge fallen. Die nächste Kiste enthielt Katríns Kleidungsstücke und Schuhwerk. Alles, was nicht naturfarben war, wurde aussortiert, so dass fast nichts zurückblieb als Schuhe, Socken, Leibwäsche und ein ärmelloser Kittel. Ein leuchtend rotes, fein gewebtes Tuch, das Guðrún irgendwann einmal als Futterstoff erworben hatte, war von Margrét ebenfalls in die Kiste gelegt worden. Jórunn betrachtete es erstaunt. »Was hattest du damit im Sinn?«, fragte sie und tat verwundert. Katrín konnte nicht antworten und schüttelte nur den Kopf. Die Postulantinnen und Oblaten belächelten ihre Einfalt.

In der dritten Kiste befanden sich von Katrín selbst eingepackte Dinge, und das Blut schoss ihr in die Wangen, als Schwester Jórunn das Buch von Tristan und Isolde hervorholte. Die Augen der Nonne verengten sich, ihre Lippen wurden schmal wie ein Strich. Sie erkannte das Buch, auch wenn viele Jahre vergangen waren, seit es vermisst worden war. Sie blätterte einige Pergamentseiten um, ließ die Augen über den Text fliegen. Sie überlegte offenbar, was zu tun oder zu sagen sei. Schließlich blickte Jórunn von dem Buch auf. Ihr Gesicht war ausdruckslos, und sie teilte dem Mädchen ruhig mit, dass es diese Schrift nicht behalten dürfe.

Katrín konnte die in ihr aufsteigende Wut nicht unterdrücken und fragte scharf: »Was hast du mit meinem Buch vor?«

»Das geht dich nichts an«, antwortete Jórunn eisig und fuhr fort, den Inhalt der Kiste zu inspizieren. Sie zog einen Kamm, eine Nadelhülse, Schere und Garn, Spindel und Wollkamm sowie eine kleine, purpurrote Schatulle mit den Initialen KP auf dem verzierten Schiebedeckel hervor. Darin waren ein Einsatz mit bunten Steinen und Katzengold, Perlen, einer Silbernadel und Haarspangen. Sie holte auch bestickte Tücher, einen kunstvoll gewebten Schal und einen Mantel mit farbigem Besatz heraus. Die Tücher hätten einmal Katríns Aussteuer sein sollen.

»Eine Frau, die sich Gott weiht, kann auf Katzengold und den Putz junger Mädchen verzichten«, sagte Jórunn und legte fast alles außer dem Näh- und Spinnbedarf wieder zurück in die Kiste. »Das hier kannst du behalten, alles andere kommt in die Kleiderkammer. Man wird schon eine Verwendung dafür finden.« Katrín verfolgte alles wie gelähmt, ging dann zur obersten Kiste und nahm die rote Schatulle an sich.

»Das behalte ich«, sagte sie und drückte das Kästchen an ihre Brust.

»Nein, meine Gute.« Jórunn streckte die Hand nach der Schatulle aus. Katrín verlor den Halt, und die Schatulle fiel zu Boden. Ihr Inhalt verteilte sich im ganzen Raum. Das Mädchen warf sich auf die Knie und sammelte Steine, Nadeln und

Kämme wieder ein. Niemand rührte sich, um ihr zu helfen. Plötzlich spürte sie, dass die Stille unerträglich geworden war, sah auf und erblickte Schwester Þorgerður.

»Warum darf das Kind diese Kleinigkeit nicht behalten?«, fragte sie liebenswürdig und hob die Schatulle auf.

»Überflüssiger Putz!« Die Nasenflügel von Schwester Jórunn zitterten leicht, während ihre Stimme recht gefasst klang.

Schwester Þorgerður nahm die Pretiosen und reichte sie Jórunn, legte die Schatulle in Katríns Hände und half ihr auf die Füße. »Behalte das Kästchen, Liebes. Es sei denn, Frau Agatha befiehlt dir, es herzugeben.« Sie würdigte Jórunn keines Blickes, warf den Kopf siegesgewiss in den Nacken und ging.

»Was glotzt ihr, macht euch an die Arbeit«, wies Jórunn die Postulantinnen und Kinder scharf zurecht, die zurückschraken und im Handumdrehen durch die Tür verschwunden waren. In Katrín brodelte die Wut noch immer, doch sie wagte aus Angst, dass es Jórunn missfallen könnte, nicht, den Blick zu heben. Schweigend wartete sie das weitere Geschehen ab.

»Das wirst du noch bereuen«, sagte Jórunn mit beherrschter und trockener Stimme, nahm die Schatulle, warf sie in die Kleiderkiste und knallte den Deckel zu. »Bedenke, dass du ohne meine Fürsprache nicht hier wärst. In Zukunft solltest du besser gehorchen, wenn du bleiben willst. Ein anderes Zuhause hast du nicht, und solltest du einem Haushalt zugewiesen werden, so wärst du dort sicher kein Gewinn. Deine Hände haben, so scheint mir, bisher keine schwere Arbeit verrichtet.«

Katrín hob ihre Hände und betrachtete sie. Sie waren eher fein mit heller Haut, schlanken Fingern und ovalen Nägeln. Jórunn fasste nach ihnen und drehte die Handflächen nach oben.

»Hier ist keine Hornhaut, aber das kommt noch«, sagte sie. Ihre eigenen Hände waren grobknochig, die Haut trocken. »Halte die Pranken hoch und nimm entgegen, was du verdient hast.« Katrín sah zu Boden und biss sich auf die Lippen, als die Reisigrute ihre Handfläche traf, aber sie gab keinen Schmerzenslaut von sich. Sie sprach das Ave Maria, während die Hiebe niedersausten. Eins, zwei, drei, vier, fünf. Das Reisig schnitt in die Haut und hinterließ rote Striemen, doch sie platzte nicht. Sechs, sieben. Ein Striemen öffnete sich ein wenig, Blut quoll hervor.

»Na!«

Katrín ließ die Hände am Körper herabsinken und hob den Blick. Tränen glitzerten in ihren Augen, aber sie hatte nicht geklagt.

»Stell deine Kiste zu dem Lager, das ich dir gestern angewiesen habe«, sagte Jórunn und atmete schwer nach dieser Züchtigung. »Es ist am besten, wenn du weiterhin dort bleibst, jedenfalls bis zur Konfess. Dann kannst du dich auch gut um die Ertrunkene kümmern, denn du bist in ihrer Nähe. Und du kannst Schwester Guðrún mit den Alten helfen.«

Katrín gehorchte, packte den Griff mit brennenden Händen und zog ihren gesamten Besitz über den Boden zum hintersten Teil des Schlafraumes, denn sie konnte die große Kiste nicht heben. Das Brennen bereitete ihr eine seltsame Befriedigung. Sie spürte, dass sie die Maßregelung verdient hatte, weil sie sich überlegen gefühlt hatte.

Die alte Frau, die sich gestern nach der Blatternseuche erkundigt hatte, fragte wieder danach, und diesmal antwortete Katrín wahrheitsgemäß, dass diese Seuche vor mehr als fünfzehn Jahren kursierte und seitdem, Gott sei Dank, nicht mehr aufgetaucht sei.

»Das ist gut«, sagte die Alte lächelnd und entblößte ihre Zahnlücken. »Dann kann ich bald nach Hause nach Holt gehen.«

»Da musst du dich zuerst ausruhen, Alte, denn du hast einen langen Weg vor dir«, sagte Schwester Guðrún, die sich im Krankenraum befand und Katrín unaufgefordert half, die Kiste am Kopfende des Lagers zu verstauen. Es war jene

Schwester, die vorgeschlagen hatte, dass Katrín bloß Laienschwester ohne Haube und Gelübde werden sollte. Ohne Würde. »Alle Leute der alten Steinunn sind an den Blattern gestorben, aber sie vergisst es immer wieder. Wir sagen es ihr jedoch nur sehr selten, denn dann weint sie jedes Mal«, sagte sie leise über die Kiste hinweg. »Sie verbringt hier ihr Alter, denn sie konnte ihren Hof nicht mehr versorgen, die Ärmste.« Katrín nickte. Diese Rücksichtnahme stimmte sie milder, und sie fühlte sich der Alten in ihrem Kummer verbunden, der ebenso bitter und unvergänglich sein musste wie ihr eigener.

Guðrún war für alle Frauen im Krankentrakt des Klosters verantwortlich. Sowohl für die hinfälligen Alten als auch für die jüngeren Patienten, die Schwestern sowie für jene, die keine Angehörigen hatten und vorübergehend Aufnahme im Kloster gefunden hatten. Sie kümmerte sich um die Zubereitung der Wundsalben und Kräuterextrakte, die während der üblichen Herbst- und Frühjahrsgrippe die Brust erleichterten, nahm gelegentlich einen Aderlass vor und besaß Nadeln und Brenneisen, um im schlimmsten Fall Wunden oder Gefäße zu öffnen, die das natürliche Gleichgewicht des Körpers irritierten. Sie umfasste Katríns Hände, sah sich die Handflächen an und seufzte. Dann holte sie einen Tiegel mit fetter Salbe, die wie feuchte Wolle roch, und trug sie auf die roten Stellen auf, wobei sie Katrín bat, dies gegenüber Jórunn nicht zu erwähnen.

»Es reicht, dass meine Schwester Þorgerður sie reizt«, sagte sie mit einem aufblitzenden Lächeln, das so schnell verschwand, wie es erschienen war.

»Sie sagte, dass ich dir helfen und die Ertrunkene versorgen soll«, flüsterte Katrín und sah zu der Frau hinüber, die reglos mit offenen Augen auf dem nächsten Bett lag und die Dachsparren fixierte. »Das ist sie, nicht wahr?«

Schwester Guðrún nickte und seufzte. »Wir haben abwechselnd hier hinten gelegen, um sie nachts zu beruhigen, wenn sie ihre Anfälle hat. Das ist immer der Fall, wenn jemand Neues sie versorgt. Sie kann uns unterschiedlich gut leiden, das spüre ich, auch wenn sie wenig sagt.«

»Wer ist sie?«

»Sie wurde vor langer Zeit wohl Úlfhildur genannt. Man fand sie vor drei Jahren im See auf der Heide, eine Woche vor der Marienmesse, mehr tot als lebendig, ja eigentlich ertrunken, doch als sie von der Heide hinuntergetragen wurde, da strauchelte einer der Männer. Sie kullerte den Hang hinab, spuckte das Wasser aus und kam wieder zu Bewusstsein. Aber ob es nun der Sturz oder das Ertrinken oder etwas ganz anderes war, jedenfalls ist sie seither so gut wie nicht mehr aufgestanden. Und zu allem Überfluss ist sie auch besessen und nicht mehr umgänglich.« Schwester Guðrún sprach die letzten Worte leise in sich hinein, als fürchte sie die Ertrunkene.

Katrín blickte die ältere Frau mit großen Augen an und musste sie nicht lange bitten fortzufahren, sie fragte nur: »Und?« Schwester Guðrún genoss es sichtlich zu sprechen und setzte sich damit über die Regel des heiligen Benedikt und seiner heiligen Schwester Scholastika hinweg, lieber weniger als mehr Worte zu machen, sofern sie nicht dem Lob Gottes oder des Herrn Jesus Christus dienen. Es war schon lange her, dass sie diese Geschichte das letzte Mal hatte erzählen können.

»Manchmal wacht sie nachts auf und stößt Flüche in verdrehtem Latein aus, so dass niemand im Refektorium Schlaf findet, und nichts kann die Geister, die aus ihr sprechen, bannen, höchstens das Salve Regina. Und doch ist niemandem bekannt, dass sie früher schon einmal in einem Kloster gewesen wäre. Wir wissen eigentlich nur das von ihr, was uns der hochwürdige Bischof Jón Halldórsson gesagt hat: Dass sie kurze Zeit Magd in Skálholt gewesen ist und nach einem Tanzvergnügen in der Nacht vor der Marienmesse verschwand. Es wird behauptet, dass sie an jenem Abend von bösen Geistern heimgesucht wurde.«

»Hat sie denn niemanden?«

Guðrún schüttelte den Kopf. »Ihre Leute sind vor vier Jahren an Hunger gestorben. Sie war gerade einen Winter in Skálholt, als das Unglück hereinbrach. Aber das Erbarmen des Allmächtigen und des Herrn Bischof sind groß, denn er zahlt ihren Unterhalt und hat seinen eigenen Pater hergeschickt, um die Geister zu exorzieren, auch wenn es nichts half und sich ihr Zustand eher verschlimmerte. Ich selbst versuchte einmal eine Heilung und öffnete ein Geschwür auf ihrer Stirn mit dem Brenneisen, aber auch das nützte nichts, obwohl das Geschwür groß und augenscheinlich bösartig war.«

Die ertrunkene Úlfhildur hatte während Schwester Guðrúns Rede kein anderes Lebenszeichen als ein gelegentliches Augenzwinkern erkennen lassen, doch als Katrín beklommen zu ihr hinübersah, glaubte sie eine Bewegung unter ihrem Lager zu erkennen, einen kleinen Schatten, der verschwand, ohne dass sie ein Wort über die Lippen bringen konnte. Vielleicht war es eine Maus. Vielleicht etwas anderes.

Die Krankenschwester schien nichts bemerkt zu haben und plauderte weiter, dämpfte jedoch ihre Stimme, denn nicht alle Patienten waren von Sinnen und verstanden, wenn von ihnen die Rede war. Sie weihte Katrín in die unterschiedlichsten Gebrechen jener ein, mit denen sie ab jetzt die Stube teilen würde. Dabei war ungewiss, wie lange sie bei den Elenden im Herrn schlafen müsste, die jedoch immer noch besser dran waren als die Sterbenden, die in einem Anbau untergebracht waren und für die man nicht anderes tun konnte als zu beten. Katrín nahm nur einen kleinen Teil des Wortschwalls auf. Ihr Gemüt hatte sich nach der Beerdigung und der Auseinandersetzung mit Jórunn noch immer nicht beruhigt, und zu dem tiefen Mitleid in ihrer Brust gesellten sich Kummer und Erschöpfung. Sie wünschte sich im Stillen, dass die Schwester schweigen und sie allein lassen würde.

Im gleichen Augenblick läuteten die Glocken zur Sext-Andacht. Zu allen Andachten mussten Kranke und Alte allein bleiben, wenn nichts Außergewöhnliches vorlag.

Die Mittagsandacht war kurz, und gleich danach wurde Katrín von einer pausbackigen, kleinen Schwester angesprochen, die sich Schwester Guðný nannte und das Mädchen in die Kleiderkammer führte, denn sie war von Mutter Agatha beauftragt worden, eine Kutte für sie zu finden. Katrín willigte ein, doch vorsichtshalber bat sie zuvor Schwester Jórunn unterwürfigst um Erlaubnis. Diese wurde ihr gewährt. Jórunn zog zuerst eine verwunderte, dann eine wohlgefällige Miene. Katrín kam ihr nach der Züchtigung verschreckt vor, und vielleicht war es so am besten.

Die Kleiderkammer lag im westlichen Trakt bei der Küche. Auf der einen Seite waren Weberei und Bibliothek untergebracht, auf der anderen Seite befanden sich ganz am Ende und am nächsten zur Kirche die Zelle der Äbtissin und das Parlatorium, das Katrín bereits gestern betreten hatte. Schwester Guðný öffnete eine massive Tür mit einem großen Schlüssel und ging mit wiegendem Schritt voran, der ein wenig an die Hühner im Klosterhof erinnerte. Katrín, die sie um mehr als einen Kopf überragte, folgte ihr und musste sich unter der Tür bücken. Gleich dahinter erkannte sie ihre eigenen Kisten, einige geöffnet und bis auf eine gestreifte Decke leer. An den Wänden lagen mannshohe Stapel von Websträngen und aufgerollter, in Felle eingenähter Wollstoff, versandfertige Schiffsfracht für Norwegen. Katrín ließ die Augen über die Ballen schweifen und versuchte, rasch ihren Wert zu überschlagen, wusste aber nicht, wie viele Ellen ein Ballen enthielt, vermutlich über zwanzig. Hier herrschte wahrlich Überfluss. Das mussten viele hundert Wollstoffbündel sein.

Guðný bemerkte ihre ehrfürchtige Miene und lächelte. »Die Weberinnen von Kirkjubær sind tüchtig, auch wenn dies nicht alles ihr Werk ist. Die meisten Höfe entrichten Lehnsgelder und den Zehnten in Webstoff.«

Katrín nickte und sah sich weiter um. Sie erkannte weitere Kisten, auch Bündel gefärbter Stoffe aus Wolle, Leinen und Flachs. Hier gab es wirklich alles. Schwester Guðný zog ein Maßband hervor und legte es Katrín über Brust und Hüften. Sie konnte sie nur mit Mühe messen und notierte die Maße auf einer kleinen Wachstafel: zwei Ellen und eine Daumenbreite über Brust und Hüften. Ein Mädchen mit vollem Busen und fast so groß wie ein Mann, nicht weniger als drei Ellen hoch und vier oder fünf Fingerbreiten dazu. Sie kramte lange in einer großen Truhe, wo Ruchgras zwischen Kleidungsstücken lag, zog schließlich eine schwarze Kutte hervor und hielt sie dem Mädchen hin.

»Probiere, ob sie dir einigermaßen passt, sie stammt von Schwester Álfheiður, die abberufen wurde. Sie hatte deine Größe, war aber ein wenig fülliger.«

Katrín brauchte nicht zu fragen, was aus jener Frau geworden war. Sie zog ihren Kittel aus, und Guðný half ihr, die Kutte überzustreifen. Sie war schwerer als der Kittel, aus dickerem und wärmerem Stoff. Das Oberteil und die Ärmel waren weit, wie es wohl sein sollte, die Länge war gerade richtig, und der Saum reichte auf die Schuhe hinab, ohne über den Boden zu schleifen. Das grobe Material reizte die nackte Haut und rief ein lustiges Gefühl hervor. Auch der schwache Ruchgrasduft war gut. Guðný betrachtete sie mit prüfendem Blick und nickte dann zustimmend.

»Es geht, auch wenn diese Kutte etwas abgetragen ist«, sagte sie. »Frau Agatha sagte mir, dass das Haareschneiden erst einmal aufgeschoben ist, und den weißen Schleier, die Haube und das Skapulier bekommst du erst nach dem Gelübde.« Sie öffnete eine kleinere Kiste und entnahm ihr eine weiße Kopfbedeckung mit Schultertuch. »Nimm wenigstens dies. Die Postulantinnen tragen solche Hauben, wenn es draußen kalt ist.« Katrín nahm die Haube entgegen und zog sie über den Kopf; die Öffnung für das Gesicht war angenehm weit, das Schultertuch reichte bis über die Brust und bedeckte den halben Rücken.

Vor der Tür waren Schritte zu hören, und sie sahen, dass Pater Jón Sigurðarson in der Türöffnung stand. Wie lange hatte er dort gestanden? Katrín stieg das Blut in die Wangen. Hatte er nun ihr Fleisch gesehen, so wie sie seines?

»Ich muss mit Jungfrau Katrín sprechen. Es ist wegen des Hofes«, sagte er. »Wenn sie nachher ins Kapitel kommen wollte.« Dann drehte er sich auf dem Absatz um und ging.

Jón hatte einen Beichtstuhl im Kapitel, aber als Katrín eintrat, saß er nicht dort, sondern ging auf und ab. Er nahm kurz von ihr Notiz und wies ihr einen Platz auf der Bank an, schritt jedoch weiterhin schweigend und wunderlich auf und ab, hin und her, vor der Bank entlang, so dass sie Angst bekam. Schließlich blieb er stehen, räusperte sich und sagte mit gezwungener Stimme: »Der älteste Sohn von Þverá kam nach der Messe zu mir und wollte wissen, ob Dalur als Lehen vergeben würde. Ich bejahte und versprach, ihn der Äbtissin zu empfehlen. Ich finde es richtig, dass du davon weißt.«

»Ja, wirklich?« Spielte es eine Rolle für sie, wer Dalur bekam?

»Er ist ein guter Junge, viel versprechend, wie ich glaube, ein guter Bauer. Unverheiratet.«

»Ja, und?«

Jón nahm seinen ruhelosen Gang wieder auf. Dann hielt er erneut vor ihr und nahm ihre roten und schmerzenden Hände. Er drehte die Handflächen nach oben.

»Man hat mir davon berichtet«, sagte er. »Ich werde mit Schwester Jórunn sprechen und sie bitten, sich dir gegenüber zu mäßigen. Ich wusste nicht, dass sie …«

»Tu es nicht«, unterbrach Katrín. »Das würde alles nur schlimmer machen. Ich hatte Strafe verdient, ich hatte keine Demut gezeigt.«

»Lieber Gott, du hast heute deine Mutter zu Grabe getragen.« Er hielt ihre Hände noch immer in den seinen und drückte sie, dass es schmerzte. Sein Gesicht war dem ihren so nah, dass sie seinen warmen Atem spürte. Seine braunen

Augen waren voller Fürsorge und Trauer über ihre Schuld. Es lag noch etwas anderes in seinem Blick, das sie nicht verstand. Katrín zog ihre Hände zurück und verneigte sich niedergeschlagen. »Kann ich gehen?«

»Ja.« Die Stimme war belegt. »Geh.«

Sie ging zur Tür, doch gerade als sie die Hand nach dem Türgriff ausstreckte, rief Jón ihren Namen, ging auf sie zu und blieb eine Armlänge vor ihr stehen.

»Komm zu mir, wenn dich die Trauer zu sehr quält«, sagte er. »Gottes Liebe stärkt im Leid.«

Stark ist die Liebe

Wie ein Siegelring lege ich mich an dein Herz,
wie ein Siegelring in deinen Arm.
Denn die Liebe ist stark wie der Tod.
Die Leidenschaft ist hart wie die Hölle,
ihre Funken sind Feuerfunken,
ihre Flamme ist die Lohe des Herrn.
(Hohes Lied der Liebe)

Erst viel später war Katrín in der Lage zu begreifen, was Pater Jón damals bedrückte und weshalb ihr seine Augen in jenen ersten Wochen im Kloster von Kirkjubær immer und überallhin folgten. Sie spürte seine Fürsorge und war sich doch nicht sicher, ob sie vielleicht auf etwas anderes als einzig auf seine Funktion zurückzuführen sei. Manchmal glaubte sie, etwas Ungestümes in seinem Blick zu erkennen, und sah seine Miene um die Mundwinkel härter werden, wenn er sie während der Messe anblickte. Dann wieder schienen die braunen Augen voller Wärme, und wenn er während der Beichte zu ihr sprach, war seine Stimme sanft. Die ihr auferlegten Bußen waren leicht, und ihre Vergehen wurden als nichtig befunden.

Die Trauer wich nach dem Tod ihrer Mutter nur langsam von ihr. Doch dann vergingen immer mehr Stunden ohne einen Gedanken an sie. Katrín hatte viel Arbeit, und immer noch war alles neu: die Gesichter, die Wörter, der Lernstoff – es war eine neue Welt. Die Andachten und Messen unterbrachen den Tag in dreistündigem Rhythmus. Und jedes Mal betete Katrín heiß und innig für das Seelenheil ihrer Eltern. Wenn sie lange genug gebetet hatte, spürte sie, dass sie erhört wurde, und Wohlbehagen durchströmte jede Faser ihres Körpers. Mit ihrem Klosterdasein in Kirkjubær diente sie nicht nur Gott, sondern auch ihren Eltern, die im Fegefeuer litten, und sie war sich deren Wohlgefallen gewiss. Gerade diese Überzeugung half ihr, die Feindseligkeit Schwester Jórunns mit einiger Beherrschung und sogar Demut zu ertragen. Tief drinnen fand sie es gerecht, dass jemand für jene Qualen büßen musste, die in Schwester Jórunns Brust wohnten, und da weder Vater noch Mutter länger unter den Lebenden weilten, kam niemand anderer dafür in Frage als sie, die Frucht ihrer Sünden.

Alles, was Jórunn ihr vom Morgen bis zur Non auftrug, musste Katrín erledigen. Und obwohl sie zusätzlich Unterweisung und Nadelarbeit zwischen den Andachten bis zum Komplet zu leisten hatte, war sie stets unter Jórunns Kontrolle. Hatte sie ihre Arbeiten nicht zufriedenstellend erledigt, konnte es passieren, dass sie aus der Bibliothek oder der Weberei geholt wurde. Dann mussten Bücher und Handarbeiten warten, bis sie den Boden im Schlafraum erneut gescheuert und mit frischem Heu bestreut, eine Verstopfung in der Abflussrinne des Aborts entfernt oder Kleidungsstücke und Bettwäsche der Krankenstube gewaschen hatte. Auch wenn sie derartige Arbeiten, die eher den Mägden anstanden, nicht gewohnt war, und obwohl sie miterlebte, dass andere Postulantinnen leichtere und einfachere Tätigkeiten ausführten, gelang es ihr stets, sich zusammenzureißen. Sie rief sich jenen Wohlgefallen ins Gedächtnis, der am Ende ihr Dank wäre, und sie erinnerte sich daran, dass Schwester Jórunn lediglich den Postulantinnen vorstand. Zwei, vielleicht drei Jahre, danach wären sie gleich gestellt. Die Schuld würde beglichen sein.

Dennoch geschah es, dass sie sich vergaß, eine schnippische Antwort gab oder ihrem unterdrückten Ärger in einem hasserfüllten Blick freien Lauf ließ. Jedes Mal musste sie dafür büßen. Jórunn setzte die Rute großzügig ein, und weil Disziplin eine ihrer Aufgaben war, züchtigte sie die Sündenböcke zur Warnung und Ermahnung gerne vor den anderen. Sie ließ die Rute aber nicht auf alle Körperteile, sondern nur auf die Hände niedersausen.

Die älteren Nonnen ignorierten, dass Schwester Jórunn doch recht hart mit Oblaten und Postulantinnen umging. Diese Schule hatten sie auch durchlaufen, und sie wussten, dass junges Volk streng gehalten werden musste, damit es nicht über die Stränge schlug. Kaum eine kümmerte sich um Katrín oder sprach sie an, denn es schickte sich nicht, dass eine Braut Christi ihre Zeit durch unnötiges Gerede vertat. Die Krankenschwester Guðrún bildete hier eine Ausnahme. Sie redete ununterbrochen den ganzen Tag, sowohl mit ihren Schützlingen als auch mit den Nonnen und allen, die von außerhalb nach einem Unfall oder bei Krankheit ihre Hilfe suchten. Und weil die Hilfesuchenden immer dem heiligen Þorlákur opferten, dem Schutzheiligen des Kloster Kirkjubær, bestand nie Mangel an Wachskerzen. Deshalb galt Guðrún trotz allem als sehr nützlich für das Kloster und durfte sich mehr herausnehmen als andere.

Katrín kam schnell dahinter, dass sie immer etwas zu erzählen hatte. Manchmal waren es alte Geschichten, meist aber aktuelle. Schwester Guðrún schien alle Neuigkeiten als erste zu erfahren, und kaum etwas entging ihren gespitzten Ohren. Sie klärte Katrín über alle Nonnen und Laienschwestern sowie über jene Frauen auf, die als Gäste ins Kloster kamen. Jede einzelne hatte ihre Geschichte, die Schwester Guðrún mit sichtlichem Genuss zum Besten gab. Dies Wissen war allerdings auch Grundlage ihrer mütterlichen Fürsorge.

Der vornehmste Gast des Klosters war ohne Zweifel Gró, die Frau von Ingimundur Bergsson vom einflussreichen Hof Oddi. Sie hielt sich seit der Marienmesse zur Fastenzeit in Kirkjubær auf. Schwester Guðrún flüsterte Katrín zu, dass Gró ihrem harten und trunksüchtigen Mann fortgelaufen sei und einen Vertrag über eine halbjährige Zuflucht mit dem Kloster geschlossen habe. Ihr Mann sei außer sich vor Wut und schreibe einen Brief nach dem anderen an Frau Agatha, dass sie seine Frau wieder nach Hause schicken solle, aber die ehrwürdige Äbtissin scherte sich nicht darum.

»Schließlich ist unsere Mutter ihm als Schwester des letzten Bischofs, des seligen Árni Helgason, an Herkunft ebenbürtig, und wenn die Leute von Oddi auch reich sind, so ist das Kloster doch besser gestellt. Darüber hinaus hegt Ingimundur einen großen Groll gegen den Bischof Jón Halldórsson und sucht ihn kaum auf, so dass ihm nichts anderes übrig bleibt, als mit dieser Schande zu leben, jedenfalls in nächster Zeit«, sagte Schwester Guðrún und grinste, nicht ganz frei von sündhafter Schadenfreude.

Mehr als andere erweckte eine der Laienschwestern Katríns Mitleid: Þórunn, die sie Tante nannten. Sie war eine Frau mittleren Alters mit einer so gütigen Miene, dass ihr jedermann sofort wohl gesonnen war. Katrín beschloss eines Tages, sie trotz der schiefen Blicke der anderen in der Weberei anzusprechen, und die Frau reagierte voller Wärme und öffnete sich. Seit langer Zeit warte sie auf die Heimkehr ihres Verlobten, der bis nach Avignon gereist sei, um eine Audienz bei Papst Klemens zu erwirken und um Absolution sowie Heiratserlaubnis zu bitten. »Wir sind im vierten Grad miteinander verwandt, aber wir müssen zusammenkommen oder sterben«, sagte sie mit naiver Aufrichtigkeit zu Katrín, die begriff, dass diese Worte schon unzählige Male gesprochen worden waren. Als sie fragte, wann der Verlobte seine Reise angetreten hätte, weil sie so gut wie andere wusste, dass Papst Klemens längst gestorben war und der neue Kirchenvater Johannes der Zweiundzwanzigste hieß, da schüttelte Tante Þórunn den Kopf, legte einen Finger an die Lippen und wollte nichts mehr sagen. Also nahm Katrín ihre Arbeit wieder auf. Sie bestickte einen Wandbehang, welcher in absehbarer Zeit die Mutter Gottes mit der gesegneten Frucht ihres Leibes in den Armen zeigen würde.

Es war Schwester Guðrún, die Katríns Frage kurz darauf beantwortete. Mehr als zehn Jahre waren vergangen, seit

Unas, Þórunns Verwandter und Liebhaber, ein Schiff bestiegen hatte, und gewiss war er Seeräubern in die Hände gefallen, in die Sklaverei verkauft worden, unterwegs ertrunken oder Schlimmeres.

»Sie hatten ein uneheliches Kind zusammen, und dem Herrn gefiel es, sie zu bestrafen, denn das Kind wurde mit verkrüppelten Händen und Füßen geboren, und starb«, sagte sie fast ärgerlich, als ob Unas und Þórunn die Tragödie hätten voraussehen müssen, die sie mit ihrer zügellosen Lust, ohne Rücksicht auf die Gesetze Gottes und der Menschen, heraufbeschworen hatten. »Und Þórunn ist schlimmer als die alte Steinunn, denn sie will nicht hören, dass sie die Hoffnung aufgeben soll. Sie beschwichtigt einen bloß. Und jetzt ist sie zu alt, als dass noch irgendjemand sie haben wollte. Und arm ist sie außerdem, so dass wir sie nun hier zu versorgen haben. Doch sie arbeitet für ihren Unterhalt, und das ist mehr als man von manch anderen sagen kann«, fügte sie ein wenig ärgerlich hinzu. Katrín dachte erst, dass das auf sie gemünzt sei, bis sie sah, dass Schwester Guðrún den Blick in die Ecke des Krankenzimmers richtete, wo Sóley die Übergeschnappte hauste und spielend mit ausgestreckten Beinen im Heu auf dem Boden hockte. Sie war seit ihrer Geburt verrückt, aber kräftig, rundlich und lächelnd, mit schräg stehenden Augen, hatte stets die Zunge zwischen den Lippen und am Kinn raue Haut vom Speichel. Doch ihre Familie zahlte dem Kloster ihren Unterhalt, um sie nicht vor Augen zu haben. Sóley war so wenigstens vom Spott und den Fußtritten jener erlöst, die als gesund galten. Niemand außer Frau Agatha wusste, von wem sie abstammte und wer sie als Kleinkind dem Kloster übergeben hatte, doch schien es sich um vornehme Leute zu handeln. Was Guðrún auch sagte, Katrín konnte sich des Eindrucks nicht erwehren, dass sie die Übergeschnappte mochte. Oft steckte sie ihr einen Extrahappen zu und kümmerte sich darum, dass sie einigermaßen reinlich war.

Wenn Schwester Guðrún auch leichtfertig über anderer

Leute Angelegenheiten sprach, so gab sie fast nichts aus ihrem eigenen Leben preis, und dieses Schweigen hätte man als Ereignislosigkeit interpretieren können. Doch das Gegenteil war der Fall. Es war Schwester Randíður aus der Bibliothek, die Katrín von den Verlockungen des Fleisches berichtete, denen Schwester Guðrún Helgadóttir ausgesetzt gewesen war. Einige Zeit vor Pfingsten im nämlichen Jahr war sie nach Skálholt gerufen worden, um einem schwer erkrankten Priesteranwärter beizustehen. Sie, die das Kloster normalerweise nie verließ, folgte dem Ruf ohne Umschweife, weil dem Bischof unmöglich ein Wunsch abzuschlagen ist, und obendrein war der Kranke Sohn eines anderen Bischofs, nämlich Árni, Sohn des Herrn Laurentius von Hólar. Das Gebrechen des Bischofssohnes beruhte aller Wahrscheinlichkeit nach auf übermäßigem Biergenuss, wenn auch nicht alle diese Diagnose bestätigten, sagte Randíður. Jedenfalls schien Guðrún Grund genug zu haben, in Skálholt zu bleiben, bis das Befinden des Patienten sich gebessert hatte. In den darauf folgenden Tagen erholte er sich so weit, dass er mit ihr anbändeln konnte, was am Bischofssitz nicht unentdeckt blieb. Doch an Pfingsten wurde er von Herrn Jón Halldórsson zum Pater geweiht, während Schwester Guðrún kleinlaut nach Kirkjubær zurückkehrte und ihre sündigen Gedanken und unkeuschen Gefühle, die durch die zärtlichen Blicke des Bischofssohnes Árni geweckt worden waren, vor allen Schwestern beichtete.

»Es heißt, dass er trinkt, sensibel ist und obendrein auch poetisch, so dass es kaum verwundert, wenn er Frauen in Unruhe versetzt, selbst jene, die Christus versprochen sind. Wir sind eben nicht weniger empfindsam als andere«, sagte Schwester Randíður trocken und wechselte danach das Thema, denn es lag ihr nicht, über anderes als ihre Pflichten zu sprechen. Ohne Katríns Fragen hätte sie die Rede ohnehin nicht auf Guðrún gebracht. Schwester Randíður schien jenen Versuchungen, die außerhalb der Klostermauern allenthalben zu finden sind, weniger ausgesetzt zu sein als andere. Sie hatte sich gegen den Willen ihrer Eltern Gott geweiht, als sie ins Heiratsalter kam und an Freiern kein Mangel bestand. Sie war eng mit dem verstorbenen Bischof Árni Helgason, dem Bruder der Äbtissin, verwandt, war unter seinem Schutz in Skálholt aufgewachsen, hatte jung aus jenen Büchern gelernt, die die Knaben im Seminar benutzten. Außerdem hatte sie den Interpretationen belesener Gelehrter gelauscht und war in den sieben Künsten bewandert, dem Quadrivium und dem Trivium. Letzteres umfasste Latein, Dialektik und die Kunst der Rede, zum Quadrivium zählten Mathematik, Geometrie, Sternkunde und Musikwissenschaft. Die Regel des heiligen Benediktus verlangt von den Nonnen insbesondere die erstgenannten Künste, während die anderen Lehren eher den Mönchen und Patern vorbehalten sind.

Katríns Lateinkenntnisse machten unter Schwester Randíður täglicher Anleitung nach der Sext und bis zur Non rasche Fortschritte. Nach kurzer Zeit beherrschte sie die Schriftsprache so gut, dass die Schwester ihr Bücher zum Lesen gab, während sich die Knaben und die anderen Postulantinnen noch mit Deklinationen und Konjunktionen abmühten. Sie trug ihr auch die Übertragung ganzer Abschnitte ins Nordische auf. So geschah es immer häufiger, dass Katrín länger als andere beim Lesen und Schreiben in der Bibliothek saß, manchmal bis zur Vesper. Handarbeit und Wollverarbeitung kamen dabei zu kurz, doch sie pries sich glücklich, in dieser Zeit Schwester Jórunn zu entkommen. Die Klosterbibliothek war gut mit zahlreichen lateinischen Schriften und gelehrten Übersetzungen, Geschichten heiliger Männer und Jungfrauen, Liederbüchern und Homilien ausgestattet. Hin und wieder gab Schwester Randíður Katrín Bücher zum Kopieren, manchmal solche aus Skálholt, aber auch einige aus den Mönchklöstern in Helgafell, Reynisnes, Þingeyrar und Þykkvabær. Zum Ausgleich wurden Bücher aus Kirkjubær an jene Klöster verliehen. So wuchs der Buchbestand von Jahr zu

Jahr. Neben den geistigen Werken gab es auch profane Bücher, bekannte Sagas einheimischer Helden, aber auch neuere, aus dem Ausland stammende Rittererzählungen, die Katrín verschlang, wenn sie sich von Randíður unbemerkt glaubte.

Randíður jedoch ließ sie fast alles lesen, um das sie bat, und mit Erlaubnis der wohlwollenden Frau Agatha unterwies sie Katrín in Schrift und Buchgestaltung. Zugleich ermahnte sie Katrín aber, ihren beiden Lehrerinnen in tiefster Demut entgegenzutreten, denn von einer Seite sei die Klage laut geworden, es mangele ihr an gutem Betragen.

»Gehorsam und Demut gegenüber den Vorgesetzten fallen den meisten von uns besonders schwer«, sagte die ehrwürdige Mutter, und Katrín konnte aus vollem Herzen zustimmen. Sie spürte die Last von Gehorsam und Demut vor allem dann, wenn sie nach der Arbeit, die Jórunn ihr Tag für Tag auftrug, ausgelaugt war. Meist hatte sie dann die ganze Nacht bei Úlfhildur der Ertrunkenen gewacht, die manchmal von so bösen Geistern heimgesucht wurde, dass sie nicht schlafen konnte und auch andere nicht zur Ruhe kommen ließ. Dann schrie und jammerte sie und konnte höchstens mit Marienliedern, die ihr vorgesungen wurden, getröstet werden. Nach einer derart durchwachten Nacht geschah es früh zu den Laudes, dass Katrín sich eines schwer wiegenden Vergehens gegen die Klosterregeln schuldig machte: Sie schlief während der Messe ein, verschloss Augen und Ohren vor dem Wort Gottes. Zum Glück für Gott den Herrn bemerkte Schwester Jórunn den gesenkten Kopf des jüngsten Klostermitglieds. Sie schritt die Reihe der Schwestern ab, die Lampe in der ausgestreckten Hand. Vor der Sünderin blieb sie stehen und schwenkte die Lampe nahe genug vor deren Gesicht hin und her, so dass Wärme und Licht den unangebrachten Schlaf störten. Katrín wachte erschrocken auf. Ihre Wangen glühten von der Hitze und der Demütigung, als sie erkannte, wer die Lampe hielt und in Schwester Jórunns siegessicheres Gesicht blickte. Mit einer reflexartigen Bewegung wehrte sie das Licht ab. Sie schlug mit der Hand danach, so dass der heiße Tran sich über Jórunns Hand ergoss. Diese heulte auf und ließ die Lampe zu Boden fallen, wo sie zerbrach. Die Messe war gestört, die Sünde hatte sich multipliziert. Eine nach der anderen verloren die singenden Nonnen den Faden, bis tiefes Schweigen herrschte und alle Augen sich auf die beiden einander gegenüberstehenden Frauen und auf die zerbrochene Lampe am Boden richteten. Der Hass zwischen den beiden war sichtbar, ohne dass auch nur ein Wort gefallen wäre.

Nach einer kleinen Ewigkeit, die doch nur einen Atemzug lang gedauert hatte, wies Agatha Katrín aus der Kirche und schickte sie ins Kapitel, wo sie warten sollte. Jórunn hatte sich am kochend heißen Tran verbrannt und durfte nach vorn gehen, um ihre Wunde zu kühlen, sollte danach aber ebenfalls ins Kapitel kommen. Nach diesen Worten nahm sie den Gesang wieder auf, und die Schwestern fielen ein, wobei es einigen von ihnen schwer fiel, bis zum Ende der Messe Haltung zu bewahren. In ihren Mienen stand eine Mischung aus Angst und Erwartung. Mit so etwas hatte man bei den beiden rechnen müssen. Was würde nun geschehen?

Jón Sigurðarson saß an seinem Schreibpult im Kapitelraum, als Katrín eintrat. Vor Ende der Laudes hatte er sicher mit niemandem gerechnet. Er schloss das Buch, in dem er las oder schrieb, und erhob sich. Welches Anliegen brachte Jungfrau Katrín zu dieser Tageszeit hierher? Die Messe konnte doch kaum so früh beendet sein.

Sie war noch immer aufgeregt und schäumte vor Zorn. Auf einmal hätte sie am liebsten alles gesagt, was es zu sagen gab: dass sie genug hätte und lieber lebenslange Martern ertragen wolle als auch nur eine Stunde länger unter der Vormundschaft Jórunns zu stehen, und dass sie dem Testament ihrer Mutter, wissend, was ihr bevorstünde, möglicherweise niemals zugestimmt hätte. Doch als sie sich ihm zuwenden wollte, fehlten ihr die Worte, als ob Gott ihr die Sprache genommen hätte, und sie brach in lautloses Weinen aus. Aber sie machte keine Anstalten, ihr Gesicht in den Händen zu verbergen, um ihm den Anblick eines von Zorn und Wut entstellten Antlitzes, das sie hässlich machte, zu ersparen.

Jón trat von einem Bein aufs andere und musterte sie sorgenvoll. Er wusste nicht, was er sagen oder tun sollte, ging schließlich auf sie zu und legte ein wenig linkisch, aber doch tröstend den Arm um sie. Sie lehnte sich an ihn. Er zog ihre Kapuze zurück, strich ihr über das Haar und beschwichtigte sie wie ein Kleinkind. Es war eine unendliche Wohltat, an seiner Schulter weinen zu dürfen, seinen Geruch einzuatmen und seinen harten Puls zu hören, falls es nicht sogar ihr eigener Pulsschlag war, der in ihren Ohren dröhnte. Nach und nach versiegte das Weinen, doch er strich ihr unentwegt übers Haar und hatte seine Finger darin vergraben. Als er seine Hand zurückzog, schmerzte es, und sie wich verwirrt vor ihm zurück.

»Es ist Jórunn, nicht wahr?«, fragte er.

Sie nickte zustimmend.

»Es ist meine Schuld, glaube ich. Bitte vergib mir, aber ich habe nicht geahnt, worauf sie hinaus will, ehe es zu spät war. Du darfst nicht zulassen, dass sie ihren Willen durchsetzt und dich zur Landstreicherin macht«, sagte er und sprach so hastig, dass sich die Wörter beinahe überschlugen.

Katrín war verblüfft. »Mich zur Landstreicherin machen? Ich habe das Gelübde ja noch nicht abgelegt, ich kann noch vor der Kreuzmesse nach Dalur zurückkehren, obwohl ich damit auch meine verstorbenen Eltern enttäuschen würde.«

Er schüttelte traurig den Kopf. »Das Vermächtnis kann nicht widerrufen werden. Es ist ein Geschenk, keine Bezahlung. Was Gott einmal geschenkt wurde, kann nie mehr zurückgefordert werden.«

Erst nach einer guten Weile begriff sie, was seine Worte bedeuteten. Dass sie keine Zuflucht mehr hatte, dass das Kloster Kirkjubær rechtmäßiger Besitzer des Hofes und des Viehbestandes geworden war, dass sie zum Klosterleben nach den

Bedingungen Jórunns verdammt war, dass sie stärker werden müsste oder untergehen. Und Pater Jón sagte, es sei seine Schuld. Katrín starrte ihn ungläubig an, starrte in die braunen Augen, die ihr schuldbewusst auswichen. Vor der Tür des Kapitels waren Schritte zu hören. Da entfernte er sich grußlos und überließ den Nonnen den Raum ihrer täglichen Versammlung, die sie den Klosterregeln gemäß ohne den Beichtvater zu halten hatten.

Das Kapitel hielt es für unnötig, mit Härte auf Katríns Einschlafen während der Messe zu reagieren, weil sie sich bisher nichts dergleichen hatte zu Schulden kommen lassen. Zudem war die Ertrunkene in jüngster Zeit wirklich schwierig gewesen, die Belastung damit größer als sonst. Schlimm war jedoch, dass sie so heftig auf Schwester Jórunns Zurechtweisung reagiert hatte, die doch nur ihre Pflicht erfüllt hatte, sagte Frau Agatha mit tiefem Ernst. Die Schwestern nickten zustimmend, alle außer Schwester Randíður.

»Bereust du?«, fragte Frau Agatha.

»Ja«, antwortete Katrín ohne zu überlegen, obwohl sie nichts bereute. Sie entnahm aus Schwester Jórunns Miene, dass diese auf eine Verneinung gewartet hatte. Die Äbtissin überlegte eine Weile und gab danach ihre Entscheidung bekannt: Wer sich eines leichteren Vergehens schuldig macht und nicht auf Ermahnungen hört, sagt der gepriesene Benedikt, soll von den gemeinsamen Mahlzeiten ausgeschlossen werden. In den nächsten sieben Tagen würde Katrín ihre Mahlzeiten um eine Andachtszeit verzögert allein einnehmen, das Frühstück nach der Sext und das Nachtessen nach dem Komplet. Sollte eine der Schwestern dabei ertappt werden, ihr zu anderen Zeiten Essen zu geben, würde die gleiche Strafe auch über sie verhängt. Außerdem sollte Pater Jón Katrín angemessene Beichtbußen für beide Missetaten auferlegen.

»Ist das alles?«, fragte Schwester Jórunn und erhob ihre verbrannte, in ein feuchtes Tuch gewickelte Hand. »War nicht beschlossen worden, dass ihre Strafen aufgrund der Erziehung in einem unchristlichen Haus härter ausfallen sollen?«

Schwester Randíður bedeutete der Äbtissin, dass sie sprechen wollte und erhob sich. »Meiner Meinung nach«, sagte sie »ist man in dieser Angelegenheit bereits zu weit gegangen, und vielleicht ist dieser Vorfall daraus entstanden. Ein übers andere Mal hat die körperliche Züchtigung dazu geführt, dass das Mädchen vor Schwellungen und Schmerzen nicht schreiben konnte, was sie doch zu Gottes Ehre so flink erledigt.« Schwester Randíður nahm wieder Platz. Sie tat, als ob sie den scharfen Blick Jórunns nicht bemerkte und sah Frau Agatha an.

»Die Strafen entsprechen der Regel«, sagte die Äbtissin leicht verärgert. »Ich sehe keinen Grund, anders zu handeln, weder milder noch härter, so wie die Dinge stehen. Das Kapitel ist beendet.«

Die Schwestern atmeten auf, auch wenn sie fast alle die immer noch in der Luft liegende Spannung spürten. Noch war die Stunde nicht gekommen, um Dampf abzulassen.

Randíður wartete an der Tür auf Katrín und ließ die anderen zum Frühstück im Refektorium vorbeigehen.

»Du musst tapfer sein«, flüsterte sie dem Mädchen ins Ohr. Sie nahm Katríns Hand und streichelte ihren Handrücken, warm und gut, ganz anders als jene Frau, die mit strenger Miene dem lateinischen Gestammel ihrer Schüler lauschte. »Du darfst dich nicht von Jórunn brechen und vertreiben lassen.«

Katrín sah Randíður ins Gesicht und stutzte. Sie bekam von ihr nicht nur dieselben Worte wie von Jón zu hören, sondern erkannte in ihrer Miene auch das gleiche Schuldbewusstsein. Traf auch Schwester Randíður eine gewisse Mitschuld? Oder war ihr Weg ins Kloster niemandes Schuld, sondern Gottes Wille? Und schließlich, worin bestand der Unterschied? So wie die Dinge liegen, dachte Katrín, steht mir ohnehin nur ein Weg offen.

»Ich halte durch«, sagte sie zu Randíður, und ihren Worten schien Überzeugungskraft innezuwohnen, die die ältere Frau aufrichtete. Sie lächelte nämlich erleichtert und küsste das Mädchen rasch auf den Mund so wie ein Bursche, der einen Kuss stiehlt. Dann eilte sie den Schwestern nach, die im Refektorium verschwunden waren.

Der Kuss auf die Lippen berührte Katrín eigenartig. Sie war verwirrt und begriff doch.

Es machte ihr nichts aus, später als die anderen zu essen. Deren Gesellschaft vermisste sie auch kaum, weil sie sie nicht gewohnt war. Aber sie vermisste die Lesungen. Die von Pater Jón aufgetragenen Bußen trugen eher dazu bei, ihr Gewissen durch Gebete in der Kirche zu beruhigen. Sie betete mit und ohne Worte und fühlte sich wohl dabei. Ihre Gebete um Vergebung für das Vergehen, während der Messe eingeschlafen zu sein, kamen von Herzen. Es lag in ihrer Natur, die eigenen Sünden schwerer zu nehmen als alles, was ihr angetan worden war. Wenn das halbe Schuldbekenntnis des Paters auch unangenehme Gefühle in ihr auslöste, so konnte sie sein Verhalten doch verstehen und redete sich selbst ein, dass alles in bester Absicht geschehen war und letztendlich zum Guten führen würde. Schlimmer war, dass die Schwestern sie und Jórunn bei jeder Zusammenkunft fixierten. Sie spürte, wie sie in Erwartung von etwas Furchtbarem ausharrten. Obwohl sie fest entschlossen war, es nicht dazu kommen zu lassen, zog sie diese Möglichkeit in Betracht und war nahe daran zu glauben, dass sie unausweichlich wäre.

Katrín spürte, dass Jórunn wie eine Katze auf der Lauer lag und erledigte alle Aufträge mit äußerster Sorgfalt. Es fehlte ihr immer noch an Demut, wiederholte Jórunn täglich im Kapitel und ließ nicht locker.

Doch die Woche ging vorbei, und nichts geschah. Es war früh am letzten Abend, an dem Katrín allein essen musste. Sie war im Begriff, nach dem Komplet ihr Nachtessen einzunehmen, als sie auf halbem Weg umkehrte und das Krankenzimmer betrat, um ihr Tischmesser zu holen.

Da stand Schwester Jórunn vor Katríns geöffneter Kleidertruhe und hielt jene Schatulle in der Hand, um die sie und Katrín an ihrem erstem Tag in Kirkjubær gestritten hatten. Schwester Jórunn hob den Blick schuldbewusst, als Katrín eintrat. Sie legte die Schatulle jedoch nicht zurück, brachte auch nichts zu ihrer Entschuldigung vor und schien irgendwie abwesend. Hatte sie Páll vor sich gesehen, wie er dieses Kästchen für seine uneheliche Tochter schnitzte?

Katrín spürte ihre Wut aufflammen. »Du sollst mein Eigentum nicht betatschen«, zischte sie, riss Jórunn die Schatulle aus den Händen und drückte sie an ihre Brust. »Warum kannst du mich nicht leiden? Warum lässt du mich nicht in Frieden? Warum hasst du mich so sehr?«

Schwester Jórunn betrachtete sie eine Weile schweigend und abschätzig mit ironischem Blick. Katrín hielt unbewusst den Atem an. Sie verlangte keine Antwort auf ihre Fragen. Die Argumente der betrogenen Frau wollte sie gar nicht erfahren. Sie bedauerte, überhaupt gefragt zu haben, zumal hier, wo die Siechen zuhören konnten, wenn sie es darauf anlegten. Sie wollte diese Frau nicht bedauern und tat es doch.

Jórunns Antwort kam leise und klang, als hätte sie sie im Stillen einstudiert und auswendig gelernt:

»Ich habe keinen Aufstand gemacht, wenn er den Mägden an die Röcke ging. Es waren so viele. Damit muss man in einer Ehe rechnen, und als Ehefrau muss man wegsehen«, sagte sie. »Aber dann hieß es nur noch Guðrún hier, Guðrún da, und das ist eine andere Sache. Immer wenn er hinauf nach Dalur ging, nahm er ein Bad, wusch und schrubbte sich, bis seine Haut blutunterlaufen war. Er musste meinen Geruch abwaschen, verstehst du? Spülte mich ab. Sonst kam er nie in die Badestube, wusch sich tagelang nicht, wenn er von ihr kam. Ich konnte ihren Geruch ebenso wahrnehmen wie den

Duft von Wildkräutern. Vielleicht haben sie sich draußen gewälzt.« Den letzten Satz sagte sie nachdenklich, als käme er ihr gerade in den Sinn, so viele Jahre später.

»Was hatte sie, was ich nicht hatte?«, fragte sie dann, wartete aber Katríns Erwiderung nicht ab, sondern antwortete selbst. »Es war nichts, was ins Auge gefallen wäre. Es gab nichts, was deine Mutter vom Aussehen her überlegen machte. Ich habe ihm zwei Töchter und vier Söhne geboren. Drei davon sind am Leben und haben eigene Kinder. Sie gebar ihm keinen Sohn, und erst viele Jahre nach ihrem Kennenlernen kamst du auf die Welt. Er muss gedacht haben, dass sie niemals Kinder haben würde. Und welche Verwandtschaft hatte Guðrún? Niemanden, der etwas darstellte. Entfernt verwandt mit den Leuten aus dem Vatnsfjördur war sie, die kümmerten sich aber nie um sie. Mein Vater dagegen war jahrelang Rechtsgelehrter im Gulaþing-Bezirk. Nein, hier ging es nicht um Bodenständiges, es war nicht von dieser Welt.« Sie kniff die Augen zusammen, und Katrín wich automatisch vor ihr zurück. Sie bemerkte jetzt, dass alle Kranken, auch die ertrunkene Frau und sogar Sóley die Übergeschnappte ihnen zuhörten.

Schwester Jórunn führte ihre Rede so unaufhaltsam wie ein reißender Gletscherfluss fort: »Anfänglich bestand der Reiz darin, dass sie keine Liebe brauchte. Heute weiß ich, dass ich ihn vertrieben habe, indem ich ihn bat zu bleiben. Sie lachte und spielte anfangs mit ihm, gestattete ihm nur die Hälfte des Weges. Aber dann wendete sich das Blatt, und er wollte sich nicht weiter erniedrigen lassen. Da griff sie zu ihren Mitteln.«

Katrín hielt die Luft an und wusste, was nun folgen würde, es war nicht zu umgehen. Dieses hässliche Gerücht hatte sie ihr ganzes Leben lang verfolgt, wie auch ihre Mutter und zuvor deren Mutter. Nein, sprich es nicht aus, Jórunn, hör auf, nicht das! Aber Jórunn hatte zu lange gewartet. Wenn sie, bisher langsam und beinahe ruhig gesprochen hatte, schmetterte sie nun die Anschuldigung hervor:

»Sie hat einen Zauber angewendet! Sie hat ihn verhext!«

»Nein, das ist nicht wahr! Du verfluchte Person, er liebte sie um ihrer selbst Willen, und er liebte auch mich!« Katrín erhob die Hand und versetzte Jórunn eine schallende Ohrfeige.

Genau in den Augenblick, als ihre Handfläche auf der Wange von Jórunn landete, nahm Katrín die Gestalt wahr, die hinter ihnen in der Tür stand. Sie zog die Hand so heftig zurück, als hätte sie sich verbrannt, aber es war zu spät. Die Äbtissin Agatha Helgadóttir hatte gesehen, was vorgefallen war.

Jórunn hielt sich die Wange und konnte ein siegesgewisses Lächeln nicht unterdrücken.

Katrín wurde von zwei Knechten, die sie – als rechneten sie mit einem Fluchtversuch – untergehakt hatten, zum Arrest geführt. Am liebsten hätte sie die Männer ausgelacht, doch sie war den Tränen nahe, lachte und weinte aber nicht. Es war eine kleine Zelle an der Außenwand des Schlaftrakts nahe am Abort mit nackten Steinwänden, gestampftem Erdboden und bis auf eine schmale Bank mit einer grob gewebten Wolldecke ohne Einrichtung. Keine Feuerstelle, keine noch so schwache Funzel, so dass vollkommene Dunkelheit herrschte, abgesehen von einem schmalen Lichtstreifen, der an Sommerabenden unter der Tür, wo die Schwelle fehlte, hindurchfiel.

Katrín setzte sich auf die Bank und betastete ihre Umgebung. Allmählich gewöhnte sie sich an die Dunkelheit und erkannte die Konturen eines Eimers an der Wand gegenüber, wahrscheinlich ein Behälter für die Notdurft.

Sie wusste nicht, wie es weitergehen sollte, war sich jedoch darüber im Klaren, dass ihr jetziges Vergehen schwerer wog als alles, was bisher vorgefallen war. Einem Vorgesetzten einen Hieb ins Gesicht zu verpassen ist, als würde man seine Eltern schlagen oder einen Pater. Dass sie genau mit jener Behauptung provoziert worden war, die sie als das Schlimmste überhaupt empfand, spielte keine Rolle. Der Zorn stieg wieder in ihr empor, als sie sich Jórunns Worte in Erinnerung rief. Selbst wenn sie das Rad der Zeit hätte zurückdrehen können, wäre es wieder zu dieser Ohrfeige gekommen. Katrín biss die Zähne zusammen, dass es knirschte, bedauerte sich und hasste Jórunn. Noch größer jedoch war der Hass auf ihre Eltern und deren Eigenliebe, wie auch der Hass auf sich selbst, weil sie schlecht über die Verstorbenen dachte.

Sie hörte das Läuten zum Komplet. Aus Gewohnheit und Gottesfurcht fiel sie auf die Knie und sang die Messe, die sie so gut wie auswendig kannte, ganz allein. Danach legte sie sich auf die Bank und versuchte zu schlafen. Normalerweise war sie abends müde. So war es auch jetzt, aber der Schlaf wollte sich nicht einstellen. Die Nonnen müssten morgen sicher über ihr Vergehen im Kapitel beraten und würden kaum vor dessen Ende bei ihr auftauchen.

Sie musste wohl eingenickt sein, denn sie schreckte beim Läuten zur Frühandacht auf. Kurz danach wurde an der Tür gerüttelt. Sie erhob sich klopfenden Herzens. Wollte man sie mitten in der Nacht des Klosters verweisen? Es war Jón Sigurðarson, der hineinschlüpfte und die Tür rasch hinter sich zuzog. Er tastete nach der Bank, setzte sich und reichte ihr den mit einem Deckel geschlossenen Essnapf. Sie nahm ihn dankbar entgegen, wobei sich ihre Hände berührten und sie außer seiner Wärme auch etwas anderes spürte. Es war jenes Gefühl, das sie bereits kannte, aber nicht benennen konnte.

Sie öffnete den Essnapf. Er enthielt ein großes Stück Schafsblutmagen.

»Ich danke dir«, sagte sie, um etwas zu sagen, und stellte den Napf zwischen sich und ihn.

»Willst du nichts essen?«, fragte er. »Du hast kein Nachtessen bekommen.«

»Es ist schon später als Morgengrauen, und wir sollen vor dem Gottesdienst doch nichts essen, oder?«

Zu ihren Erstaunen nahm er das Gefäß und reichte ihr ein Stück Blutmagen. »Du sollst nicht auch noch hungern. Ich trug dir nicht auf zu fasten, jedenfalls noch nicht«, sagte er. »Nun iß.«

Sie gehorchte. Der Blutmagen war fett und köstlich, und nach der Mahlzeit leckte sie sich die Finger ab.

»Was willst du von mir?«, fragte sie. »Warum bist du so gut zu mir?«

»Weil ich so sehr darauf bestanden habe, dass du dem Testament deiner Mutter zustimmst, und weil es mir zuzuschreiben ist, dass du hier bist. Ich habe dich hinters Licht geführt.«

Sie starrte nachdenklich in die Dunkelheit. »Du sagtest der Wahrheit gemäß, dass ich auch gehen könnte.«

»Ich habe nicht alles gesagt! Nicht, dass dein Erbe bereits mit deiner Unterschrift an das Kloster übergehen würde.«

»Ich hätte dennoch unterschrieben. Gegen den letzten Willen meiner Mutter hätte ich nicht verstoßen.«

Oder war es vielleicht nicht ihr letzter Wille gewesen? Was quälte das Gewissen des Paters? Katrín schämte sich dafür, so schlecht über diesen Mann zu denken, der jetzt so reumütig war, dass er ihr Blutmagen brachte. Ehe die Frage in ihrem Kopf ausformuliert war, löschte sie sie wieder aus. Selbst wenn sie gefragt und die gefürchtete Antwort erhalten hätte – was wäre damit gewonnen gewesen? Nein, alles würde nur noch komplizierter. Sie streckte ihre Hand zur Versöhnung aus, und er ergriff sie mit beiden Händen. Dann zog er sie näher zu sich heran und presste ihre Hand auf seine Leistengegend, so dass sie seine Erektion fühlen konnte und zurückfuhr. Zugleich faszinierte es sie, einen derartigen Einfluss auf den Gottesmann zu haben, und sie ließ ihre Hand dort ruhen.

»Ich weiß nicht länger, was ich von mir halten soll, Katrín«, flüsterte er und sprach schnell. »Ich wurde von Mönchen in Álftaver in eifrigem Glauben erzogen, in Skálholt unter der Aufsicht des Bischof persönlich ausgebildet, bin ein geweihter Mann, war stets keusch und habe, ehe ich dich sah, niemals körperliches Begehren verspürt. Aber jetzt quält mich die Begierde Tag und Nacht, und obwohl ich mich bis aufs Blut mit der Rute züchtige und auf einer Matratze aus Rosshaar schlafe, verlässt mich die Begierde nicht, sondern verdoppelt sich bloß, und meine Träume sind eine ewige Erniedrigung. Ich habe gehört, was über deine Mutter und ihre Zauberkraft gesprochen wurde, glaubte es aber nicht, doch Jórunns Worte über dich und deine Mutter, auch wenn sie der Rachsucht entsprangen, haben mir die Augen geöffnet. Ich bin nicht mehr mein eigener Herr, auch Er hat keine Macht mehr über mich, sondern nur noch du allein.« Er hob ihre Hand an seine Lippen, küsste ihre Finger und leckte die Spitze des Zeigefingers. Katrín hielt die Luft an. Sie war bestürzt über seine Worte und Handlungen, doch zugleich wurde sie von einer geradezu teuflischen Freude darüber erfasst, Macht über einen Pater zu haben.

»Du bist noch nicht durch das Gelübde gebunden, wirst es vielleicht nie sein. Du gehörst mir, nicht Ihm«, fuhr Jón fort. Und das stimmte. Ihr Blut rausche in den Ohren, es dröhnte in den Adern, der Pulsschlag war so laut, dass kein anderer Gedanke aufkam als der, das Feuer zu löschen, das in ihrem Innern loderte, im Bauch, in der Brust, in den Gedanken.

Jón nahm ihre Hand, führte sie zur Tür und öffnete. Sie traten in die Mittsommernacht hinaus. Er schloss die Tür wieder und legte den Riegel vor. Als hätte er alles durchdacht und geplant, schritt er rasch und bestimmt an den Gebäuden vorbei, und sie ließ sich widerstandslos mitziehen. Sie begegneten niemandem, und selbst wenn jemand aufgetaucht wäre, hätte er eine passende Erklärung parat gehabt, das wusste sie. Bald erreichten sie eine Mulde, und er stieg weiter den mit Buschwerk bewachsenen Hang entlang des Flusses Fossá in Richtung Wasserfall hinauf. Direkt am Fuß des Wasserfalls war ein etwa drei Mann hoher Felsen, mit Moos und Blumen bewachsen, so alt wie das Land, mindestens zwanzig Ellen breit und oben abgeflacht, als hätte eine Riesin der Vorzeit versucht, damit den Fluss zu stauen, doch vergeblich – zu dieser Jahreszeit strömte das Wasser ruhig an seinem Fuß entlang. Einen besseren Schutz vor den Augen Gottes und der Menschen konnte man im Gebiet Siða kaum finden.

Am Flussufer fielen sie sich in die Arme, küssten sich heftig. Er tastete linkisch über ihre Kutte, fand die ovale schwere Brust und drückte sie bis zur Schmerzgrenze. Trotzdem war es gut. Sie biss in seine Lippen und schmeckte Blut. Er drückte die andere Brust, atmete schwer an ihrem Ohr, und sie spürte, wie seine Männlichkeit gegen die grobe Kutte an ihren Schenkel drängte. Katrín hob die Hände über den Kopf, so dass er ihr das Gewand ausziehen konnte. Darunter trug sie ein dünnes langes Hemd, und die harten Brustwarzen schienen deutlich hindurch. Jón zögerte einen kurzen Augenblick, dann hob er das Unterkleid ebenfalls über ihren Kopf, legte die Kleidungsstücke auf das Moos und breitete seinen Umhang darüber. Katrín wurde von Scham ergriffen und versuchte, sich vor seinen Augen zu verbergen, indem sie die Hände über die Brüste legte, doch sein Blick wanderte tiefer, zum goldenen Dreieck zwischen ihren Beinen.

Sie setzte sich splitternackt auf die ausgebreiteten Kleider, und das lange Haar verhüllte ihr Brüste. Er kniete vor ihr und strich über die dunkelblonde Flut, verbarg seine Finger darin und schob die Haare zurück. Sollte sie vorher daran gezweifelt haben, dass er besessen war, dann tat sie dies nun nicht länger, so stark war der Ausdruck der Qual in seinem Gesicht. Die Augen waren weit aufgerissen und feucht. Nachdem er seine Kutte bis zur Taille angehoben und sich auf Katrín gelegt hatte, tropften seine Tränen auf ihr Gesicht, und sie spürte den Salzgeschmack auf ihren Lippen.

Ihre Haut war weiß wie Milch, seine wirkte von den widerspenstigen Haaren dunkel. Fleisch und Hunger, Brustwarzen so hart wie Steinchen, die Zunge seidenweich. Die Liebkosungen wurden härter, die Haut schmerzte, und sie schrie, als er seinen glutheißen Keil in ihr Fleisch drängte. Der Laut war wie ein Riss in der Stille. In ihrem Körper entfaltete sich eine milchweiße Blüte. Morgendämmerung. Am Himmel standen Schäfchenwolken.

Gleich danach brachte er sie wieder in den Arrest zurück. Dann kam er zu sich. Die Glocken läuteten in dem Augenblick, als er sie wieder einschloss, zu den Laudes. Er hatte unterwegs kein einziges Wort gesprochen, und auch sie schwieg aus Angst vor sich selbst und vor ihm und vor dem, was sie getan hatten. Sie hatte Schmerzen und spürte das Blut an den Innenseiten ihrer Schenkel, und der Rücken brannte von den Kratzern.

Schwester Randíður holte sie kurz nach der Terz. Sie rümpfte die Nase, während sie in der Tür stand und schnupperte.

»Hier riecht es seltsam«, sagte sie. Katrín schluckte und war zutiefst erschrocken. Jetzt nahm auch sie den süßsauren Geruch von Körpersäften und Blut wahr, der von ihrem Körper ausging. Vor ihren Füßen stand der Essnapf, ein Stück sauer eingelegter Blutmagen lag noch darin. Sie riss den Napf hastig an sich und hielt ihn Schwester Randíður unter die Nase.

»Meine Liebe, du darfst niemandem etwas sagen, aber dies wurde mir gereicht«, bat sie inständig. »Du kannst den Rest essen, ich werde es beichten.«

Randíður betrachtete sie eindringlich, als ahne sie das Undenkbare. »Ich will hoffen, dass du das tust, Katrín«, sagte sie. »Aber die Schuld trifft dich nicht allein.«

»Wie meinst du das?«, fragte Katrín alarmiert. Wie konnte Randíður davon wissen?

»Wer immer dir unerlaubt Essen gebracht hat, wird ebenfalls beichten müssen«, antwortete Randíður, nahm ihr den Napf ab und steckte ihn in den weiten Ärmel ihrer Kutte. »Ich bringe das Gefäß dorthin zurück, wo es hingehört«, sagte sie. »Komm jetzt, es wird sie nicht gnädiger stimmen, wenn sie warten müssen, die Schwestern.«

Schwester Randíður ging voraus, und Katrín folgte ihr im Abstand weniger Schritte. Sie ging aufrecht und fühlte sich stark, als könne sie sich allem, was ihr bevorstünde, ohne nachzugeben stellen – bis sie hinter Randíður den Kapitelraum betrat, wo die versammelten Schwestern warteten. Die Äbtissin Agatha saß am Tischende, und zu ihrer Rechten hatte der Pater, Beichtvater und Sünder Jón Sigurðarson Platz genommen, Katríns Liebhaber. Sein Blick war ebenso streng wie der aller anderen, vielleicht sogar eine Spur strenger. Für einen Augenblick glaubte Katrín, die letzte Nacht sei Einbildung und nichts als ein Traum gewesen. Sie wurde schwach und fiel vor ihnen wie vor Mutter und Vater auf die Knie. Tränen der Scham stiegen in ihr auf, jedoch nicht wegen des Vorfalls mit Jórunn, davon war sie weit entfernt.

Die Schwestern hätten ihr Vergehen diskutiert, sagte die Äbtissin. Wer eine der Schwestern schlage, schlage alle, und darüber hinaus habe sie Schwester Jórunn verflucht. Die Sache sei gravierend. Sogar schwer wiegend genug, um ein Hausverbot zu rechtfertigen.

Aber die Schwestern hätten beschlossen, nach dem Vorbild heiliger Frauen Gnade walten zu lassen, nicht zuletzt wegen der erneuten Fürsprache von Schwester Randíður. Katrín sollte zur Demütigung und zur Ermahnung, ihre Zunge zu hüten, die nächsten zwölf Tage ein rotes Stoffstück in Form einer Zunge um den Hals tragen. Doch nicht nur der Geist sollte gestraft werden, sondern auch der Körper mit sieben Rutenhieben. Priorin Þorgerður würde die Rute führen, und die Strafe sollte gleich hier vollzogen werden, in Anwesenheit aller.

Katrín sah tränenüberströmt auf und zog die Nase hoch. Ihr Blick schweifte von Frau Agatha zu Jón, der zu Boden sah und sein großes Kruzifix betastete, das er an einer Silberkette um den Hals trug. Schwester Þorgerður stand auf, Katrín zog die Kutte über den Kopf und legte sich mit ausgestreckten Armen flach auf den Boden. Sie nahm ihre Strafe schweigend entgegen. Die Demütigung schmerzte mehr als die Rute.

Danach fand sie es gut, ihren Teil der Schuld beglichen zu haben. Die Schläge hatten sie gereinigt, auch wenn niemand außer Ihm und Jón wussten, wovon.

Danach war alles anders. Sie war voller Glück und Scham zugleich und hatte die Befriedigung einer Lust entdeckt, deren Existenz ihr bisher unbekannt gewesen war. Zum ersten Mal im Leben verstand sie ihre Mutter, und das milderte die Trauer. Nun konnte sie sogar ohne Wut an sie denken und hatte Mitleid mit ihr in der Sünde. Aber wieso konnte etwas, das so gut war, so böse sein? Wer war schlecht, sie oder die Tat, und wieso gefiel es dem Herrn, die Menschen mit sträflichen Lustgefühlen auszustatten? Diese und ähnliche Fragen stiegen in ihr auf, und nicht zuletzt überlegte sie, ob sie wirklich so viel Macht über Jón hatte, wie dieser behauptete, ob der Anstoß zur Sünde vielleicht von ihr ausgegangen sein könnte, auch wenn es ihr nicht bewusst war. Und vermochte sie wohl diese Macht anzuwenden, wann immer es ihr beliebte, nachdem sie sich ihrer bewusst geworden war?

Ständig spürte sie die Versuchung, und jetzt, wo sie alle Messgesänge auswendig kannte, ließ sie ihre Gedanken schweifen, während sie Gott pries. Nichts war ihr mehr heilig, nicht einmal in Seinem Haus. Dennoch nagte die Schuld an ihr, und sie musste Antworten auf ihre Fragen finden. Sie wollte, dass ihr Sünden ihr vergeben würden, und wohin sollte sie sich dazu wenden, wenn nicht an ihren Beichtvater?

Sie ließ jedoch, ehe sie zur Beichte ging, jenes Dutzend Tage verstreichen, an denen sie die rote Zunge vor der Brust tragen musste. Diese Strafe fiel ihr schwerer als die körperliche Züchtigung, obwohl ihr das Urteil, als es gefällt wurde, beinahe lächerlich erschien. Die Nonnen warfen ihr schiefe Blicke zu und waren noch wortkarger als sonst. Sie spürte, wie ihre Augen wieder und wieder an dem Stoffstück hängen blieben. Doch nicht das ertrug sie am schwersten. Es waren die spöttischen Mienen der Unwissenden, der Bediensteten und der Leute aus dem Volk, die mit Anbruch des Herbstes Käse und Butterbarren ins Kloster brachten. Und selbst das Kichern und Flüstern der Oblaten und des Hostarius Guttormur verletzten sie.

Aber alles ging zu Ende, auch diese Qual, und eine Woche vor der Kreuzmesse im September ging sie zur Beichte ins Kapitel und kniete zu Jón Sigurðarsons Füßen nieder. Er hatte jegliches Zusammentreffen mit ihr vermieden und sie kaum eines Blickes gewürdigt, außer zu den täglichen Messen, so dass sie fast glaubte, er sei ihr nunmehr gänzlich abgeneigt.

Als es darauf ankam, fehlten ihr die Worte, und sie schwieg, blickte bescheiden auf seine Füße, die in neuen Schuhen aus Rindshaut, nicht in den gewöhnlichen Schafslederschuhen, steckten. Diese liefen vorne spitz zu, wie es die Mode verlangte. Das Futter seines Priestergewandes war scharlachrot gesäumt. Jón beugte sich im Beichtstuhl nach vorn, zog ihr die weiße Kapuze vom Kopf, strich mit den Fingern über das helle Haar und die Wangen. Er umfasste Katríns Kinn und zwang sie, nach oben zu sehen.

»Dir ist alles vergeben«, sagte er mit einem Anflug von Traurigkeit. »Wenn du im Herzen bereust, ist dir alles vergeben.«

»Aber was, wenn ich nichts bereue? Bin ich dann so ein Mensch wie meine verstorbene Mutter? Sind wir beide gleich schlecht und ich vielleicht sogar eine Spur schlechter, weil ich… weil ich bei einem geweihten Mann gelegen habe?« Die letzten Worte sprach sie so leise, dass sie kaum vernehmlich waren. Obwohl er sie hören konnte, antwortete er nicht, und sie deutete sein Schweigen als Zustimmung. Katrín lehnte ihre Wange demütig an Jón Sigurðarsons Knie, führte die Hände vorsichtig seine muskulösen Waden hinauf und verstand nicht, wie sie bisher ohne ihn hatte existieren können, leben, ohne von ihm zu wissen, ohne diese bittersüße Wonne zu kennen, die ihr nun die Brust zusammenzog und ganz bestimmt nicht aus reinem Schmerz und der Angst vor Ablehnung bestand, sondern jenes erhabene Gefühl verkörperte, das die Dichter Liebe nannten.

Doch keinen dieser Gedanken sprach sie aus, während sie vor dem Beichtstuhl kniete. Es war, als habe Jón ihre Gedanken gelesen, denn er griff nach ihren Händen, löste sie von seinen Beinen und sprach hastig: »Komm heute nach der Frühmesse zu mir in die Sakristei.« Sonst nichts. Er segnete sie, gab ihr einen Kuss auf die Stirn und half ihr aufzustehen. Als Katrín das Kapitel verließ, war sie nicht mehr der Mensch, der kurz zuvor eingetreten war. Warum sollte sie besser sein als ihre Mutter?

Nach der Messe wartete sie auf ihrem Lager ab, versicherte sich, dass die Ertrunkene schlief, und als von den Schlafenden keine anderen Laute als leises Schnarchen zu vernehmen waren, ging sie wieder zur Kirche. Es war stockdunkel, denn es hätte ja keinen Sinn, Kerzen brennen zu lassen, wenn niemand zugegen war. Sie tastete sich durch die Südempore zum Chor, knickste und betrat den Chor. Durch die hohen Fenster fiel schwaches Mondlicht, und es gelang ihr ohne Mühe, die Tür zur Sakristei zu finden. Es hätte nicht viel gefehlt, und sie wäre gegen die Statue des heiligen Þórlákur oben am Hochaltar gestoßen. Sie stieß einen unterdrückten Schrei aus, denn in diesem Augenblick schien das Standbild lebendig zu sein.

Die Tür zur Sakristei war zu. Katrín wusste nicht, ob sie eintreten sollte oder warten, doch da hörte sie Schritte von hinten und presste sich entsetzt an eine Säule. Was, wenn es nun jemand anderes wäre? Aber wer außer ihm sollte es schon mitten in der Nacht sein, und er war es auch.

Jón hielt eine Laterne in der Hand und schaute sich vorsichtig um. Ungesehen beobachtete sie ihn von ihrem Säulenversteck aus und verfolgte, wie er den Schlüssel nahm und die

Tür zur Sakristei mit einer nervösen Miene öffnete. Sie hatte das Bedürfnis, alles Böse von ihm abzuwenden, ihn zu beruhigen und jene Kraft mit ihm zu teilen, die in ihr wohnte. Sie ging auf ihn zu, und er ergriff ihre Hand und führte sie in die Sakristei, die noch nie eine Frau betreten hatte. Er stellte die Laterne auf einem niedrigen Tisch ab, und in ihrem schwachen Schein konnte Katrín die Sakristei betrachten. Kutten, Messgewänder, Stolen, Umhänge und Linnen hingen an einer Wand auf Stangen, Bücher standen im Regal, und an der Wand prangte ein Kruzifix. Der leidende, blutüberströmte Christus am Kreuz. Seine Seitenwunde klaffte. Ihre Augen schweiften vom Herrn zum Pater, der seine Hände über ihren Körper gleiten ließ, so dass sie in ihrem Inneren Wärme aufsteigen spürte.

»Früher galt die erste körperliche Vereinigung als Inbegriff der Ehe«, sagte sie an seinem Ohr. Darauf hätte er ihr entgegnen sollen, dass sie Gott lästere, aber das tat er nicht, und sie lächelte vor sich hin.

Ihnen war trotz der fehlenden Feuerstelle warm. Der Glutofen, den Jón entzündet hatte, verströmte immerhin etwas Wärme. Im Verlauf des Liebesspiels entledigte er sich seiner Kleidung, und sie bewunderte seinen sehnigen und muskulösen Körper. Sie dachte daran, wie sie ihn nackt in der Badestube daheim in Dalur überrascht hatte. Diese Erinnerung brachte einen kurzen Moment den Tod ihrer Mutter zurück, doch mittlerweile war die Trauer überwunden.

Sie legten sich auf die mit einem Schaffell bedeckte Bank, und Jón sprach viel, ganz anders als bei ihrem ersten Treffen. So als sei er es gewohnt, unschuldige Mädchen zu verführen. Er nannte sie seine glückbringende Zarte und Süße, und zum ersten Mal im Leben spürte Katrín, dass jemand sie brauchte. Sie nahm seine Worte begierig auf wie ein Kind, das nach einem heißen Tag auf der Heide eiskalte Molke trinkt. Das war es, wonach es sie die ganze Zeit gedürstet hatte, mehr als nach allem anderen.

»Die Liebe ist stark wie der Tod«, sagte er und verschränkte seine Beine mit den ihren. »Die Leidenschaft ist hart wie die Hölle, ihre Funken sind feurig, ihre Flamme ist die Lohe des Herrn.« Er führte sein Glied in ihren Schoß ein und stieß zu. »So heißt es in der Heiligen Bibel, im Lied Salomons, der siebenhundert Ehefrauen und dreihundert Nebenfrauen hatte.«

Danach ließ er von den Zärtlichkeiten ab und nahm sie mit jenem Ungestüm, das er auch am Wasserfall gezeigt hatte, und sagte nichts mehr. Sie genoss seine Ungezügeltheit, und ihre Befriedigung bestand eher in der Tatsache, dass er die Kontrolle verlor, als in seinen Qualitäten als Liebhaber.

Danach war er gleich wieder unnahbar, sogar noch ehe er sich aus ihrem Schoß zurückzog. Sein Gesicht verschloss sich. Die Augen, die einen Moment vorher noch in ihre Seele geblickt hatten, richteten sich schamvoll zu Boden.

Er begann sich anzuziehen.

»Was hast du mit mir vor?«, fragte Katrín.

»Was meinst du?« Er war sichtlich erschrocken.

»Alle Pater haben eine Haushälterin«, sagte sie, und seine verwunderte Miene traf sie wie ein Blitz.

»Ich werde keine Haushälterin haben. Weder jetzt noch irgendwann.« Er hatte sich ganz angezogen, war in die spitzen Schuhe geschlüpft und warf sich den dunkelbraunen Umhang über die Schultern. Mit dickem Wollstoff wappnete er sich gegen ihre Versuchung und die des Satans. »Es heißt, dass der neue Erzbischof Verstöße gegen den Zölibat strenger ahndet als sein Vorgänger, und wer vorhat, es innerhalb der Kirche zu etwas zu bringen, wird sich ihm nicht widersetzen. Niemand darf wissen, was wir getan haben.«

Sie richtete sich auf und packte eine Falte seines Umhangs, spürte die Kraft der Verzweiflung und war weit davon entfernt, sich zu schämen, nicht jetzt.

»Das kannst du nicht tun! Du kannst nicht gehen, ohne mir irgendetwas zu versprechen«, sagte sie. »Willst du, dass ich die Profess ablege? Nach dem Gelübde kann nie mehr etwas zwischen uns sein. Nie mehr.«

Er wandte sich vor ihrem Flehen ab. Der Rausch des Liebesspiels strömte noch in seinem Blut. Katrín war erst halb angezogen, ihre schweren Brüste waren noch nackt, die rosa Brustwarzen richteten sich im kühlen Luftzug der Sakristei auf. Er betrachtete sie voller Angst, wie Trauben im Garten Eden, beinahe hätte er gesagt, was sie hören wollte, hielt aber gerade noch rechtzeitig an sich, ehe der Leibhaftige ihn endgültig hinab in die Hölle fleischlicher Gelüste zerrte. Er zog den Umhang an sich, so dass sie loslassen musste, und ging. Ohne ein Wort des Abschieds.

Die darauf folgenden Tage stürzten Katrín tief in angstvolles Grübeln. Schwester Randíður bemerkte es und erwies ihr wie zuvor kleine Zärtlichkeiten. Sie strich Katrín über die Wangen, als sie am Pult des Skriptoriums stand und das Manuskript *Due patres moralium* der Mönche vom Kloster Þykkvabær kopierte. Sie sagte teilnahmsvoll, dass sie Verständnis für Katríns Zögern, das Gelübde abzulegen, hätte, doch sei dieses ja zunächst zeitlich begrenzt. Katrín verschrieb sich beim Buchstaben J, und die Tinte aus Bärentraube hinterließ einen hässlichen Klecks auf dem Pergament. Sie griff nach einem Schaber, um den Fleck zu entfernen. Dabei riskierte Katrín keinen Blick auf ihre Umgebung und war absolut überzeugt, dass Schwester Randiður kaum wissen konnte, was im Innern des sündhaften Weibes Katrín Pálsdóttir Zögern auslöste und Verwirrung stiftete. Aber da täuschte sie sich.

»Du glaubst vielleicht, dass wir alle nur deswegen hier sind, um bis an unser Lebensende bereitwillig im Dienste des Herrn zu stehen«, sagte Randíður, und in ihrer Stimme lag Bitterkeit. »Du glaubst vielleicht, dass keine von uns je zweifelte, vorher oder nachher. Aber ich würde lügen, wenn ich so etwas behauptete. Und doch kann ich dir sagen, dass die Zweifel mit der Zeit nachlassen und in gleichem Maße Ruhe in die Gedanken einzieht. Das Klosterdasein ist für einige wenige Berufung und mit Sicherheit das einzig Richtige. Sie fühlen sich im schwarzen, langen Habit von Anfang an wohl. Aber die meisten von uns haben ihre schweren Stunden, und es gibt kaum jemanden, der nicht irgendwann im Laufe seines Lebens am Glauben zweifelt. Und einige meinen sogar, dass sie zu sündhaft seien, um hier an diesem Ort Zuflucht zu finden. So war es jedenfalls bei mir.«

Das Leid, das diesen letzten Worten innewohnte, war so tief, dass es Katríns Hülle des Selbstmitleids durchbrechen konnte, und sie blickte verwundert und neugierig auf. Was bereitete Schwester Randíður solche Qualen?

»Ja, du wunderst dich, liebes Kind«, sagte Randíður. »Wie sollte es auch anders sein, wie könntest du eine derartige Abartigkeit begreifen, wenn ich nicht einmal selbst dazu in der Lage bin?« Sie ergriff Katríns Hand, legte sie an ihr eigenes Herz und ließ sie dort verharren, unmittelbar oberhalb ihrer Brust. Ihre Blicke begegneten sich, und Katrín spürte für einen Augenblick jene Gefühle, die sie zu Jón Sigurðarson hingezogen hatten. Sie begriff, was Randíður meinte, ohne es richtig zu verstehen. Ihr wurde Angst, und sie zog ihre Hand behutsam zurück. Dennoch fühlte sie sich verpflichtet, dieses Geständnis durch etwas zu entgelten. Die Neutralität war gebrochen worden, und wenn sie jetzt nicht richtig reagierte, das wusste Katrín, würde sie nie mehr hergestellt. Aber das durfte nicht geschehen, denn Katrín wusste, dass sie keine verlässlichere Verbündete finden konnte als Schwester Randíður.

»Du warst so gut zu mir«, sagte sie leise. »Besser als ich es verdient habe.«

»Trotzdem willst du nicht bleiben. Du willst ihn und nur ihn.«

Katrín senkte zustimmend und kapitulierend den Kopf und fand keine Erklärung für das, was Schwester Randíður offenbar wusste. Es war ihr auch gleich, sie sehnte sich nur nach Verständnis und Wärme. Die ältere Frau breitete die Arme aus, und Katrín durfte sich an ihrer Schulter ausweinen. Sie wurde getröstet und in den Armen gewiegt und beschwichtigt wie ein kleines Kind. Als die Schluchzer abebbten, sprach Schwester Randíður weiter, beruhigend und überzeugend:

»Das, was man kennt und was einem dauerhaften Schutz und Sicherheit gewährt, soll man nicht für etwas anderes über Bord werfen, zumal nicht sicher ist, dass es immer so bleiben wird wie jetzt, weil man sich sonst am Feuer der Liebe verbrennen würde. Es wird nachlassen und sich in etwas Neues, Unbekanntes verwandeln, das einem möglicherweise nicht einmal zusagt. Wie viel ist wankelmütige Liebe wert, wenn du auf das vertrauen kannst, was du hast, und wenn du genau weißt, was auf dich zukommt? Willst du das Risiko eingehen, dich zu verzehren und fortan in Armut und Entbehrung zu leben? Gottes Güte ist zuverlässiger als Liebe und Lust, Gottes Güte reicht vom Leben bis ins Jenseits. Liebe hat keine lange Lebensdauer, und noch kürzer dauert die Lust.«

Katrín ging es besser, nachdem sie sich ausgeweint hatte. Randíður trocknete ihr die Tränen mit einem Taschentuch ab, hakte sie unter und führte sie zu ihrem Schreibpult, das unter der Dachluke des Armariums stand und daher ein wenig mehr Licht abbekam. Dort ruhte ein noch ungebundenes, umfangreiches Manuskript.

»Sieh her«, sagte Randíður. »Diese Saga, die ich im letzten Halbjahr kopierte, handelt von einer Frau, der ersten Nonne in Island. Meine Arbeit ist noch nicht abgeschlossen, aber ich will sie dem Bischof zeigen, wenn er zur Kreuzmesse kommt. Der hochwürdige Herr Jón Halldórsson weiß gute Geschichten zu schätzen, auch wenn sie weltlicher Art sind, vielleicht sogar mehr als die Geschichten heiliger Männer. Dies ist die Erzählung einer stolzen Frau und des Mannes, der sie betrog. Männer betrügen Frauen – so war es immer, und so wird es immer sein.«

Sie blätterte, während sie sprach, in dem Manuskript, zog eine der Pergamentseiten hervor und reichte sie Katrín. Eine frühe Kurzsichtigkeit machte ihr zu schaffen, und so kniff sie die Augen zusammen und las die ersten Zeilen laut: »Sie war von allen Frauen, die in Island aufgewachsen waren, die erste an Schönheit und Verstand. Vornehm war Guðrún, so dass in jener Zeit neben ihr alles Kinderspiel zu sein schien, womit andere Frauen prunken wollten. Vor allen anderen Frauen war sie einsichtig und des Wortes mächtig. Sie war freigiebig. Sie überlebte vier Ehemänner und wurde am Ende ihres Lebens Einsiedlerin, so fand sie endlich Frieden. Auf der Suche nach Gott.«

»Findest du so deinen Frieden?«, fragte Katrín mit kindlicher Offenheit.

»Ja, Katrín. Ich finde Frieden in Gott. Fast immer.«

Der Ehrwürdige Herr Jón Halldórsson, dreizehnter Bischof von Skálaholtensis, traf am Tag vor der Kreuzmesse mit einem halben Dutzend Begleiter im Kloster Kirkjubær ein und wurde in der extra dafür vorgesehenen Bischofsstube im Osttrakt, nahe dem Dormitorium untergebracht. Er kam früh und begann seine Visitation mit dem Gottesdienst zur Sext mit seinen Patern. Unmittelbar danach begab er sich in den Kapitelsaal und beorderte die Schwestern eine nach der anderen zu einem Gespräch zu sich. Dann sollten sie sich über alles aussprechen, was sie am Klosterleben, der Leitung oder dem Verhalten anderer Nonnen zu bemängeln hätten, ganz unabhängig von ihrem eigenen Rang. Katrín Pálsdóttir wurde nicht vorgeladen, denn sie war Gott noch nicht versprochen. Dennoch war es denkbar, dass ihr Name auf Grund der Klagen anderer in die Bücher des Bischofs geriet. Davon erfuhr sie allerdings nie etwas, denn obwohl der Kaplan des Bischofs jede einzelne Beschwerde in sein Buch aufnahm, ebenso wie die entsprechende Antwort des Herrn Jón, würde nie ein anderer als der Bischof dieses Buch je zu lesen bekommen. Alles, was er für nötig befand, besprach der Bischof einzig und allein mit der Äbtissin.

Am Nachmittag konferierte der Bischof lange mit Frau Agatha in ihren Räumlichkeiten. Nach Abschluss der Unterredung erwies er den Schwestern die Ehre und teilte den Tisch mit ihnen. Auch für die Chorbrüder und die anderen Gefolgsleute des Bischofs, die die Weihe erhalten hatten, wurden Tische und Stühle ins Refektorium getragen. Dort nahmen darüber hinaus der alte Gemeindepater Hjalti, die Klosterpater Jón Sigurðarson und Valþjófur sowie die Messner, Küster und Subdiakone teil. Auch wenn vor der Kreuzmesse Fleisch verboten war, gab es doch reichlich zu essen: Stockfisch, Brot aus Getreide, gekochten Frischfisch und anstelle des Bieres Moosbeerwein, aus Anlass der Visitation.

Katrín sah Jón flehend an, doch der sah weg. Er hatte nur Augen für den Bischof, der am Kopfende saß. Abgesehen vom Statthalter des Königs war er der mächtigste Mann im Land. Katrín errötete und richtete ihren Blick ebenfalls auf den Mann, der ihr einen knappen Tag später das Gelübde für Keuschheit, Armut und Gehorsam gegenüber Gott und dem Orden des heiligen Benedikt abnehmen würde. Zumindest für die nächsten drei Jahre. Natürlich nur, falls sich nichts Unvorhergesehenes ereignen sollte.

Jón Halldórsson war Schwarzmönch und kam aus Norwegen, doch bei den isländischen Bauern und dem gemeinen Volk war er gut angesehen. Seine Kindheit und viele Jahre seiner Ausbildung hatte er in Frankreich verbracht, so dass er als gelehrtester Kleriker Norwegens galt. Kritiker kreideten ihm in erster Linie seine Lust am Fabulieren an. Er liebte Anekdoten aus Büchern oder über sich selbst, was einige bei einem Mann seines Ranges für unangemessen hielten. Doch die meisten Leute schätzten dies als einen seiner Vorzüge und keineswegs als Laster, zumal viele seiner Geschichten als Exempel für gute und christliche Lebensführung dienen konnten.

Bischof Jón war ein hochgewachsener Mann. Der Haarkranz um die Tonsur war ergraut, und im Gegensatz zu anderen geweihten Männern nahm er sich die Freiheit eines Schnurrbartes heraus, und man fand es recht eigenwillig, wie er diesen nach oben zwirbelte. Wahrscheinlich war es eine Mode aus Paris, wo er zur Schule gegangen war. Das Gesicht war groß wie der Mann selbst, und rund um die stets aufmerksamen Augen konzentrierten sich tiefe Linien, die leicht erkennen ließen, dass der Bischof viel lächelte. Diesmal war die Regel des Schweigens nach der Mahlzeit außer Kraft, der Bischof erzählte und scherzte mit seinen Tischnachbarn, und sogar Priorin Þorgerður rang sich ein Lächeln ab. Als der Bischof von Jugendjahren in Paris zu erzählen begann, lauschten alle. Nonnen, Mönche und andere Kleriker sowie jene, die die Mahlzeit noch nicht beendet hatten, unterbrachen ihr Schlecken und Schmatzen.

Eines Tages, kurz nachdem er sein Studium an der Sorbonne begonnen hatte, verließ sein Lehrmeister die Klasse, um sich zu erleichtern, und ließ ein dickes Buch zurück. Der Jüngling Jón Halldórsson wollte prüfen, wie schnell er ein *Capitulum* des Buches zu lesen vermochte. Er lief also zum Gitter, das den Vorlesungsraum teilte, und las laut vor. Sogleich erscholl im Gebäude ein Rauschen, ein wilder Sturm, der alles aus den Angeln zu heben drohte. Die Türen flogen auf, der Meister war auf dem Rückweg. Jón rannte zu seinem Platz zurück. Der Meister trat ein und schwor beim Namen des höchsten Gottes, dass der Sturm, wenn er bis Nachmittag anhielte, alle Seen Frankreichs trockenlegen würde.

»Und dann fragte er uns *studiosi*«, und nun senkte der Bischof seine Stimme und ahmte den Meister nach: »Hat jemand einen Blick in mein Buch geworfen, als ich draußen war?« Keiner der Schüler wollte Jón anschwärzen, so dass er gezwungen war, seine Tat selbst einzugestehen. Der Meister schonte ihn, ermahnte ihn jedoch, dass er noch lernen müsse zu verstehen, was er lese. Danach eilte der Meister zu dem

Buch, rezitierte daraus ein *Capitulum* von ähnlicher Länge wie Jón, und ebenso rasch fiel der Sturm in sich zusammen, bis absolute Windstille herrschte. »Daraus kann man entnehmen«, sagte der Bischof mit einem Lächeln, »welche Mächte den Büchern innewohnen, auch wenn nichts neu ist vor dem Herrn.«

Die Zuhörer nickten ernst, erstaunt über die Zauberkünste des Lehrmeisters in Paris, selbst wenn einige die Geschichte früher schon gehört hatten. Nur selten gelangten Neuigkeiten aus der Welt jenseits des Meeres nach Island, und gute Geschichten verloren nicht an Wirkung, auch wenn sie öfter als einmal erzählt wurden. Die folgenden Worte des Bischofs stießen jedoch auf noch größeres Interesse als die vorangegangene Episode, denn nun konzentrierte er sich auf Nachrichten aus der christlichen Welt, wie die Exkommunikation des französischen Monarchen durch Papst Johannes XXII.

»Wir, der Heilige Vater, verloren die Geduld, als der König Uns Häretiker nannte, und es war an der Zeit«, sagte der Bischof. Er schlug mit der flachen Hand auf den Tisch, dass das Geschirr schepperte – bei denen, die oben am Tisch saßen, war es aus Silber, weiter unten aus Blech. »Der König hat sich eindeutig zu den Franziskanern bekannt, die behaupten, dass Christus und die Jünger keinen Besitz gehabt hätten, weshalb es dem Orden untersagt sei, Besitz oder Güter anzuhäufen, nicht einmal, um sich und die Mönchen gegen schwere Zeiten zu schützen.«

»Und daran halten sie immer noch fest, obwohl der Heilige Vater einige der unbeirrbaren Spiritualisten, die die offizielle und durch die Heilige Schrift gestützte Lehre nicht anerkennen wollten, durch die Inquisition verbrennen ließ«, fügte der Bischof an und erntete zustimmendes Nicken der ihn begleitenden Pater. Die Nonnen betrachteten ihn mit noch größerer Achtung, denn sie wussten nicht, wo ihr junger Pater in diesen ewigen Diskussionen zwischen dem Heiligen Stuhl und Michael von Cesana über die Anhäufung von Reichtum der Klöster und das Gezänk über die Besitzlosigkeit des Gottessohnes stand. Er war im Kloster Þykkvabær zum Mönch erzogen und ausgebildet worden, und die Brüder dort standen in gutem Einvernehmen mit dem Bistum.

»Doch der König ist so uneinsichtig wie zuvor? Wurde er nicht vor drei Halbjahren exkommuniziert?« fragte Frau Agatha.

»Ja, das war zwei Tage vor der Marienmesse zur Fastenzeit vor einem Jahr«, antwortete der Bischof. »Und noch immer erlaubt er den Patern die Ehe, auch wenn diese ihnen zu Recht verwehrt ist. Wer sich zu seiner Treue zum Papst bekennt, wird seines Amtes enthoben, und niemand hat im Lande des Frankenkönigs Hoffnung auf ein Weiterkommen, es sei denn als Franziskaner.«

»Und obendrein muss unser Heiliger Vater noch immer in Avignon residieren anstatt in Rom. Welch eine Schmach und Entwürdigung«, stöhnte Frau Agatha. »Die Welt wird zunehmend schlechter.«

Katrín saugte jedes einzelne Wort auf. Nie zuvor hatte sie solchen Gesprächen gelauscht und dachte, wie gut sie es hätten, mit einem so weisen Mann wie dem Bischof zu verkehren, der das Leben im Ausland aus eigener Erfahrung kannte und sicherlich mit jedem Schiff Nachrichten von dort erhielt. Sie führten wohl ein anderes Leben, die Leute von Skálholt. Zudem befand sich dort eine Schule für Gelehrte. Sie musste Jón Sigurðarson ansehen. Er hatte beim Bischof gelernt und seine Weihe von ihm empfangen. Seine Miene spiegelte hohe Achtung vor seinem Lehrmeister wieder. Diesmal spürte er ihren Blick auf sich ruhen und sah sie mit kalten Augen an. Dennoch wurde es Katrín von innen heraus warm.

Die Demütigung ihrer letzten Zusammenkunft war nicht vergessen, und doch wollte sie wieder mit ihm sprechen. Das musste heute Abend geschehen. Morgen würde es zu spät sein.

Das Gefolge des Bischofs und die ortsansässigen Pater nahmen am Komplet der Schwestern teil. Danach wollte Katrín bei Jón zur Beichte gehen, doch da begann die Vigilie, die Nachtwache in der Kirche, und sie sah keinen anderen Ausweg, als ebenfalls wach zu bleiben und zu hoffen, dass ihr Liebhaber, ehe der Tag anbrach, einmal vor die Tür müsste, um wenigstens Wasser abzuschlagen. Die meisten Schwestern wachten und beteten bis tief in die Nacht. Die ältesten gingen eine nach der anderen nach der Frühandacht im Morgengrauen zu Bett. Etwa um diese Zeit erfüllte sich auch Katríns Wunsch: Jón Sigurðarson erhob sich von seinem Kniepolster und begab sich hinaus.

Sie bekreuzigte sich und folgte ihm einen Augenblick später durch die Westtür. Weil sie aus der erleuchteten Kirche kam, konnte sie zunächst nichts erkennen, doch dann gewöhnten sich ihre Augen an die Dämmerung, und sie sah ihn mit raschen Schritten an den Vorratskammern vorbei zu den Gebäuden der Bediensteten gehen. Auch dort wurde in der Nacht vor der Kreuzmesse bei profanen Festivitäten gewacht. Der Abendwind trug Harfenklänge und Gesang heran. Sie folgte ihm mit einigem Abstand, wagte aber nicht zu rufen. Schließlich verschwand er durch die Tür zum Frauentrakt. Sie verharrte verwirrt draußen und lauschte auf den Gesang von drinnen:

Alles ist so kunstfertig
und mit Zierde gespielt,
Erzählung, Schach und Lieder
besänftigen strenge Mienen.

Das Lied kannte sie gut. Auch in Dalur hatten sie Nachtwachen mit Tanz und Gesang gehalten, allerdings in bescheidenem Rahmen und nicht für Gäste. Katrín war auch nie zu anderen Nachtwachen eingeladen worden. Nach dem morgigen Tag würde sie nie mehr an einem solchen Fest teilnehmen. Sie musste Jón treffen. Vielleicht begriff er noch immer nicht, was auf dem Spiel stand. Katrín zog die weiße Kapuze vom Kopf und löste die lange Flechte, so dass das Haar offen über ihren Rücken fiel, raffte den Kittel und band ihn in der Mitte mit einem Band des Kapuzenzipfels hoch.

Drinnen war es so düster, wie sie gehofft hatte. Einige Glutbehälter, die in die Grassodenwände gesteckt worden waren, rußten. Hier und da gab es kleine Talgkerzen auf Ständern. Man würde kaum erkennen können, ob es sich hier um ein gemeines Mädchen oder eine Postulantin handelte, und darüber hinaus war der Raum voll, die Luft heiß und drückend. Sie sah sich nach Jón um, konnte ihn aber unter den vielen Leuten nicht gleich entdecken. Außerdem drängten sich jetzt alle an die Wände, um in der Mitte Platz für eine Scharade zu schaffen. Katrín wurde zur Seite gedrückt, ohne etwas dagegen tun zu können. Eine Kentaurengestalt wälzte sich am Boden. War das nicht der Hostarius Guttormur, der dort auf allen Vieren in einem absurden Kostüm auf dem Boden herumkroch, die Hutkrempe tief ins Gesicht gezogen? Auf seinem Rücken lag ein Holzgestell, das mit einer roten Decke überzogen war, nach hinten ragte ein mächtiger Kranz, und um seinen Hals hing ein Schlüsselbund, der bei jeder Bewegung klirrte. Am roten Bezug waren bunte Stoffstücke, Fransen und üppig verzierte Bronzeleisten befestigt, die im Licht der Kohlen und Kerzen erglühten. Zwei Schildmaiden kamen kreischend und johlend herein und ernteten viel Gelächter, denn es waren verkleidete Männer, noch dazu reichlich dick.

Weiter hinten im Raum intonierte ein Vorsänger die nächste Strophe, und die Versammelten stimmten ein, so weit das Lachen es zuließ, denn nun schien das Pferd zu lahmen, und die Schildmaiden machten Anstalten, es zu beschlagen.

Was nur bewirkt die Lahmheit meines Rosses?
Die grüne Weide ist ihm fern.
Junger Weiber Schmuck trägt es und
rutscht auf seinen Hufen.

Das Pferd wieherte und stieg und schlug aus, denn die Maiden waren nicht zimperlich. Schließlich war der Beschlag fertig. Genau in dem Augenblick, als das Spiel endete, legte sich ein fester Griff um Katríns Handgelenk, so hart, dass es schmerzte. Jón Sigurðarson zog sie in eine Ecke nahe der Tür. Er hatte die Kapuze tief ins Gesicht gezogen, so dass es im Schatten lag, aber an seiner Stimme erkannte sie ihn sofort: »Was willst du hier?«, flüsterte er wütend. »Ich wollte dieses Theater beenden, ehe der Bischof davon erfährt. Du musst sofort gehen.«

Sie hätte ihm am liebsten gesagt, dass sie noch immer selbst über sich verfüge, verstummte jedoch wegen seines scharfen Tons und bat zerknirscht um Entschuldigung. Jetzt setzte der Tanz ein, und das Stampfen zum Takt des Gesangs übertönte ihre Worte.

Ein junger Mann mit hochrotem Gesicht kam schwankenden Schrittes heran und wäre beinahe vor ihnen gestürzt, fing sich jedoch gerade noch rechtzeitig. Katrín roch den starken Bierdunst, wich aus und drängte sich an Jón. Der Betrunkene zwinkerte ihr zu, lächelte und riss das nächste Mädchen in seine Arme, um mit ihm zu tanzen. Ein lachendes Mädchen lief auf sie zu, ergriff Jóns Arm und wollte ihn mit zur Tanzfläche ziehen, doch er befreite sich mit derartiger Heftigkeit, dass sie erschrak, blutrot anlief und sich davonmachte, als sie den Klosterpater erkannte.

Jón zog die Kapuze noch tiefer ins Gesicht und packte Katrín bei den Schultern. »Lass uns gehen, ehe dich jemand erkennt.«

Draußen war die Luft im Vergleich zur stickigen Wärme drinnen klar und kühl. Das Nachtdunkel umschloss sie, ein zunehmender Halbmond schwamm in den Wolken. Jón führte sie in Richtung Kirche, doch als sie auf halbem Weg zwischen den Lagerhäusern waren, blieb Katrín stehen. Sie hatte Mut gefasst und wollte sagen, was gesagt werden musste.

»Ich kann morgen keine Profess ablegen, nach allem, was zwischen uns geschehen ist.«

»Du musst es tun«, antwortete er nach kurzem Schweigen, nicht befehlend, sondern mit eher warmem Unterton. »Du musst uns beide vom Satan befreien, der uns in Unzucht vereint, und das sogar im Hause des Herrn.« Seine Stimme bebte ein wenig. Er zog Katrín in seine Arme, doch die Umarmung hielt nicht lange genug an, als dass sie Wärme oder Vertrauen darin hätte finden können. »Lege morgen das Gelübde ab, und dann sündigen wir nie mehr.« Er war dem Weinen nahe. »Das Glück unserer Zukunft hängt davon ab, dass du richtig handelst.«

Nach seinem kühlen Verhalten am Ende ihres letzten Zusammenseins in der Sakristei hatte sie keinesfalls mit dieser Reaktion gerechnet. Sie war auf Vorwürfe und Drohungen vorbereitet gewesen, nicht auf demütiges Flehen. Und sie vergegenwärtigte sich, was sie eigentlich von ihm verlangte: dass er jede Hoffnung auf ein höheres Amt aufgäbe, dass sie sein Leben und ihn selbst mit Haut und Haar besäße. Wo sie doch nichts zu bieten hatte, nicht einmal ein Stück Land oder Vieh, ganz zu schweigen von angesehenen Verwandten. Wenn er sich einem solchen Mädchen zuwenden würde, verlöre er Weihe und Ansehen. Sie schämte sich vor sich selbst. Wie konnte ihr nur einfallen, so etwas von ihm zu erwarten, von dem Mann, den sie liebte?

Und als ob er ihre Gedanken gelesen hätte, sprach er mit belegter Stimme weiter: »Wenn du mich jemals geliebt hast, meine liebe, gute Katrín, dann solltest du dir ins Gedächtnis rufen, was in Gottes heiligem Wort gesagt wird: dass die Liebe sich nicht ungeziemlich verhält und das Böse nicht anrechnet.«

Sie senkte den Kopf, geplagt von Gewissensbissen.

»Verzeih mir«, flüsterte sie, ergriff seine Hand und küsste demütig den Handrücken. »Ich war von Kräften beherrscht, die ich weder kenne noch verstehe.«

»Gott vergibt dir, wenn du morgen die Eidformel in der Kirche unterzeichnet haben wirst«, entgegnete er mit rauer, aufgewühlter Stimme. »Und wenn ich gebüßt habe, werde ich ebenfalls seine Vergebung erbitten.«

Katrín weinte. Eine Träne fiel auf seine Hand, und er zog sie zurück, als hätte er sich verbrannt. »Möge der Herr uns beiden vergeben.«

Es war unmittelbar vor der Prim, als sie zur Kirche kamen, und Katrín betrat den Nonnenchor rechtzeitig, ohne dass sie besondere Aufmerksamkeit erregt hätte. Schließlich war die Kirche wie immer gut besucht, und die inbrünstigen Blicke der Nonnen, die die Nacht durchwacht hatten, ruhten auf dem Kruzifix. Mag sein, dass Schwester Jórunn die Bedrücktheit der jüngsten Nonne während der letzten Tage bemerkt und gesehen hatte, dass die Tochter der Dalur-Guðrún verweint war, doch sie verlor kein Wort darüber. Vielleicht glaubte sie, das Mädchen betrauere seine Mutter so tief, oder es sei die Angst vor dem, was ihm bevorstand, oder vielleicht beides zusammen. Es würde wohl kaum aus Frömmigkeit gewesen sein.

Nach der Messe wandte sie sich an Katrín und zwei weitere Postulantinnen, die während der Hochmesse das Gelübde unterzeichnen sollten, und bedeutete ihnen, ihr in die Badestube zu folgen.

»Die Regel besagt, dass es unnötig ist, sich öfter als einmal vor Weihnachten zu baden, ausgenommen die Kranken«, sagte sie. »Doch heute nehmt ihr den Schleier und werdet vom Bischof persönlich gesegnet und wahre Bräute Christi. Da sollt ihr rein sein, außen wie innen.«

In der Badestube hatte Laienschwester Þórunn, die Tante, den Steinofen tüchtig geschürt. Die Luft war gesättigt von Dampf. Auf dem Boden stand ein randvoller Bottich mit heißem Wasser. Jórunn zog sich zurück und überließ es der Laienschwester, den Mädchen behilflich zu sein. Als letzte sollte Katrín in den Bottich steigen. Während des Wartens atmete sie tief ein und genoss es, wie der Dampf in den Lungen brannte und der Schweiß ihr auf Oberlippe und Stirn, in den Armbeugen und Leisten ausbrach. Weg mit jeglicher Unreinheit. Vielleicht würde etwas von ihrer Sünde verschwinden. Nachdem sie den Bottich bestiegen hatte, schrubbte sie sich so kräftig, dass ihre Haut rot anlief und der ganze Körper wie von kleinen Nadelstichen schmerzte. Es war ein gutes Gefühl. »Du bist ja ganz schön eifrig«, sagte Tante Þórunn freundlich und reichte ihr ein Trockentuch, nachdem Katrín sich erhoben hatte. Im gleichen Augenblick kam Schwester Jórunn zurück, eine Schere in der Hand. Sie sah, wie Katrín sich abtrocknete, kniff die schmalen Lippen zusammen, konnte sich ihrer Gedanken nicht erwehren und sagte halblaut: »Die Gestalt ist die gleiche wie die ihrer Mutter, lustvoll wie eine Dirne.«

Þórunn zog die Brauen hoch. »Sie kann wohl nichts dafür, wie der Herr sie erschaffen hat.«

Katrín schwieg, verschüttete jedoch absichtlich ungeschickt Wasser aus dem Bottich, so dass sich die trübe Brühe über den Steinboden ergoss und Schwester Jórunns Füßc und deren Kuttensaum kräftig durchnässt hätte, wäre sie nicht gerade noch rechtzeitig zur Seite gesprungen.

Jórunn packte Katríns dichtes Haar, zerrte sie auf eine Bank und zückte die Schere. Katrín verhielt sich währenddessen ganz still und starrte zu Boden. Sie spürte weder Bedauern noch Freude oder etwas anderes, das sie verstanden hätte. Sie sah die kleinen Bächlein zwischen den Steinplatten fließen und folgte ihnen in Gedanken bis tief in den Boden, wo eine Steinrinne das Abwasser zum Bach führte. Von dort rann es in den Fluss Skaftá, der es ins Meer spülte.

Die Schere war scharf und schnitt die dunkelblonden nassen Strähnen eine nach der anderen rasch und sicher ab. Jórunn sammelte sie alle in einem Tuch, um sie später zu verbrennen. Nur einzelne lange Locken fielen auf Katríns nackte Füße, klebten dort fest und ringelten sich wie Schlangen.

Nach dem Haareschneiden wurden die Mädchen in schneeweiße Kittel gesteckt, rein und unschuldig wie Bräute. Die Kirchenglocken läuteten die Kreuzmesse ein.

Jórunn brachte sie zum Nonnenchor der Südempore, wo sie zu warten hatten: Sie hatten genaue Anweisungen erhalten und waren trotzdem verunsichert. Wenn nun etwas Unvorhergesehenes geschehen würde? *Herr, gib mir Kraft, wie du es versprochen hast, damit ich lebe, und lass mich in meiner Hoffnung nicht versagen.*

Der Kopf jeder zukünftigen Nonne wurde mit einem Leichtuch bedeckt, das Gesicht war verhüllt als Zeichen für Taufe, Tod und Auferstehung. Währenddessen sangen Kantoren und Nonnen die Litanei, und die Gemeinde stimmte in den Wechselgesang ein. Neben den Gemeindekindern waren viele Geweihte in der Kirche zusammengekommen, nicht zuletzt der Bischof mit seinem Gefolge.

Herr erbarme dich unser, Christus erbarme dich unser. Heilige Dreieinigkeit, heilige Maria und heiliger Þórlákur und heilige Scholastika und heilige Barbara und heilige Katharina und alle anderen Heiligen, einer nach dem anderen, bittet für uns Sünder und erbarmt euch unser. Der Gesang erfüllte die Kirche der Jungfrau Maria, die hohen und klaren Stimmen der Frauen vereinten sich mit den tiefen Männerstimmen, und es entstand eine herrliche Harmonie, die zum Himmel stieg. Jeder Ton lobte den Vater, war ein Flehen um Vergebung, um Gnade, um Vermittlung eines Heiligen beim Allmächtigen für die armen Menschen. Katrín schloss die Augen und vernahm die Stimme ihrer Mutter im Chor, *liebe Tochter, ich danke dir.* Friede zog in ihr Herz ein, alles war, wie es sein sollte, ihre Entscheidung war richtig.

Weil die Pater aus Skálholt die Messe zusammen mit dem Bischof sangen, benötigte man die Klosterpater und Küster nicht, außer um im Wechselgesang zu antworten, so standen sie mit gefalteten Händen etwas abseits. Als die Leichtücher von den Köpfen der Postulantinnen gezogen wurden, sah Katrín Jón Sigurðarson direkt beim Nonnenchor stehen, doch er hielt den Kopf über das Evangelium gesenkt. Das tat er auch, als der Bischof in vollem Ornat, mit der Mitra und dem Hirtenstab in der Hand, zu predigen begann, doch dann konnte sie ihn nicht länger im Blick behalten, denn Jórunn gab den Postulantinnen einen leichten Schubs, und ehe sie sich versahen, war es so weit.

Frau Agatha schritt mit einem großen Pergamentbuch nach vorn, schlug es auf und legte es auf dem Altar nieder. Die drei Mädchen nannten ihre Namen und sprachen sodann das Gelübde mit unsicheren Stimmen, die zunächst nicht ganz im Einklang waren: Ich gelobe bei Gott, der heiligen Maria, dem heiligen Benedikt und allen anderen Heiligen standhaft zu bleiben in heiliger Keuschheit und Gemeinschaft, die nächsten drei Jahre der Äbtissin zu gehorchen nach der heiligen Regel unseres Vaters Sankt Benedikt, in Keuschheit und Gehorsam zu leben und keine weiteren Werte zu besitzen außer der Gemeinschaft der Schwestern und Gott im Kloster der heiligen Maria und des heiligen Þórlákur in Kirkjubær zu dienen, was ich mit meiner eigenhändigen Unterschrift bestätige und bezeuge in Anwesenheit des Herrn Jón Halldórsson, Bischof von Skálholt von Gottes Gnaden, sowie der Äbtissin Frau Agatha Helgadóttir mit diesem Zeichen. Dann stiegen sie eine nach der andern zum Altar hinauf und erhielten eine Schreibfeder, die in Tinte getaucht worden war. Sie schrieben ihre Namen selbst in das Buch und setzten ein Kreuzzeichen in einem Kreis dahinter. Danach sangen sie: »*Suscipe me, Domine, secundum eloquium tuum, et vivam, et non confundas me ab expectatione mea.*«

Die Nonnen antworteten drei Mal darauf, Ehre sei Gott in der Höhe. Dann knieten die Postulantinnen vor ihren Schwestern, legten sich zum Zeichen ihrer Demut flach mit ausgebreiteten Armen auf den Boden, eine nach der anderen, und Katrín war stets die Letzte.

Mit seinem hellen Tenor stimmte der Bischof den Segen an, und Katrín erhob sich wieder. Sie drehte sich mit den anderen Schwestern zum Allerheiligsten hin und sah das Gold blitzen. Bischof Jón Halldórsson und Pater Sigurðarson kamen auf sie zu. Der Pater trug ein kleines Silbertablett, darauf lagen drei Ringe aus purem Gold mit eingraviertem Laubmuster, den Initialen des Gottessohns, HIS, und einer Dornenkrone darunter.

Die Nonnen stimmten den Lobgesang an, während der Bischof den Mädchen jeweils einen Ring an den Ringfinger der rechten Hand steckte. Dann traten Schwester Jórunn und Schwester Guðrún vor. Sie trugen Kutten und Skapuliere, lange schürzenähnliche dunkle Kleidungsstücke, die über den Schultern mit Bändern befestigt waren. Sie zogen den Mädchen die gleiche Kluft an, die Benediktinerinnen überall auf der Welt trugen, bedeckten ihre Häupter mit weißen Schleiern zum Zeichen dafür, dass sie Abschied von allem Weltlichen genommen und ein neues Leben als Bräute Christi begonnen hatten. Danach reichten sie ihnen die Kukullen, dunkle Mäntel mit Kapuzen, und dann endlich durften die drei Mädchen ihren Schwestern im Chor, denen sie zuvor den Rücken zugewandt hatten, in die Augen sehen, als eingekleidete, gelobte Novizinnen der Regel des heiligen Benedikts und der heiligen Scholastika.

Der Bischof bemerkte mit Zufriedenheit, dass eines der Mädchen ständig Tränen vergoss. Tränen der Wahrhaftigkeit waren gewiss nicht verbreitet unter Frauen, weder im Kloster noch in der verderbten Welt. Er rückte eine Spur näher an den Klosterpater, seinen Namensvetter heran, und fragte: »Weint sie viel, sie, die Schwester Katrín genannt wird?«

»Nicht genug«, entgegnete Pater Jón Sigurðarson.

Die Frucht der Sünde

Im Südland wurde der Schwur getan
unter dem Kreuz des Herrn,
dass sie Nonne sei
bei der Gottesmutter Ehre.
Doch an der Heiligen Mutter herab
strömte das Blut des Herrn.
(aus einem alten Gedicht)

Katrín hatte nicht viel Ahnung von ihrem Körper und seinen Funktionen. Von der Mutter hatte sie zwar gelernt, Stoffbinden für den monatlichen Gebrauch herzustellen, doch konnte diese sich nie aufraffen, ihrer Tochter zu erklären, wie die Blutungen entstanden und was es bedeuten könnte, wenn sie ausblieben. Mag sein, dass sie darüber gesprochen hätte, wenn das Mädchen hätte heiraten sollen. Ihren Mondzyklus empfand Katrín als unangenehm, denn sie hatte jedes Mal Schmerzen und hielt sich für unrein. Sie verschwendete keinen Gedanken an ihre Periode, wenn sie sie nicht gerade hatte. Deswegen schenkte sie auch dem Ausbleiben keine besondere Aufmerksamkeit.

Nach der Triennalprofess kam ihr das Leben einfacher vor. Jón und sie mieden einander, so gut es ging. Zur Beichte gestand sie andere Sünden als die unaussprechlichen. Sie war fest davon überzeugt, mit der Taufe zu einem neuen Leben von allen vorherigen Sünden reingewaschen worden zu sein. Doch zu ihrem Missfallen spürte sie weiterhin das Verlangen, sich mit ihm der Sünde hinzugeben. Wenn sie den Pater ansah, füllten sich ihre Augen stets mit Tränen bei dem bloßen Gedanken an all das, was nicht war und niemals sein würde.

Auch bei Schwester Jórunn war eine Veränderung eingetreten. Sie reduzierte Katríns Arbeitsbelastung. Mägde übernahmen die schwere Arbeit, die Katrín bislang erledigen musste. Wenn sie auch nach wie vor streng war, so konzentrierte sie sich nunmehr stärker auf die Erziehung und Ausbildung der Oblaten, und in jenem Winter traf die Rute weder Katrín noch die anderen Novizinnen. Es war wie die Flaute nach einem langen Nordsturm. Niemand wusste, dass dies einem langen Gespräch zwischen Jón Sigurðarson und Schwester Jórunn zu verdanken war, in dem er sie nach der Abreise des Bischofs unter anderem an des Herren Worte von der Vergebung ermahnte. Er hatte auch vieles andere angesprochen. Schwester Jórunn neigte kaum dazu, bereitwillig zu verzeihen, doch mag es sein, dass sie ihre Bestes versuchte, und dafür konnte Schwester Katrín dankbar sein.

Sie kümmerte sich unter der Anleitung von Schwester Randíður in zunehmendem Maß um das Kopieren von Schriften und fühlte sich wohl dabei. Die Feder lag ihr besser in der Hand als die Nadel, und sie lernte Illustration und Zeichnen nach einem Buch, aber auch das Entwerfen von Mustern und Abbildungen, die als Vorlage für Wandbehänge in Kirchen dienten. Doch während der kältesten Wintermonate war die Tätigkeit im Skriptorium mühsam. Manchmal wurden die Finger blau und taub vor Kälte, und vom langen Stehen schmerzte regelmäßig der Rücken. Schwester Randíður war immer sanft und nachsichtig und schürte an Frosttagen den Glutofen.

So schien Katríns Leben trotz allem in feste Bahnen gekommen zu sein. Sie summte leise vor sich hin, wenn sie in ihre Arbeit versunken am Schreibpult stand. Die Freude an kleinen Dingen ließ sie Sünden und Sorgen vergessen. Randíður verfolgte alles genau, gab ihr Anleitung, lobte und kritisierte abwechselnd, strich ihr mit sanfter Hand über die Wange, manchmal auch über die Schultern und den Rücken, und einmal, es war kurz nach Neujahr, legte sie ihre Hand auf den Unterleib des Mädchens.

»Du bist dicker geworden, Schwester Katrín«, sagte sie. Katrín lächelte verlegen, ja doch, sie hatte zugenommen und es auch selbst bemerkt. Ihr Appetit war größer als zuvor, obwohl die Portionen in Kirkjubær reichlich bemessen waren. Randíður musterte sie schweigend und mit undurchdringlicher Miene, während Katrín ihre Erklärungen hervorstotterte. Dann nickte sie und entfernte sich wortlos. Katrín sah ihr verwirrt und verständnislos nach und strich über ihren Bauch. Dort spürte sie etwas, und es war nicht das erste Mal. Als ob Schmetterlinge in ihr umherfliegen würden.

Wenige Tage später erschien Randíður mit einem großen Buch und legte es auf Katríns Schreibpult. Sie hatte ihr Buchzeichen an einer Stelle hineingelegt. Katrín schlug das Buch dort auf und verstand bald, dass der Text sich an Frauen in guter Hoffnung wandte. Dort waren Gebete und Beschwörungen bei schweren Geburten zu finden sowie Beschreibungen von Wehensteinen. Randíðurs Buchzeichen lag an einer Stelle, die auf gefährliche Kräuter für Schwangere einging, weil sie den Verlust der Leibesfrucht bewirken könnten, insbesondere wenn man sie in die Vagina einführte. Zuerst überflog Katrín die Zeilen voller Entrüstung. Was bildete Randíður sich eigentlich ein?

Doch je weiter sie las, um so mehr wich die Verwunderung einem bösen Verdacht – konnte es wirklich sein? Und als der Verdacht sich zur Gewissheit verdichtete, wurde sie von Entsetzen gepackt. Ihr Herz begann rasch zu schlagen, ihre Atemzüge wurden flacher, ihr Hals zog sich zusammen. Nein, das konnte nicht sein, durfte nicht sein. Dennoch las sie den Abschnitt über die zu meidenden Kräuter noch einmal. Alles, was unterbleiben muss, damit die Sache kein böses Ende nimmt.

Schwester Randíður hatte ihr, scheinbar versunken in das Mischen von Farben, den Rücken zugekehrt. Katrín legte das Buch auf ihrem Pult ab und ging hinaus, so voller Angst, dass ihre Knie zitterten, doch sie wusste, was zu tun war.

Es war einfach, an die Kräuter zu kommen. Schwester Guðrún von der Krankenstube hatte die getrockneten Kräuter gegen diverse Leiden und Krankheiten der Schwestern und Bauern der Gegend an einem Balken ihrer Vorratskammer, darunter Liguster und Schachtelhalm, von denen es auch heißt, dass sie gut gegen Fäulnis im Leib helfen und blutreinigend wirken. Am gleichen Abend ging Katrín entschlossen zu Werke. Sie wollte keinesfalls zögern oder über die möglichen Folgen ihrer Tat nachdenken.

In der Nacht spürte sie ein Brennen in der Gebärmutter und war froh. Bis zur Frühandacht hielt sie mit Hoffnung im Herzen durch. Gegen Morgen wurde das Brennen stärker. Es juckte unerträglich, doch sie widerstand der Versuchung, den Ligusterstängel zu entfernen und wartete ungeduldig auf das Blut. Aber es kam nicht.

Knapp zwanzig Wochen zuvor war das Leben entstanden und hatte sich während dieser Zeit in Ruhe entwickeln können. Längst schon hatte die Frucht Menschengestalt angenommen, sie bewegte sich im warmen Mutterleib und streckte die winzigen Händchen und Füßchen aus. Der Fötus würde nicht kampflos aufgeben. In der Nacht erschien ihr das Ungeborene im Traum, ein Mädchen mit riesigen, dunkelbraunen Augen wie sein Vater. Im Verhältnis zum kleinen Körper war der Kopf schauderhaft groß, und es fragte mit dünner Stimme: »*Willst du mich jetzt töten, du, die mir das Leben geschenkt hat?*«

Katrín schreckte atemlos vor Entsetzen und mit unerträglichem Brennen zwischen den Beinen hoch. Sie entfernte den Ligusterstängel, ehe sie ganz aufgewacht war. Der Tag verging, und das Brennen ließ nach. Weder Blutungen noch Schmerzen im Unterleib stellten sich ein. Sie begab sich zur Bücherei und fand das Buch erneut auf ihrem Schreibpult vor, und daneben eine Schrift von Albucasis über die Heilung. Es war in gegerbtes Leder gewickelt, um es vor dem Austrocknen zu schützen. Doch aus keinem der Bücher war Gewinn zu ziehen, abgesehen von Anleitungen zur Behandlung der Nachgeburt und der Versorgung des Nabelstumpfes. Um noch etwas zu unternehmen, war bereits zu viel Zeit vergangen.

Am Freitag der gleichen Woche musste sie bei Jón beichten gehen. Sie führte einige Kleinigkeiten an, wie Gaumenfreude und böse Gedanken über Schwester Jórunn, doch schließlich plauderte sie ihr Geheimnis aus, obwohl sie eigentlich schweigen und ihn nicht damit hatte belasten wollen. Aber das war wohl ohnehin nicht zu verhindern.

Jón erschrak sehr und konnte lange kein Wort hervorbringen. Reglos saß er im Beichtstuhl und starrte vor sich hin. Dann drehte er den Goldring am Ringfinger seiner linken Hand mit Daumen und Zeigefinger der Rechten.

»Was hast du vor?«, fragte er schließlich.

»Eigentlich nichts«, antwortete sie, niedergeschlagen angesichts seiner Ratlosigkeit, die offensichtlich ebenso groß war wie ihre.

»Begreifst du, welche Folgen das für mich haben wird?«, fragte er und fuhr mit bitterem Unterton fort, ohne ihr Gelegenheit zur Antwort zu geben: »Ich habe mir eine bedeutende Zukunft ausgemalt, bedeutender als sie hier armen Landgeistlichen geboten wird, die sich ganz offen eine Geliebte halten, die sie Haushälterin nennen, und Gottes und der Menschen Gesetze missachten. Ich habe eine Zusage für einen Aufenthalt in Skálholt im kommenden Herbst bekommen, um mehr zu lernen. Und wer weiß, was sich mir noch für Chancen bieten? In Trondheim unterhält der Erzbischof einen großen Hof an Kanonikern und Patern, die seiner Weisheit und seines großen Wissens anteilig werden. Von dort kehren sie hoch gebildet zurück, um ein angemessenes Amt in Island zu übernehmen. Meist sind es Ausländer, manchmal aber auch Isländer.« Jón verstummte. Er hatte sie, die auf dem Boden neben dem Beichtstuhl kniete, keines Blickes gewürdigt. Immer noch starrte er vor sich hin und sah sein Leben vor sich, wie es nach seinen kühnsten Träumen verlaufen könnte.

Doch daraus würde nichts, so wie die Dinge lagen. Gäbe es überhaupt ein Leben? Er wandte sich an Katrín und umfasste ihr Kinn, zog ihr Gesicht zu sich heran: »Weißt du, Kind, welche Strafe einen Pater trifft, der mit einer Nonne Unzucht getrieben und ein Kind mit ihr hat?«

Sie schüttelte den Kopf, und die Tränen begannen zu strömen. Was hatte sie ihm, dem Mann, den sie aus ganzem Herzen liebte, nur angetan? Durch sie war seine Zukunft verpfuscht.

»Ich werde aller Ämter enthoben«, sagte er mit rauer Stimme. »Ich muss meine Sünde öffentlich beichten. Mir wird hartes Fasten auferlegt und eine Pilgerfahrt. Barfuß werde ich im ganzen Bistum von Kirche zu Kirche geschickt, kreuz und quer durch das ganze Land zur Läuterung an jedem einzelnen Ort. Ich werde gedemütigt und erniedrigt, und als einziger Ausweg bliebe mir nur die Rückkehr ins Kloster Þykkvabær, wo ich mich den Rest meiner Tage in seinen Mauern still verhalten müsste, als Niedrigster in der Hierarchie meiner Mitbrüder, als Kleinster unter den Kleinen. Vielleicht könnte ich meine Ehre durch eine Pilgerfahrt nach Rom wiederherstellen. Aber dazu braucht man mehr Geld, als ich habe.«

Katrín hatte, während er sprach, geweint und geschluchzt, doch nun breitete sich eine wundersame Ruhe und Gewissheit in ihr aus. Der Tränenstrom versiegte. Es gab nur eine Lösung. Sie zog die Nase hoch und wischte sich die Tränen mit dem Handrücken ab.

»Ich werde es fortschaffen.«

Sie wusste, während sie die Worte sprach, dass es so am besten war. Nichts war so viel wert, um alle seine Hoffnungen dafür zu opfern. Auf diese Weise würde er jedenfalls in ihrer Schuld stehen, und das wollte sie lieber, als dass er sie bis ans Lebensende hasste. Das hätte sie nicht ertragen. Alles, nur das nicht. »Aber du musst mir die Absolution dafür erteilen«, fügte sie schnell an. »Mir ist gleich, welche Bußen du mir auferlegst, wenn du mir nur die Absolution erteilst.«

Er nickte, sprachlos vor Erleichterung. Es war fast unglaublich, dass alles, was ihm gerade genommen worden war, mit so wenigen Worten wieder zu ihm zurückkam.

»Gibt es keinen anderen Weg?«, fragte er trotzdem.

Katrín schüttelte bestimmt den Kopf. Nun gab sie und nahm nicht länger. Sie erhob sich und ging zur Tür, drehte sich aber um, ehe sie öffnete, denn beinahe hätte sie eines vergessen. »Welche Strafe erwartet eine Nonne, die ein Kind mit einem Pater hat?«

Er sah auf und antwortete abwesend: »Sie wird wohl verdammt, gezüchtigt und vor die Tür geworfen werden.«

»Und das Kind? Was geschieht mit dem Kind, wenn es am Leben bleibt?«

Er zuckte mit den Schultern. »Es wird wohl Gemeindepflegling werden.«

»Dann stirbt es sowieso im Kindesalter«, sagte sie halblaut zu sich selbst. »Ihm bleiben also Hunger und Elend erspart.«

Er dachte nach und reagierte nicht darauf, und sie rechnete auch nicht mit einer Antwort. Es war ihre Verantwortung und ihre Entscheidung. Er musste ihr nur im Namen Gottes verzeihen.

Die Wochen vergingen, und das Kind von Katrín und Jón gedieh im Mutterleib. Manchmal spielte es im Fruchtwasser wie ein junger Seehund im Meer, dann wieder schlief es so ruhig, dass sie es für tot hielt und nicht wusste, ob sie darüber froh oder traurig sein sollte. Wenn es dann wieder erwachte, machte es mit der gleichen Geschäftigkeit auf sich aufmerksam wie zuvor. Dank der Gnade Mariä, der Gottesmutter, fiel die Schwangerschaft kaum auf; Katrín war schlank, und die große, weite Kutte aus der Kleiderkammer, die Schwester Guðný ihr im Herbst ausgehändigt hatte, verhüllte Katríns Zustand gut. Doch war anzunehmen, dass Schwester Randíður über ihren Zustand Bescheid wusste und die anderen

Nonnen möglicherweise auch, aber keine sagte etwas. So schwieg auch Katrín in der Hoffnung, dass sich am Ende doch eine Lösung finden würde.

Zu Anfang des Sommers überfiel sie die Verzweiflung, als eine kleine Gruppe von Obdachlosen nach Kirkjubær kam. Zwei Männer mittleren Alters, drei Frauen und einige Kinder, wovon eines kaum zweijährig war und so dunkle und große Augen im schmutzigen Gesichtchen hatte, dass Katrín ein Schauer über den Rücken lief. Die Leute waren nach dem Marsch über den großen Sander hungrig und etwas schmuddelig, aber nicht ungepflegt im eigentlichen Sinne, denn vor einigen Tagen waren sie noch im Kloster Álftaver eingekehrt. Auf einen milden Winter folgte im Jahr des Herrn 1326 ein recht gutes Frühjahr, so dass in der Gemeinde keine Todesfälle auf Grund von Hunger oder Naturkatastrophen bekannt wurden.

Sprecherin dieser Almosengruppe war eine ältere, aus dem Norden stammende Frau, Verse-Anna genannt und trotz des ständigen Herumziehens recht beleibt. Sie besaß die Fähigkeit, jederzeit über alles einen Vers zu reimen, und erhielt Butter, Käse und Trockenfisch zum Lohn. Nach den Klosterregeln konnte die Gruppe drei Nächte in den Stallungen unterkommen und musste danach ihre Wanderschaft fortsetzen. Wenn der Orden des heiligen Benedikt den Schwestern auch vorschrieb, allen Armen, die darum bitten, Almosen zu gewähren, mussten sie doch sorgsam damit umgehen, denn die Vorräte des Klosters Kirkjubær, die von fast vierzig Höfen der ganzen Umgebung zusammenkamen, waren bei vielen begehrt, und Gebete allein hielten als Wegzehrung nicht lange vor.

Die Kinder schauten sich neugierig und keck um, beileibe nicht so demütig wie die Eltern. Gierig verschlangen sie das Essen, gleich nachdem es ihnen in die Hände gelegt worden war. Ihre Mütter wiesen sie, solange die Klosterfrauen zusehen konnten, dafür auch nicht zurecht. Sie ergriffen stattdessen die Hände der Schwestern, küssten sie und verbeugten sich und riefen Gott und Maria an, sie zu schützen. Doch kaum hatten sie die Kirche verlassen und waren auf den Vorplatz getreten, da ergossen sich Verwünschungen über die Kinder, die sich in aller Öffentlichkeit voll stopften, ohne dem Himmelsvater auch nur mit einem Wort für die Gaben zu danken, geschweige denn mit einem pflichtbewussten Gebet. Es hagelte Ohrfeigen, und eines der Kinder brüllte eine Zeit lang aus Leibeskräften.

Katrín begab sich von der Küche in den Klosterhof und sah der Schar nach, wie sie an den Schuppen vorbei zu den Stallungen zog, über den Hügel und die Hauswiese hinunter nach Osten, bis die Leute in der Ferne so klein wirkten, dass sie kaum noch zu sehen waren. Dann ging sie nachdenklich wieder in die Bibliothek, um mit Schwester Randíður zu sprechen. Sie hatte sich ihre Frage geschickt zurechtgelegt, doch ihre ungeduldige Natur kam ihr zuvor.

»Welche Strafe hält die Klosterregel für eine Nonne bereit, die das Kloster unerlaubt verlässt?«, fragte sie unverblümt.

Schwester Randíður hob den Blick von ihrem Buch. Diese Frage schien sie nicht zu überraschen.

»Wenn sie das Obedienz-Gelübde des Gehorsams abgelegt hat, wird sie zurückgeholt und gezüchtigt«, antwortete sie. »Bei wiederholtem Verstoß ist die Strafe schwerer. Niemand darf mit einer solchen Person sprechen, ehe der Bann nicht gelöst wird, und ihr sind alle Sakramente versagt, ob sie nun innerhalb oder außerhalb des Klosters lebt. Wer mit ihr Kontakt aufnimmt, riskiert selbst den Bann.«

»Und wenn sie nicht gefunden wird? Wenn sie zum Beispiel auf Wanderschaft geht?«, fragte Katrín und wollte diesen einen Ausweg nicht so leicht aufgeben.

»Sie würde gesucht, und glaube mir, sie würde gefunden«, sagte Schwester Randíður. »Selbst wenn sie mit Gesetzlosen ins Hochland zöge, würde man sie finden.«

Katrín seufzte, das hätte sie sich denken können. Es gab keinen Ausweg, und wie hätte sie sich mit einem Säugling auf der Wanderschaft auch durchbringen sollen, sie, die nichts wusste oder konnte und sich noch niemals um ihr Essen hatte bemühen müssen.

»Verzweiflung ist die schlimmste aller Sünden, denn sie misstraut der Gnade Gottes«, sagte Randíður. »Denk in deiner Not daran, liebe Katrín.« Katrín reagierte nicht, sondern drehte sich auf der Ferse um und verließ wütend den Raum, wobei ihr Zorn sich eher gegen sie selbst als gegen Schwester Randíður richtete.

Katríns Gemütslage nahm nach dieser Unterredung eine Wende und wurde entschiedener. Das Bevorstehende war unausweichlich, und so war es am besten, ihm ins Auge zu sehen. Sie las die Schriften über schwangere Frauen eingehend und lernte Gebete für niederkommende Frauen auswendig, entwendete schmerzstillenden Storchschnabelsud aus dem Vorrat der Krankenschwester Guðrún, und eines Abends stahl sie sich in die Kleiderkammer und fand dort in einer unverschlossenen Truhe ein zerschlissenes Leintuch, das sie an sich nahm. Sie hatte deshalb Gewissensbisse, doch etwas musste sie ja haben, um das Kind darin einzuwickeln. Und was war schon ein Diebstahl im Vergleich zu jenem furchtbaren Verbrechen, das sie in Kürze verüben würde?

In der nämlichen Truhe entdeckte sie ein Stück zusammengerollten, leuchtend roten und fein gewebten Stoff, der ihr bekannt vorkam: Stoff, der einmal als Futter gedacht war. Katrín faltete ihn auseinander, schmiegte ihre Wange daran und atmete den Geruch ein, aber an die Stelle des Dalurgeruchs war nun der Duft von Ruchgras getreten, das in Kirkjubær zwischen alle Stoffe in den Truhen und Kammern gelegt wurde.

War noch nicht einmal ein Jahr vergangen? Sie konnte es nicht glauben. Es kam ihr vor wie ein volles Jahrzehnt. Und sie selbst war um so vieles älter geworden. Katrín zog ihr Tischmesser hervor, und ohne weiteres Nachdenken schnitt sie einen Streifen von dem roten Tuch ab und nahm ihn mit dem Laken mit. Sie hätte nicht sagen können, warum sie das tat, und erst viel, viel später begann sie darüber nachzudenken. Nachdem sich die Schicksalhaftigkeit dieser kleinen Tat herausgestellt hatte.

Katríns und Jóns Kind kam etwa zur Frühandacht in der Nacht zum Donnerstag vor der Kolumbamesse auf die Welt, in der siebten Sommerwoche im Jahr des Herrn 1326. Nach dem kirchlichen Kalender war dies der sechste Tag des sechsten Monats eines Jahres, das das sechste in seinem Jahrzehnt war. Dieses Zahlenspiel bestätigte Pater Jón in seinem Verdacht, dass er bei der Zeugung unter der Macht des Bösen gestanden hatte und der Antichrist von Anfang an Anspruch auf das Kind erhob, weil er es mit seinen Ziffern gezeichnet hatte. So war es in seinen Augen nicht mehr als Recht, sich seiner unverzüglich zu entledigen. Jedenfalls fiel Jón die Tat in diesem Glauben leichter.

Die Geburt setzte jedoch schon einen Tag vorher ein. Katrín war beim Komplet, als die ersten Wehen ihren Leib verspannten. Anfangs waren sie fast schmerzlos, doch Katríns Furcht bewirkte kürzer aufeinander folgende, schmerzhaftere Wehen, wobei in der Nacht noch längere Pausen dazwischen lagen. Ohne ein Zeichen ihres Leidens erkennen zu lassen, nahm sie sowohl an der Frühmesse als auch an den Laudes teil, doch erbat sie unter dem Vorwand, krank zu sein, nach dem Frühstück Befreiung von der Arbeit. Sie wolle sich auf ihrem Lager ausruhen. Als Krankenschwester Guðrún sich erbot, Katrín zu versorgen, schreckte diese mit einer so unmissverständlich angsterfüllten Miene zurück, dass die wohlmeinende Schwester trotz des leisen Stöhnens, das sie ab und zu vernahm, den ganzen Tag nicht nach Katrín sah.

Nach der Vesper kam Schwester Randíður bei Katrín vorbei. Sie brachte ihr einen Happen vom Abendessen im Essnapf. Sie blieb nicht lange und wünschte, früher gekommen zu sein. Katrín, völlig von Schmerzen beherrscht und dumpf, hatte keine Kraft gehabt, nach Hilfe zu rufen. Der gestohlene Storchschnabelsud war längst aufgebraucht.

»Ich hole Pater Jón«, flüsterte Randíður, doch Katrín ließ mit keiner Regung erkennen, dass sie ihre Worte verstanden hatte. »Gott steh dir bei, Kind. Wie konnte Er zulassen, dass dies geschieht?«, murmelte Randíður und ging hinaus, um Jón zu suchen.

Kurz nach dem Komplet, nachdem die Kohlen und Kerzen gelöscht worden waren und das heilige Schweigen eingekehrt war, kam er endlich zu Katrín. Die meisten Klosterinsassen schliefen da bereits den Schlaf der Gerechten.

»Dann ist es also so weit«, sagte er leise. Katrín nickte und erhob sich unter Qualen, verließ das Bett und musste sich auf ihn stützen, um nicht hinzufallen. Jón nahm Kissen und Polster vom Kopfende und steckte sie unter die Decke, so dass es aussah, als läge Katrín schlafend darunter. Katrín zog das gestohlene Lakenbündel unter der Matratze hervor, und langsam gingen sie hinaus. Laut knarrten die Bodendielen unter ihren Schritten. Die ertrunkene Úlfhildur schlug ihre tiefblauen Augen auf und sah hinauf zu den Dachsparren, wo jene bösen Geister hausten, die sie heimsuchten. Nun fielen sie wohl das Mädchen an, das so oft Salve Regina gesungen hatte, um die Geister zu vertreiben. Es war nun einmal ihre Natur, Böses und Hässliches zu tun.

Sie hatten schon seit langem verabredet, dass die Geburt in der Sakristei stattfinden sollte. Nicht, weil die Frucht der Sünde aller Wahrscheinlichkeit nach dort gezeugt worden war, sondern weil ohne Jóns Erlaubnis dort niemand eintreten durfte, und er zudem einen Schlüssel dafür besaß und abschließen konnte.

Er entzündete, nachdem sie eingetreten waren, einige Kerzchen auf einem eisernen Ständer und sah die glitzernden Schweißperlen auf Katríns Stirn und Oberlippe. Er hätte sie nicht später holen dürfen, denn das Kind hatte genug Zeit gehabt, sich auf seinen Weg in die Welt vorzubereiten. Nun wollte es kommen.

Katrín streifte Kittel und Schleier ab und legte sich hin. Auf dem harten Boden der Sakristei gab es keine Unterlage. Dieses Kind würde nicht wie andere auf Stroh zur Welt kommen, sondern auf einem dünnen Leintuch. Es würde härter sein, aber was machte das schon? Jón betrachtete sie schweigend und überwältigt. Ihr Bauch war unglaublich dick. Plötzlich erinnerte er sich des Wales, der einmal am Klosterstrand angetrieben worden war, als Jón noch ein Kind war. So wirkte sie, hilflos der Macht der Naturkräfte ausgeliefert und zu nichts fähig, als mit den Flossen zu schlagen. Unter der durchscheinenden Haut verliefen blaue Adern wie Flüsse auf einer Landkarte. Ab und zu konnte man sehen, wie sich das Kind bewegte und der Bauch dadurch erbebte.

Katrín krümmte sich während der Wehen, murmelte dazwischen Gebete und rief die heilige Margarete von Antiochia an, die keine Frau in Kindsnot je verließ. Zwischen zusammengebissenen Zähnen flehte sie um Gnade. Ihre Augen waren wie verschleiert. Sie befand sich in einer anderen Welt, der Welt des weiß glühenden Schmerzes. Ihr Körper drohte zu zerreißen, und es knackte im Becken, als der Kopf des Kindes sich in den Geburtskanal drängte. Katrín schrie auf, und im gleichen Augenblick vernahm Jón Schritte in der Kirche – es war Zeit für die Frühmesse. Jón sprang auf, griff verzweifelt nach dem Polster, auf dem das Evangelium ruhte und drückte es Katrín auf das Gesicht. Gewaltsam erstickte er ihren Schrei. Sie rüttelte an seiner Hand, konnte aber nichts gegen ihn ausrichten. Ihre starrenden und blutunterlaufenen Augen suchten seine und flehten um Gnade, doch er wartete ab und rührte sich nicht. Da hörte auch Katrín, was er gehört hatte: Der Gesang der Schwestern scholl vom Nonnenchor jenseits der Wand herüber.

Ave Maria, gratia plena, Dominus tecum:
Benedicta tu in mulieribus
et benedictus fructus ventris tui, Jesus.
Sancta Maria, Mater Dei,
ora pro nobis peccatoribus
nunc et in hora mortis nostrae.
Amen.

Und während die Schwestern sangen und Maria lobten, stieß Katrín unter dem Polster einen weiteren Schrei aus, und das Kind drängte sich ohne Beistand, ausgenommen vielleicht der der heiligen Margarete von Antiochia, in die Welt. Das Polster fiel aus Jóns Hand. Er starrte das bläuliche und schleimige Etwas an, das zwischen Katríns Beinen lag und ganz von der Fruchtblase umhüllt war. Als das Kind leise wimmerte wie ein Kätzchen, durchfuhr es ihn, dass alles umsonst war, wenn das Kind nun zu weinen begänne. Dann wäre es zweifellos im Nonnenchor zu hören. Katrín richtete sich schwitzend und vor Anstrengung schwer atmend auf und betrachtete ihr Kind: Die Frucht der Sünde von der Fruchtblase, dem Gewand des Siegers, umhüllt. Vorsichtig zog sie die Membran ab. Es war ein Mädchen. Das dichte, schwarze Haar gab eindeutige Auskunft über die Vaterschaft. Zitternd umfasste Katrín die dicke Nabelschnur und band sie an zwei Stellen mit einem Stoffstreifen ab, wie sie in dem Buch über schwangere Frauen gelesen hatte, ehe sie sie rasch mit ihrem Tischmesser durchtrennte. Vom Kind war ein saugendes Geräusch zu vernehmen. Es begann zu weinen.

»In Gottes Namen, bring es zum Schweigen«, flüsterte Jón aufgebracht, aber ahnungslos, wie dies zu bewerkstelligen sei. Katrín nahm das Kind in den Arm, und wie ihre Mutter und davor deren Mutter reagierte sie nach dem Instinkt, der so alt ist wie die Menschheit selbst, und legte ihre Tochter an die Brust. Das Weinen verstummte, als sich die feuchten Lippen um die Brustwarze schlossen, die nun dunkler und größer war als damals vor neun Monaten, als Jón seine Lippen daran gelegt hatte. Der winzige Mund saugte die fette, warme Vormilch in regelmäßigen Zügen.

Vom Nonnenchor erklang noch immer Messgesang, und das war ein Glück, denn nun kam noch eine Wehe, und Katrín brüllte und stöhnte. Die Nachgeburt schlüpfte heraus, und Jón bekreuzigte sich unfreiwillig, denn die Plazenta ist heilig – *In nomine Domini, Amen* – ihr folgt ein Teil der Kindesseele. Er hatte nie zuvor die Nachgeburt eines Menschen gesehen, und sie wirkte eigenartig lebendig, ein glitschiger und zitternder Mutterkuchen, völlig von blauen und roten Adern überzogen. Die abgebundene Nabelschnur ragte heraus wie ein Strickende.

Er begann Katrín mit unsicheren Bewegungen abzuwischen und nahm dazu das Leintuch. Auch der Boden wies Spuren von Fruchtwasser und anderen Körpersäften auf. Katrín hatte sich mit dem Kind an der Brust hingelegt und widmete ihm, der ihren Unterleib versorgte, keine Aufmerksamkeit.

»Du musst die Nachgeburt verbrennen«, sagte sie. »Wenn sie einfach fortgeworfen wird, kann sie in die Macht böser Geister geraten, oder ein Hund oder Fuchs frisst sie, und dann…« Sie beendete ihren Satz nicht, aber Jón wusste, was sie hatte sagen wollen: Dann würde ein Tier oder ein böser Geist dem Kind bis ans Lebensende folgen. Da sein Leben aber ohnehin bald beendet sein würde, dürfte es keine Rolle spielen, ob die Nachgeburt verbrannt oder eingewickelt mit dem Kind ausgesetzt würde. Vom Bösen war das Kind gekommen, und dorthin würde es zurückkehren, daran hegte er keinen Zweifel mehr. Sein Verdacht hatte sich zur Gewissheit verdichtet: Das Kind war durch seinen Geburtstag dem Bösen geweiht. Also gab er keine Antwort, denn so kaltblütig, dass er sie jetzt belügen könnte, war Jón Sigurðarson nicht.

Vom Nonnenchor waren Schritte zu hören, die Frühmesse war beendet, und die Nonnen gingen von der Südempore hinüber ins Kloster. Er wartete eine Weile und sah furchtsam zu Katrín hinüber, die das Kind immer noch im Arm hielt. Sie streichelte sein Haar und seine Wangen, und ihre Lippen bewegten sich in lautlosem Gebet: *Verzeih mir, Herr, dass ich diesen Mann mehr liebe als unser Kind. Verzeih mir, heilige Mutter Gottes, ich werde bis zu meinem Tode sühnen.*

Jóns Furcht war unbegründet gewesen, denn nach kurzer Zeit löste sie das Kind vorsichtig von der Brust und reichte es ihm.

Fähe von der Heide

Was mag bewirken
den Wandel in unsrem
gestraften Land,
dass Hungersnot, Streit und
Seuchen nicht alle
zu Fall bringen?
(Tullin/Jón Þórláksson)

Seit Menschengedenken war nicht so viel Schnee gefallen wie im Winter 1337. Nur sechs Jahre waren seit dem schweren Verderbniswinter vergangen, als der Schneesturm am Pfingstsonntag einen Sommer ohne Heu und das Schafsterben und im Jahr darauf eine Hungersnot im ganzen Land verursacht hatte. Und es war nur fünf Jahre her, seit zuletzt eine Seuche umging und unter den Gletschern im Osten die Feuer tätig waren.

Deshalb schien es, als ob Gott dem bedrückten Volk am Nordrand der Welt eine schwere Bürde auferlegte. Ohne Unterlass fiel dichter Schnee, und nach Weihnachten setzten so heftige Schneestürme ein, dass die Bauern nicht in die Schafsställe kamen und eingeschlossen in ihren dunklen Wohnstätten hockten. Sie wussten, dass die Tiere weder Heu noch Wasser hatten und eingingen, während draußen der Schneesturm tobte. In weiten Teilen des Südlandes hielten die Dächer der Schneelast nicht stand und stürzten ein, so dass große Schäden entstanden.

Treibeis setzte sich im Norden an der Küste fest, und im Strandbezirk kam ein Eisbär an Land, riss acht Menschen in Stücke und vertilgte einige davon. Im Südosten war die Katastrophe noch schlimmer, denn im Sommer davor hatte es derartige Wolkenbrüche mit starken Stürmen gegeben, dass Rinder und Schafe im Rangárbezirk und in der Gegend um Skálholt innerhalb weniger Tage zu Hunderten verendeten.

Und in jenem Winter wurden nicht nur Tiere dahingerafft, sondern auch Menschen. Es waren vorwiegend Alte und Kleinkinder, die ins Paradies eingingen: Viele starben des Hungers, doch eine noch größere Zahl hustete sich die Seele aus dem Leib, unterkühlt und krank durch Not und Auszehrung. In solchen Zeiten erging es jenen, die im Kloster nach Almosen fragten, gut. Christus kümmerte sich in seiner Milde um die Geringsten, falls sie nahe genug bei seinem Hause wohnten.

Unter ihnen waren auch die Geschwister Salvör und Tjörvi von der Heidekate auf der Klosterheide sowie die kleine Tófa Álfsdóttir, Fähe Elfentochter, ihr elfjähriger Pflegling. Das dunkelhaarige Mädchen mit braunen Augen war auf merkwürdige Weise zu ihnen gekommen. Die Leute aus der Gegend ließen Salvör, die Hebamme war, in Frieden, bis sie ihren Beistand brauchten. Doch ungeachtet mancher Hilfe, die sie in der Not leistete, war sie vielen Leuten unheimlich. So wurde sie auch nie gefragt, woher der Pflegling kam, und sie selbst gab ebenfalls keinerlei Erklärung ab. Die Leute dachten sich ihren Teil und hatten ihre eigenen Vermutungen, doch Salvör erfuhr nichts davon und ihr Bruder schon gar nicht. Der war einfältig, hatte jedoch die Größe und Kraft eines Trolls.

Zur Fastenzeit nach Pfingsten, als die Kirche die Bessergestellten aufforderte, einen kleinen Teil ihres Überflusses an die Ärmsten abzugeben, reichten die Schneewehen auf der oberen Klosterheide einem noch immer bis zu den Oberschenkeln. Tjörvi ging voran und bahnte den Weg, ihm folgte die kleine bucklige Salvör, und zum Schluss stapfte Tófa, langbeinig und mager. Unter den großen, dunklen Augen, die ihr mitgenommenes Gesichtchen mit den hohen Wangenknochen dominierten, lagen dunkle Ringe. Sie war hungrig, doch der Hunger hatte sie so lange von innen benagt, dass er ein Teil ihrer selbst geworden war und sie ihn nicht mehr bemerkte. Jetzt war sie voll froher Erwartung, und das Wasser lief ihr im Mund zusammen. Im Kloster herrschte Überfluss, dort gab es Fleisch und Fisch, Würste und Blutmagen, Strandhafergebäck und Butter und Sahne. Sie konnte an nichts anderes mehr denken. Auch im Vorjahr war sie an den Fastentagen nach Pfingsten in den Vorratskammern des Klosters gewesen, und die Erinnerung daran erfüllte sie wie ein heiliges Licht, das die schwärzeste Dunkelheit erhellt, damit man die Hoffnung nicht verliert. Sie hatte die nahezu ganz in den Boden eingelassenen Holzbottiche gesehen, voller Quark und Käse und Butter. An den Dachsparren hingen Stockfischbündel und Schafskeulen, und weiter oben war noch mehr, denn die Vorratskammer war zweigeschossig, um all das Essen unterzubringen.

Tófa war so in Gedanken, dass sie nicht bemerkte, wie Salvör eine Weile stehen blieb, um auszuruhen, und sie hätte die alte Frau fast umgerannt.

»Pass auf, du Nichtsnutz«, sagte diese scharf und holte mit der Hand aus, beließ es aber bei der Geste. Salvör schlug sie selten ohne Grund, und wenn es geschah, fand Tófa stets Trost bei Tjörvi. Der ertrug kein Leid und konnte seine Tófa nicht weinen sehen. Er war von schlichtem Gemüt und strohdumm, und sie war alt genug, um zu verstehen, dass er sich von anderen Leuten unterschied. Aber sie hatte ihn gern, weil er gut zu ihr war. Sogar besser als Salvör. Außerdem konnte er besser schnitzen als jeder andere.

Vor allem dieser Fertigkeit war es zu verdanken, dass sie noch immer auf der Heide in ihrer Kate wirtschafteten und nicht an den Bettelstab gekommen waren, obwohl sie im letzten Jahr die Pacht – knappe achtzig Pfund Butter und einen einjährigen Bock – nicht hatten entrichten können. Anstelle der Pacht sollte Tjörvi dem Kloster einen Stuhl schnitzen. Er erhielt dazu das teuerste Eschenholz, das je mit einem Schiff aus Norwegen gekommen war, und dazu Vorlagen des Musters. Diese Arbeit hatte den ganzen Winter in Anspruch genommen, aber jetzt war sie endlich abgeschlossen, und Tjörvi hatte sich sein Werk auf den Rücken gebunden, den weniger die Last als die Bedenken über das Bevorstehende beugte. Heute würde Äbtissin Agatha seine Kunstfertigkeit begutachten und entscheiden, ob der Lehnstuhl mit einem Fach unter dem Sitz, geschnitzten Akanthusranken, Engelsköpfen an der Lehne und dem Schriftzug in einer Sprache, die der Handwerker nicht verstand, dem Gegenwert von knappen achtzig Pfund Butter und einem einjährigen Bock entsprach.

Auch in diesem Jahr konnten sie die Pacht nicht entrichten, doch Tófa verließ sich darauf, dass das Kloster weitere Stühle brauchen würde. Die Schwestern dort drinnen waren schließlich zahlreich, das hatte sie selbst gesehen, als sie zu besonderen Messen ging und die Nonnen mit den Patern in einer Prozession rund um die Kirche zogen. Sonst blieben sie den Augen der Leute ja durch die Abtrennung des Chors und die dicken Klostermauern verborgen.

Die drei Kätner besuchten die Kirche nur, wenn sie nicht umhinkonnten. Obwohl sie keinen weiten Weg zurückzulegen hatten, gingen sie nicht öfter als ungefähr jeden dritten Sonntag zur Messe, doch sie beichteten stets vor Ostern, wie es die Christenpflicht verlangt. Salvör brachte den Gottgeweihten keinen nennenswerten Respekt entgegen. Sie rechtfertigte dies damit, dass sie mit ihren Beschwörungen und lateinischen Brocken Leute, denen die Pater weder beistehen wollten noch konnten, von bösen Geistern zu befreien vermochte. Und doch betete sie inbrünstiger als viele andere Kinder Gottes im Umkreis. Die Bewohner der Heidekate sagten jeden Morgen das Glaubensbekenntnis und das Vaterunser auf und bekreuzigten sich zu jeder Andachtsstunde des Tages.

Tófa hauchte in ihre gewölbten Handflächen, um sie zu wärmen. Die Finger waren blau und taub vor Kälte. Sie hatte auch kein Gefühl mehr in den Zehen. Die spärlichen Reste ihrer dünnen Lederschuhe waren mit Stoffresten um die längst durchweichten Füße gebunden. Der Saum ihres erdbraunen Wollstoffkittels war ebenfalls nass.

Hinunter nach Kirkjubær war es nicht weit, doch der Schnee erschwerte das Vorwärtskommen. Es ging besser, nachdem sie den Abhang hinunter und auf die Ebene gelangt waren. Dort war der Schnee einem späten Frühling gewichen. Den Pfad zu den Klostergebäuden hatten viele Füße, von Pferden wie Menschen, sichtlich ausgetreten, denn nicht wenige lenkten ihre Schritte zu den Fastentagen nach Kirkjubær.

Der Klosterhof war von armen Leuten bevölkert, denen der Hunger aus den Augen schien. Sie blickten verlegen um sich, weil sie sich dafür schämten, von anderen abhängig zu sein. Jene aber, die den Bedürftigen etwas abgeben konnten, trugen damit zu ihrem Seelenheil und zur Vergebung ihrer eigenen Sünden bei. Die Almosen stammten nämlich vom Herrgott selbst und von seinen Klerikern.

Salvör wollte nicht zur Almosenkammer gehen, ehe der Stuhl übergeben war. Sie mussten auf den Verwalter warten, der schließlich kam und Salvör zu einer Audienz bei der Äbtissin bat. Der Verwalter war zu Tjörvis Erleichterung sichtlich zufrieden mit dem Stuhl. Damit war der halbe Sieg schon errungen. Salvör befahl Tófa, im Hof zu warten, und sah sie warnend an. Das Mädchen kehrte seinen Pflegeeltern wütend den Rücken, als diese hinter dem Verwalter das Kloster betraten. Sie hatte nicht den Mut, lautstark zu protestieren. Es hätte auch nicht das Geringste bewirkt, wie sie aus bitterer Erfahrung nur zu gut wusste.

Wie ein Ölgötze wollte sie allerdings nicht auf dem Vorhof stehen und vor all den Versammelten, die ihr bereits neugierige Blicke zuwarfen, warten. Tófa zog sich die Kapuze über den Kopf und ging in nördliche Richtung zur Marienkirche. Die würde wohl niemandem verschlossen sein.

Ehe sie eintrat blieb sie eine gute Weile vor der großen, schweren Portaltür stehen und betrachtete die Schnitzereien und den mächtigen Eisenring mit den eingelegten Silberverzierungen in der Mitte der Tür eingehend. Die drei Abbildungen waren jeweils von einem Flechtmuster umrahmt, nicht viel anders als das auf den Vorlagen, nach denen Tjörvi den Stuhl verziert hatte. Zu sehen war ein heldenhafter Ritter, der mit einem schrecklichen feuerspuckenden Drachen kämpfte. Die letzte Darstellung zeigte seinen Sieg: Er bohrte seinen Speer mitten in den Drachen. Trotz ihrer Ungebildetheit wusste Tófa, dass der Drache das Böse darstellte, und dennoch erschien er ihr würdevoll und stark, selbst im Tode noch.

Sie ergriff den Ring, und die Tür ging mit einem leisen Knirschen in den Angeln auf. Tófa stellte gleich nach dem Betreten der Vorkirche fest, dass sie allein war. Die Decke war furchtbar hoch und der Raum sehr weit. Selbst das kleinste Geräusch breitete sich im ganzen Kirchenschiff aus. Sie bekreuzigte sich und kniete im Vorraum am Taufbecken nieder, wo sich ein Standbild der heiligen Maria mit dem Jesuskind befand. Sie bat die Mutter Gottes aufrichtig um Zufriedenheit der Äbtissin mit dem Stuhl und dass sie einen weiteren als Pacht für dieses Jahr bestelle.

Es war ihr, als ob Maria lächelte, und sie war überzeugt, dass ihr Gebet erhört würde. Langsam ging sie zur Trennwand zwischen Vorkirche und Chor und strich mit den Fingerkuppen über die Abbildungen: Szenen aus dem Leben des heiligen Þorlákur und Darstellungen jener Wunder, die sich bei der Exhumierung seiner Gebeine vor hundertfünfzig Jahren in Skálholt zugetragen hatten.

Vor der Trennwand stand die Kanzel. Noch nie in ihrem Leben hatte Tófa gesehen, was hinter der Trennwand lag, ebenso wenig wie andere aus dem niedrigsten Volk, die während der Messe ganz dicht bei der Eingangstür im Vorraum sitzen mussten. Ihr wurde bewusst, dass sie vielleicht nie mehr Gelegenheit haben würde, das eigentliche Heiligtum zu sehen.

Sie schaute sich rasch um und lauschte, aber sie vernahm

kein menschliches Geräusch. Tófa bekreuzigte sich erneut und ging unter dem großen Kreuz oberhalb der Chortür hindurch und stieg mit angehaltenem Atem die Steintreppen zum Chor hinauf.

Zuerst sah sie ein geschnitztes Sitzpodest und davor ein großes Eisbärenfell auf dem Boden ausgebreitet. Tófa konnte der Versuchung nicht widerstehen, kniete nieder und streichelte das Fell. Die Haare waren widerspenstig und doch warm, wie das Fell eines lebendigen Tieres.

Vom Querschiff sah man zu den Emporen hinüber, die an der nördlichen Seite mit Darstellungen von Heiligen geschmückt waren, die Tófa nicht kannte, doch im Südteil, im Nonnenchor, war die Wand mit Bildern der heiligen Katharina und der Jungfrau Maria verziert. Die beiden Jungfrauen blickten milde auf sie herab, eine gekrönt, die andere mit einem Heiligenschein. Tófa ging näher an die Abgrenzung heran und entdeckte den Altar der heiligen Katharina. Dort wurde ein kleiner Silberschrein aufbewahrt, der bei Prozessionen zum Opus Dei feierlich vorangetragen wurde. Tófa wusste, dass er einen Knochensplitter und einen Nagel vom Sarg jener heiligen Jungfrau enthielt, die vor langer Zeit für ihren unerschütterlichen Glauben geköpft und gerädert worden war. Wieder bekreuzigte sie sich und ging langsamen Schrittes zum Hochchor. Auf eisernen Ständern brannten große Wachskerzen am Hochaltar und erleuchteten den schön geschnitzten und bemalten Corpus des leidenden Erlösers am Kreuz und die kunstvoll gewebten Wandteppiche. Tófa blieb in respektvoller Entfernung stehen und betrachtete das Allerheiligste versunken.

Die Dornenkrone des Gekreuzigten war golden, sein Lendentuch rot, und Gesicht und Fleisch wirkten so echt, dass sie in dem Moment, als sie einen leisen Seufzer vernahm, keinen Zweifel hatte, dass er den Lippen des Herrn entsprungen war. Sie warf sich mit ausgestreckten Armen flach auf den Boden und kniff voller Entsetzen die Augen zu.

Es verging eine gute Weile, ehe sie die Augen zu öffnen wagte. Nur eine Armlänge von ihr entfernt kniete eine Nonne in schwarzer Kutte. Die Frau hielt den Kopf gesenkt, und ihre Lippen bewegten sich in stummem Gebet. Vor Angst gelähmt wagte Tófa nicht, sich zu rühren. Wie hatte sie sich nur erdreisten können, hier einzudringen? Die Nonne bekreuzigte sich nach ihrem Gebet und stand auf. Sie war groß und überragte das Mädchen.

»Steh auf«, sagte sie leise. Tófa gehorchte schweigend und senkte abwartend den Blick. Nun würde sie kräftig geprügelt und vor der Kirche an den Pranger gestellt werden, und das geschähe ihr auch ganz recht. Danach würde Salvör sie blutig schlagen.

»Wer bist du, und weshalb bist du hier, wo kein Ungeweihter sein darf?«, fragte die Schwester. Ihre Stimme war nicht unfreundlich, und doch brachte Tófa aus Angst kein Wort hervor und wagte ebenso wenig aufzusehen. Die Nonne griff sanft unter ihr Kinn, und sie sahen sich in die Augen. Die Schwester war weder jung noch alt, ihr Gesicht weder hübsch noch hässlich, doch in den großen, wasserblauen Augen lag eine Trauer, die Tófa neuen Mut verlieh.

»Ich komme von der Heidekate auf der Klosterheide«, stieß sie hervor. »Verzeiht mir, heilige Schwester, verzeiht. Ich wollte nichts Böses tun.«

»Ich bin die Letzte, die heilig ist, Kind«, antwortete die Frau und zog ihre Hand zurück, als hätte sie sich bei der Berührung verbrannt, als bedauere sie ihre Antwort oder wäre gar ängstlich, wenn es nicht lächerlich gewesen wäre, dass eine geweihte Schwester Angst vor einem schwächlichen Kätnerkind haben müsste. »Ich bin eine sündige Frau«, sagte sie unsicher. »Aber warum kommst du hierher? Suchst du etwas?«

Tófa schüttelte den Kopf. »Ich wollte den Erlöser und die Heiligen sehen«, flüsterte sie.

»Gutes Kind«, sagte die Frau mit dem winzigen Ansatz eines Lächelns in den Mundwinkeln, das gleich wieder verschwand. Tófa verbeugte sich, so gut sie konnte, und strebte dem Ausgang zu.

»Warte«, sagte da die Nonne. Das Mädchen blieb in der Chortür stehen und drehte sich um. »Wie hat man dich genannt?«

»Tófa, Fähe.«

Der Nonne wollte ein Schrei entfahren, doch sie hielt sich die Hand vor den Mund und erstickte ihn. Sie betrachtete das Mädchen, das sich nicht zu rühren wagte, lange schweigend und sagte schließlich:

»Komm nach der Messe zur Küche, kleine Fähe, und frag dort nach Schwester Katrín. Du bist so abgemagert.« Dann drehte sie sich abrupt um und verschwand durch eine Seitentür.

Im gleichen Augenblick legte sich eine starke Hand fest auf Tófas magere Schulter.

»Wie kannst du es wagen, hier im Chor zu stehen?«

Es war der Geistliche. Er schüttelte sie wütend.

»Verschwinde, du schmutziges Gör! Du hast hier nichts zu suchen!«

Tófa riss sich los, rannte durch die Vorkirche und die Treppen hinab. Ihr Herz schlug zum Zerspringen. Schwester Katrín. Sie wiederholte den Namen leise, um ihn nicht zu vergessen. Schwester Katrín.

Vor der Kirche rauften einige Jungen. Zu ihrem großen Bedauern nahmen sie Notiz von ihr. Der größte ging auf sie zu und baute sich mit den Händen in den Hüften und gespreizten Beinen vor ihr auf. Ein gemeines Grinsen spielte um seine Lippen, so dass Tófa schauderte. Sie kannte ihn, er hieß Ormur und war einige Jahre älter als sie.

»Das ist Heide-Tófa, ein Bastard und Blutschandegör.«

Tófa ballte die kleinen Fäuste so fest, dass sich die Nägel ins Fleisch gruben. »Wenn du das noch einmal sagst, bekommst du Prügel, elender Ormur«, zischte sie. Ormur lachte laut und wiederholte aus vollem Hals, was sich böse Zungen in der Gegend seit mehr als einem Jahrzehnt zuflüsterten. Die anderen Burschen ließen voneinander ab und kamen näher.

»Tjörvi ist nicht mein Vater und Salvör nicht meine Mutter. Meine Eltern sind tot, und ich bin Waise«, sagte sie atemlos. Sie wusste, dass es völlig gleich war, was sie sagte. Ormur hatte das Spiel schon öfter gespielt, und hier galten keine Regeln.

»Bist du vielleicht direkt vom Himmel ins Bett der Zauber-Salvör und des Troll-Tjörvi gefallen?«, fragte er spöttisch. »Jedenfalls kennt man niemanden hier in der Gegend, der dich in die Welt gesetzt haben könnte.«

Die Burschen krümmten sich vor bösartigem Gelächter, und Tófa sah rot. Sie stürzte sich wie ein Jungbulle mit dem Kopf voran auf Ormur, stieß ihn in den Bauch und konnte ihn umwerfen, weil er völlig unvorbereitet war. Doch er revanchierte sich schnell und drückte ihre Arme mit seinen Knien nieder, während er ihr Schnee unter die Kleidung stopfte.

»Gib zu, dass du ein Bastard bist! Gib zu, dass du ein Blutschandegör bist«, schrie er wieder und wieder mit schriller Stimme. Tränen der Erniedrigung flossen über Tófas Wangen und hinterließen schmale Spuren in ihrem schmutzigen Gesicht. Die Jungen stimmten ein und tanzten singend um die kleine Tófa herum:

Die kleine Tófa verreisen wollt'.
Bei Kerzenschein die ganze Nacht
hat sie sich schön gemacht;
blau ist ihr Kittel;
an jeder Naht verbrämt mit Gold.

Und wenngleich sie vom langen Hunger ausgezehrt war, verlieh der Zorn ihr neue Kraft. Sie machte ein Bein frei und rammte Ormur das Knie mit aller Kraft in den Rücken. Ihm blieb die Luft weg, er rollte von ihr herab und blieb zusammengekrümmt und jaulend im Schnee liegen. Tófa erhob sich siegesgewiss und wollte davonrennen, doch Ormur stürzte sich erneut auf sie und war jetzt wütender als zuvor. Er setzte sich auf sie und verkrallte sich in ihrem Haar. Sobald sie sich regte, zog er daran.

»Gib es jetzt zu, du Ungeheuer, dann lass ich dich los«, sagte er schnaufend und beugte sich so nah zu ihr herunter, dass sie die Läuse auf seinem Kopf sehen konnte. Tófa zog die Nase hoch, sammelte den Speichel und spuckte mit aller Kraft. Ormur schrie auf und fuhr sich mit dem schmuddeligen Ärmel übers Gesicht.

»Jetzt bringe ich dich um, Katengör«, schrie er und schlug ihr mit geballter Faust auf die Nase, dass das Blut spritzte. Er wollte wieder zuschlagen, als etwas Unerwartetes eintrat: Seine Faust verharrte in der Luft. Jemand hatte ihn am Handgelenk gepackt.

»Schäm dich, du Jammerlappen, einen Schwächeren zu schlagen, und schämt euch beide, hier an diesem heiligen Ort herumzuraufen«, sagte er böse und zog Ormur mit einem Ruck von Tófa herunter. Der Junge erhob sich mühsam und rannte hinter seinen Spielgefährten her, die bereits weggelaufen waren. Im Handumdrehen war er hinter der Kirche verschwunden.

Tófa saß am Boden und hielt sich die schmerzende Nase. Ihr Retter war um einiges älter als sie, ein halbwüchsiger rothaariger Bursche, der in einem gefältelten, farbigen Kittel steckte. Ihm war anzusehen, dass er im ganzen Leben keine Not gelitten hatte. Seine spitzen Schuhe waren vorn fast zu einem Ring nach oben gebogen.

Er blieb zögernd bei ihr stehen. »Bist du verletzt, mein Guter?«, fragte er besorgt. »Willst du nicht mit mir zur Krankenstube kommen und dich von den Schwestern versorgen lassen?«

Tófa blickte ihn schräg von unten an. Er sprach auch anders als die anderen. »Gehst du mit ihnen zur Schule?«, fragte sie und spuckte Blut in den reinen Schnee.

Er nickte. »Willst du nicht mitkommen?«

Tófa erhob sich und hielt sich die Nase. Das Bluten wollte nicht nachlassen, und der Schnee zu ihren Füßen war rot gefärbt. Sie musste Salvör finden.

»Ich bin kein Junge«, fauchte sie den Burschen an. »Und ich brauche von dir und deinesgleichen keine Hilfe, du Geck.« Dann ging sie, so schnell sie konnte, aber ohne zu rennen, davon. Sie konnte allerdings der Versuchung nicht widerstehen, noch einmal blitzschnell zurückzuschauen, ehe sie um die Kirchenecke bog. Der Bursche stand auf der Treppe und sah ihr nach.

Salvör stellte keine Fragen, obwohl sie sah, dass Tófa wieder einmal in eine Rauferei geraten war. Nach der Unterredung mit Frau Agatha hatte sie gute Laune. Tjörvi dagegen war unruhig, die blutende Nase schockierte ihn. Er fasste sich erst wieder, nachdem Salvör die Blutung gestillt hatte: Sie benetzte einen Finger mit dem Blut und machte damit ein Zeichen auf Tófas Stirn. Das Mädchen war ansonsten schneeweiß im Gesicht. Salvör murmelte noch eine Formel.

»*Vigi tecal bosia femina þesta sanguinis anima mala. Blutbeschwörung. Fimbria xristi petri per hanc xristi fimbriam et petri umba reducerunt sanguinis unda.*«

Die Blutung war versiegt, und sie konnten ihre Angelegenheiten in Kirkjubær beenden. Beladen mit Lebensmitteln aus der großen Vorratskammer zogen sie heimwärts. Es war so viel, dass Tófa die Einladung der Nonne in die Klosterküche gar nicht mehr erwähnte. Sie hatte so viele Stockfischbündel über die Schulter gehängt, wie sie gerade noch tragen konnte, dazu noch einen Eimer mit eingesalzenen Saiblingen. Ihre Zuteilung war weitaus reichlicher bemessen als die anderer Almosenempfänger. Zu ihrer Zufriedenheit sah Tófa den gemeinen Ormur mit seinen Geschwistern etwas weiter entfernt stehen. Alle waren gleich mager und hatten Rotznasen. Neidisch beobachteten sie Tófa. Diese konnte der Versuchung nicht widerstehen und drehte ihnen eine lange Nase.

Spät am Abend, als sie sich satt gegessen hatten und Tófa in ihrem Lager unter dem Dach lag und sich die Decke bis unters Kinn hochgezogen hatte, stiegen die bösen Worte von Ormur wieder in ihr auf. Sie hatte sie schon früher zu hören bekommen und sich kaum etwas daraus gemacht, aber dieses Mal war es irgendwie anders, vielleicht wegen dieses Burschen, der ihr geholfen hatte: *Hatte er gehört, was sie sagten?* Ohne etwas dagegen unternehmen zu können, brach sie in Tränen aus.

Tjörvi, der neben ihr lag, streckte den Arm aus und strich ihr leicht über das Haar. »Sei brav, sei brav«, murmelte er eintönig vor sich hin, doch sie beruhigte sich nicht. Er wagte nicht Salvör zu wecken, die auf dem anderen Lager der Kate schnarchte. Sie fände nichts dabei, wenn das Fähenkind weinte.

»Was quält dich?«, fragte er schließlich. Aber sie schüttelte nur den Kopf und vergrub ihr Gesicht im Kissen. Wie sollte er das verstehen, so einfältig wie er war und so gutmütig?

»Ich habe heute etwas im Kloster gehört, das dich betrifft«, sagte er leise. Tófa hörte auf zu schluchzen, und Tjörvi lächelte im Dämmerlicht zufrieden.

»Was denn?«, fragte sie.

Tjörvi zögerte die Antwort hinaus. Eigentlich hatte er außer einem Bruchteil der Unterredung zwischen Salvör und der Äbtissin nichts gehört, und noch dazu war eine geschlossene Tür dazwischen gewesen, denn er durfte nur bis ins Parlatorium der Äbtissin kommen. »Ich darf es nicht sagen.«

»Dann lügst du«, brummte sie, doch sie trocknete ihre Tränen.

Tjörvi runzelte die Stirn.

»Schwörst du bei Gott, in nomine Domini, Amen, dass du mich nicht verpetzen wirst?«

Tófa legte eine Hand aufs Herz und schwor zu schweigen, sonst solle sie der Teufel holen.

Er beugte sich an ihr Ohr und flüsterte: »Salvör hat der Frau Äbtissin gesagt, dass sie eine Kleinigkeit von deiner Mutter hätte.«

Tófa setzte sich so plötzlich auf, dass sie mit dem Kopf ans Dach stieß. »Was ist es?«

»Es ist ein edler roter Stoff aus feinster Seide«, sagte Tjörvi triumphierend, denn er hatte ihn mit eigenen Augen durch das Schlüsselloch gesehen.

»Ich glaube dir nicht«, sagte Tófa enttäuscht. Tjörvi hatte die Angewohnheit, Geschichten zu erfinden, um sie aufzuheitern, aber diesmal wollte sie nichts Derartiges hören.

»Aber es ist wahr«, sagte Tjörvi verletzt. »Ich habe auch gesehen, wo sie es heute Abend aufbewahrt, sie hat es unter das Polster am Kopfende gelegt.«

Sie schwiegen beide eine Weile in der Dunkelheit.

»Ja und?«, fragte Tófa schließlich herausfordernd.

Tjörvi stöhnte schwer. Die Bodendielen knarrten, als er sich zum Lager seiner Schwester hinüberschlich, doch diese nahm nichts wahr und drehte sich auf die andere Seite, als er eines der Kissen behutsam unter ihrer Schulter hervorzog.

Tófa streckte ihre Hand hinein und wühlte in der Moosfüllung.

»Hier ist nichts«, flüsterte sie ärgerlich. »Das hätte ich mir denken können.«

Tjörvi entzündete eine Tranlampe; nach dem Klosterbesuch hatten sie endlich wieder Brennmaterial. Er nahm ihr das Kissen ab und suchte selber. Dann lächelte er siegesgewiss und zog einen zerknüllten, leuchtend roten Stoffstreifen hervor und glättete ihn zwischen den Fingern.

»Hier ist er«, sagte er voller Ehrfurcht, denn mit einem Schlag war ihm klar, warum Salvör die Herkunft des Mädchens geheim gehalten hatte, sowohl vor ihm als auch vor allen anderen.

Tófa streichelte den Stoff, der an einigen Stellen hart von getrocknetem Blut war, doch zwischen den Flecken fühlte er sich seidenweich an. Salvör hatte stets böse auf Fragen nach ihrer Mutter reagiert und sie manchmal geschlagen, so dass sie schließlich aufgab und sich einredete, ihre Mutter hätte wohl in so großem Elend gelebt, dass sie der Hebamme, die selbst weder Mann noch Kind hatte, das Neugeborene überließ. Anders konnte es gar nicht sein. Dieser Glaube hatte den Schmerz über die Verleumdungen böser Zungen gemildert. Aber jetzt wurde sie wieder von Unruhe gepackt. Wie konnte eine arme, kinderreiche Frau einen so kostbaren Stoff besitzen?

Tjörvi war ganz verwirrt, seine Erklärung war eine ganz andere.

»Du wirst Álfsdóttir, Elfentochter, genannt, und das bist du, Tófa«, sagte er, und in seinem Blick lag die Aufrichtigkeit des Einfältigen. »Niemand außer den Elfen besitzt so einen feinen Stoff.«

»Hat Salvör das zu Frau Agatha gesagt?«, fragte Tófa voller Zweifel.

»Nein«, antwortete Tjörvi zögernd. »Aber diese Seide war um deinen Nabelstumpf gebunden, sagte sie, und wer anders würde so was tun, wenn nicht die Elfen?«

Salvör hustete im Schlaf, und sie wichen zurück. Tjörvi nahm den Stoff und stopfte ihn hastig in das Kissen zurück.

»Wir dürfen nicht mehr darüber sprechen«, sagte er voller Gewissensbisse. »Die Elfen könnten uns Schaden zufügen, wenn sie erfahren, dass die Äbtissin ihr Geheimnis kennt.«

Tófa nickte, aber sie war nicht ganz von seiner Erklärung überzeugt. Er brachte das Kissen zu Salvörs Lager zurück, und sie legten sich schlafen. Tófa war sehr in Gedanken versunken, aber nicht mehr traurig.

Hatte sie nicht manchmal die Existenz einer unerklärlichen Kraft in sich verspürt? So wie heute, als die Kerle sich an ihr ausließen. Und wenn sie allein auf der Heide war, meinte sie oft, dass ihr jemand in einiger Entfernung folgte. Vielleicht war der Fuchs, der sich beim Wasserholen manchmal zu ihr gesellte und ihr nicht selten ein Stück folgte, ein Elf. Ihr Vater in Tiergestalt.

Sie schlief ein, und im Traum erschien ihr eine Elfenburg. In dem Felsen wohnte eine Frau in rotem Seidenkleid, die mit hoher Stimme sang:

Ihren blauen Kittel zog die kleine Tófa an,
an jeder Naht verbrämt mit Gold.
Zog ihr kleines Hemdchen an,
sieben Elfen haben's im Sommer genäht.

Zu Lichtmess des Jahres 1339 erschienen zwei Monde am Himmel über Island, und einige Zeit später wurde an mehreren Orten des Landes blutrotes Licht in der Luft gesehen. Niemand konnte mit Gewissheit sagen, wie so furchterregende Vorzeichen zu deuten wären, und doch bestand kein Zweifel daran, dass furchtbare Ereignisse bevorstünden, wo doch schon genügend Elend vorangegangen war.

Tófa sah die beiden Monde. Es war das Jahr ihrer Erstkommunion, in dem sie zum ersten Mal das Abendmahl aus der Hand des neuen Bischofs von Skálholt erhalten sollte. Der populäre Bischof Jón Halldórsson war im gleichen Frühjahr von einer Seuche dahingerafft worden. Er wurde von allen Landeskindern betrauert, und manche Leute schrieben die Vorzeichen seinem Tod zu. Aber zu den Ziehtagen des Gesindes stellte sich etwas anderes heraus.

Salvör und Tófa hatten an jenem Morgen vor dem Haus Wolle verarbeitet. Es war warm, und auf der Heide schien die Sonne. Die Luft war dunstig und still. Nahezu unheimlich still, wenn man es später bedachte.

Einige Zeit vor dem Ereignis verhielten die Tiere sich sonderbar. Die Hunde bellten unaufhörlich und zogen Kreise. Die Katze sprang miauend davon, und von der Heide erklang das Blöken der weidenden Mutterschafe.

Salvör schaute sich um, konnte aber nichts Ungewöhnliches entdecken.

»Geh und sieh nach, ob dein Fuchs sich unter die Schafe gesellt hat«, sagte sie knapp zu Tófa.

Das Mädchen widersprach, der Fuchs vom See hätte nie ein Tier gerissen, doch sie gehorchte. Und in der Tat sah sie den weißen Fuchs unweit vom Hof. Er lief jaulend auf sie zu, doch dann blieb er stehen, ließ den Schwanz hängen und wandte sich ab. Tófa hielt verwundert inne und überlegte, ihm zu folgen. Da geschah es. Ein schwerer Schlag unter ihren Füßen warf sie flach zu Boden. In der Luft lag ein Brausen, als die Erde ein weiteres Mal bebte, doch das dritte Mal war wie der Weltuntergang, wie das jüngste Gericht. Bei dem großen Erdbeben brachen Felsen zusammen, im ganzen Südland stürzten Berge ein, und die Erde tat sich auf. Das Brausen wurde zum Getöse, das mit dem Beben rasch lauter wurde, dann schwächer und schließlich verklang. Da hörte Tófa Salvör schreien und nach Tjörvi rufen. Tófa kam auf die Beine, ihre Knie zitterten, und sie konnte kaum gehen.

Nie zuvor und nie danach hatte sie ihre Ziehmutter weinen sehen. Tjörvi hatte sich in der Kate befunden, als das Erdbeben passierte. Dachbalken und Sparren hatten nachgegeben, und sein großer und schwerfälliger Körper wurde verschüttet, als die niedrige Kate zusammenbrach und ihn wahrscheinlich – und hoffentlich – im gleichen Augenblick zerquetschte, denn der ganze Oberkörper war mit Steinen bedeckt, die einmal Wände gewesen waren.

Er wurde nördlich der Marienkirche auf dem Friedhof der Armen beigesetzt, die nicht einmal den Gegenwert eines Sarges hinterlassen, ganz zu schweigen von dem eines Requiems. Viele andere erlitten das gleiche Schicksal, viele wurden Invalide. In den Gemeinden Skeið, Flói und Holtamannahreppur waren Häuser komplett eingestürzt oder beschädigt, und an einigen Stellen waren dort, wo die Erde geborsten war, tiefe Gräben entstanden, aus denen Wasser quoll.

Das Kloster in Kirkjubær stand nahezu unversehrt, denn es war solide gebaut. Wie schon früher fanden die Ärmsten dort Hilfe. Die Knechte der ehrwürdigen Frau Agatha kamen mit frischem Holz und Balken auf die Klosterheide und bauten die Heidekate in drei Tagen wieder auf. Sie wurde höher als zuvor und geräumiger, und im Dach wurde eine Luke eingebaut und mit einem Netz versehen.

Nachdem Tjörvi nicht mehr da war, kam von nun an mehr Arbeit auf sie zu. Trotzdem war das Leben ohne ihn leer, und Tófa fühlte sich einsam. Trotz des Unterschiedes an Alter und Reife war er ihr wie ein Bruder und Kamerad gewesen, und sie vermisste ihn sehr. Salvör und Tófa standen sich seit Tófas früher Kindheit nicht sehr nahe, und nun konnten ganze Tage vergehen, ohne dass sie miteinander sprachen. Jede trauerte für sich allein. So verging der Frühsommer, bis wenige Tage vor Þorláksmesse etwas geschah, das ihr Verhältnis grundlegend verändern sollte.

Nach dem großen Beben stieg die Zahl der Bedürftigen deutlich an. Jene, die keine Behausung mehr hatten, zogen auf Wanderschaft, und der Weg vieler Obdachloser führte über die Klosterheide. Die meisten gingen ohne anzuhalten am Wiesenrand der Heidekate vorbei. Schließlich wohnten hier nur arme Kätner, und es war nicht mehr weit nach Kirkjubær. Doch an jenem Abend lag Nebel über der Heide, und es regnete wie aus Kübeln. Als ein junger Mann an der Luke der Kate erschien, riefen sie ihn herein, damit er sich trocknen konnte. Schließlich kann die Nässe bis in die Lungen dringen, wenn man sich nicht hütet, und dann hustet man sich jenen Rest an Gesundheit aus dem Leib, den man sich trotz langer Wanderschaft und Unterernährung noch bewahrt hat.

Er hieß Greipur, und seinen zerrissenen und schmutzigen Kleidern konnte man ansehen, dass seine Heimatlosigkeit nicht gelogen war. Tófa zog ihm die durchlöcherten Schuhe aus, wusch seine Füße und bedauerte ihn wegen der Blasen an Fersen und Zehen. Doch sie erschrak zutiefst, als Salvör die Feuerstelle geschürt und ein Kohlelicht entzündet hatte und sie dem Mann ins Gesicht sahen. Obgleich er sein aschblondes Haar lang trug, konnte es das hässliche Brandzeichen auf seiner rechten Wange nicht verbergen. Er war mit dem Diebesschlüssel gebrandmarkt, sich selbst und allen anderen zur ewigen Warnung.

Salvör sagte nichts dazu. Seit langem wurden Leute gebrandmarkt, deren Vergehen nur darin bestand, aus Hunger und Verzweiflung etwas Essbares gestohlen zu haben. Solche Leute sollte Gott richten, sonst niemand. Tófa schlug die Augen vor dem forschenden Blick des Mannes nieder und fühlte sich unbehaglich bei dem Gedanken, dass er ein Dieb war. Der Gast selber tat, als sei nichts, und zog eine Mundorgel aus seinen Habseligkeiten hervor. Er spielte so geschickt darauf, dass die beiden Frauen das erste Mal seit langer Zeit erleichtert lächelten. Er konnte dem kleinen Instrument schöne Töne entlocken, wobei er es fast ganz mit der Hand bedeckte, während er es an die Zähne hielt und mit langen Fingern die Feder anschlug.

In der Kate gab es nur zwei Lager, und so kam es, dass Greipur angeboten wurde, bei Tófa zu liegen. Dort war schließlich mehr Platz, und Salvör war es gewohnt, allein zu schlafen. Das Mädchen hatte leichtes Herzklopfen, weil es neben einem fremden Mann schlafen sollte, doch es war trotzdem angenehm und warm, jemanden bei sich zu haben. Sie hatte ja stets Tjörvi neben sich gehabt. Schlimm war der Gestank, der von dem Mann ausging. Sie versuchte, sich nicht darum zu kümmern, konnte jedoch ein Naserümpfen nicht verhindern und drehte sich weg, bevor sie einschlief.

Tófa erwachte mitten in der Nacht starr vor Angst. Der Mann begrabschte ihre Brüste unter dem Nachthemd und war mit seinen langen Fingern dort angelangt, wo sie sich nicht einmal selbst berühren durfte. Greipur hielt ihr den Mund zu. »Halt das Maul, Mädchen, während ich dir Gutes tue«, sagte er und wälzte sich auf sie. Tója biss ihn in die Hand, und er stieß einen Schrei aus, ließ aber nicht los und schob ihr Nachthemd nach oben. Die Decken waren ihm im Weg, und Tófa wand sich und trat, wie sie nur konnte, wenn sie auch keinen Laut hervorbrachte. Aber er war konzentriert und liebeshungrig und trotz Hunger und Not muskulös.

»Weh dir, du Unhold!« Salvör war von dem Treiben aufgewacht und stand zitternd vor Zorn über ihnen. Greipur stieß sie ebenso zornig zurück und befahl ihr zu verschwinden.

»Lieg still, kleine Fähe«, sagte er mit schmeichelnder Stimme, »sonst drehe ich der Alten den Hals um.« Tófa gab ihren Widerstand auf. Aus Angst, er könnte seine Drohung wahr machen.

Da erhob die Zauber-Salvör ihre Stimme, ihr krummer Rücken streckte sich, und die Wörter stürzten wie ein Wasserfall über ihre Lippen und trafen den Vergewaltiger:

»Der Zorn der Heiligen Dreifaltigkeit, des Vaters, des Sohnes und des Heiligen Geistes, komme über dich, der sich gegen uns vergeht! Ich verbanne dich, Feind, in Gottes heiligem und trostreichem Namen, hinab in das schlimmste Fegefeuer mit allen deinen Gehilfen und Boten. Lieber Herr Jesus, erhöre mich, Heilige Dreifaltigkeit, erhöre mich!«

Wie zu erwarten erschrak Greipur und ließ Tófa los, doch Salvör verfluchte ihn noch mit einer gewaltigen lateinischen Formel, dass ihm die Manneskraft versiegte, er aus dem Bett stolperte und in die Sommernacht geflohen war, noch ehe sie ihren Fluch beendet hatte.

Doch Salvör war immer noch nicht zufrieden und hieß Tófa noch in der gleichen Nacht Zeichen in die Schuhe ritzen, die der Mann zurückgelassen hatte. Zum ersten Mal offenbarte sie Tófa ihre Kenntnisse auf dem Gebiet der finsteren Mächte.

»Denn nicht immer reichen Gebete aus«, sagte sie, »du sollst Böses mit Bösem vergelten, und dieser Mann stand gewiss unter der Macht des Bösen.«

Die Zauberzeichen bewiesen nur wenige Tage später ihre Wirksamkeit. Und wenn Tófa auch schon immer gewusst hatte, dass Salvör sich auf vieles verstand, so begriff sie nun zum ersten Mal, wie mächtig ihre Mittel waren. Als sie zur Þórláksmesse zur Marienkirche kamen, entdeckten sie Greipur den Dieb dort am Pranger auf dem Vorplatz. Seine nackten Füße steckten in Eisen, und genau an den Stellen, an denen Tófa die Zeichen in die Schuhe geritzt hatte, waren nässende, blutende Wunden. Die meisten Leute ignorierten ihn, doch einige überzogen ihn mit Spott und Spucke. Er war ertappt worden, als er etwas aus dem Klostervorrat hatte stehlen wollen. Salvör ging erhobenen Hauptes an ihm vorbei, ohne ihn eines Blickes zu würdigen. Tófa erschrak, denn niemand außer ihnen beiden wusste, weshalb der Mann so furchtbare Wunden an den Füßen hatte. Diese Strafe war bestimmt nicht zu mild.

Der neue Bischof war auf Visitation in Kirkjubær. Ein neuer Jón war an die Stelle des seligen Jón Halldórsson getreten. Dieser hieß Indriðason. Er würde das Amt nicht lange bekleiden, prophezeite Salvör, denn er trage die Male einer beginnenden Lepra, die Augenbrauen waren ausgefallen, und an ihrer Stelle hatten sich winzige Knoten gebildet. Es wäre ihr nicht weiter wichtig gewesen, wenn der Bischof nicht Tófa und viele Kinder gleichen Alters vor der Messe nach Bischofsart segnen und ihnen über die Köpfe streichen sollte, nachdem sie ihre Verse aufgesagt hatten.

Es gab keine Möglichkeit, die Berührung des Kranken zu umgehen, denn Tófa durfte bei der Kommunion keine Kopfbedeckung tragen. Sie stammelte das Vaterunser und das Glaubensbekenntnis nur mit Mühe hervor, obgleich sie beide täglich mindestens einmal aufgesagt hatte, so lange sie sich erinnern konnte. Sie starrte die Knoten über den Augen des Bischofs an und schauderte. Als sie an der Reihe war, den bischöflichen Segen zu empfangen, konnte sie nicht verhindern, dass sie seiner ausgestreckten Hand auswich. Ihre Blicke begegneten sich, und in seinem Gesicht las sie eine Mischung aus Zorn und Schmerz. Unverdrossen hielt er seine leicht zitternde Hand über ihren Kopf, allerdings ohne sie zu berühren, und sprach den Segen, ehe er zum nächsten Kind weiterging. Tófa atmete erleichtert auf, doch danach war sie sich lange nicht darüber im Klaren, ob sie nun gesegnet war oder nicht. Salvör meinte, das sei egal. Wichtig sei nur, dass sie durch Gottes und Mariä Gnade der Lepraansteckung als einziges Kind der Gegend, das an jenem Þorláksmessetag zur Erstkommunion ging, entkam.

Zudem hatte sie das heilige Abendmahl, *corpus domini,* den Leib Christi, zum ersten Mal zu sich genommen, von Frömmigkeit erfüllt und von feierlichem Weihrauch umfangen. Das große Wunder, wenn Wein und Brot sich in Fleisch und Blut des Erlösers verwandeln und die Engel des Himmels herabstiegen und eins werden mit den Menschen im Gottesdienst, konnte sie in keiner Weise begreifen. Als sie ihre Ziehmutter um Erklärungen bat, sagte Salvör ernst, dass niemand Gott den Allmächtigen und seine Taten verstehen könne, schon gar nicht die armen Leute.

Salvörs Verhalten hatte sich nach Greipurs furchtbarem Überfall geändert. Mag sein, dass sie über den Tod nachdachte, dem es wohl kaum schwer fallen würde, eine so verbrauchte Frau vorgerückten Alters zu holen. Wenn sie tot wäre, stünde Tófa ganz allein da.

Sie weihte Tófa fortan nach Kräften in ihre Künste ein, nahm sie zu Geburten mit und lehrte sie Verse, die die Schmerzen der Gebärenden linderten. Einige auf Nordisch, andere wiederum in der eindrucksvollen, aber schwierigen Sprache des Herrn. Die Sprüche waren über Generationen von Müttern an ihre Töchter weitergegeben worden.

In Salvörs Besitz befand sich auch die Sage der heiligen Margarete als kleines Buch, das sie zu Frauen im Kindsbett mitnahm. Anhand dieses Buches lehrte sie Tófa die Buchstaben. Das Buch war ganz auf Latein geschrieben, wie auch die wenigen anderen Pergamente mit Gebeten und Beschwörungen, die Salvör meist an die Schenkel der Gebärenden band. So verstanden Tófa und ihre Ziehmutter nur einzelne Wörter, was Tófa sehr enttäuschte.

»Wir müssen nicht alles verstehen. Das Geheimnis und der Glaube verleihen die Kraft«, sagte Salvör ärgerlich. Tófa versuchte, sich an den Illustrationen im Buch der heiligen Margarete zu erfreuen, einer Jungfrau, die den Teufel in Gestalt eines feuerspuckenden Drachens überwand und lieber sterben wollte, als die Schönheit ihrer Unberührtheit zu opfern.

Salvör führte Tófa sogar ein wenig in die Kunst des Schreibens ein, so dass sie zumindest die machtvollen sator-arepo-Verse kritzeln konnte, damit alle bösen Kräfte vom Neugeborenen ferngehalten würden und ihm ein Platz im Paradies sicher sei, falls der Tod es sich holte oder es gar im Mutterleib starb, ehe man Gelegenheit hatte, die Taufformel zu sprechen.

»Mit Bösem soll Böses vertrieben werden«, sagte Salvör und lehrte sie noch uralte Runenzeichen für den Fall, dass alles andere versagte. »Einige Leute nennen mich Zauberweib und machen mich dafür verantwortlich, dass ihre Kinder bei der Geburt starben oder gelähmt auf die Welt kamen«, sagte sie. »Aber es sind ihrer mehr, die mir das Leben verdanken. Und sie wenden sich meist an Salvör die Beschwörerin, wenn es dringend ist«, sagte sie und grinste, so dass ihre Zahnlücken zu sehen waren.

So näherten sich Tófa und Salvör einander wieder an, und es entstand eine Vertrautheit, die Tófa seit ihrer frühen Kindheit nicht mehr gespürt hatte. Damals hatte sie sich an Salvörs Brust gekuschelt, sie als ihre Mutter betrachtet und auch so genannt.

Ihre letzten drei gemeinsamen Winter ähnelten daher durchaus den ersten drei. Als Salvör schließlich durch ihr Brustleiden, das sie schon lange quälte, ans Bett gefesselt war und wusste, dass es dem Ende zuging, da war Tófas Trauer ebenso tief wie damals, als Tjörvi umkam, auch wenn jener Schlag sie ganz unerwartet getroffen hatte.

Sie war in diesem Sommer sechzehn Jahre alt geworden und erwachsen, aber niemand kann allein überleben, schon gar nicht eine Frau. Das wusste sie ebenso gut wie Salvör. Und niemand hatte es schwerer als die allein stehenden Frauen.

Sie versuchte ihrer Ziehmutter die Krankheit so erträglich wie möglich zu machen. Sie sprach alle Gebete, die sie von ihr gelernt hatte, sowohl in der eigenen Sprache als auch in der Schriftsprache, doch es nützte wenig. Die Ziehmutter litt derartig, dass Tófa schließlich Heilkräuter von den Schwestern in Kirkjubær besorgte, um die schlimmsten Schmerzen zu lindern. Auch sie nützten wenig, und die alte Frau behielt keine Nahrung mehr bei sich. Schon vorher war sie mager gewesen, doch jetzt war sie nur noch Haut und Knochen, und wie schrecklich der Gedanke an ihren Tod für Tófa auch sein mochte, so war sie doch auch erleichtert, als Salvör sie kurz vor der Marienmesse im Spätsommer nach einem Priester schickte, weil sie wusste, dass ihre Qualen in Kürze beendet sein würden.

»Es gibt da etwas, das ich vor meinem Tod einem Geistlichen anvertrauen muss«, sagte Salvör mit belegter Stimme. »Obwohl ich vor langer Zeit versprochen habe, dass ich Schweigen bewahren würde, so muss ich doch beichten, damit ich die letzte Ölung und das Abendmahl reinen Gewissens empfangen kann. Sie wird das verstehen.«

Tófa erschrak, doch sie versuchte, sich nichts anmerken zu lassen.

»Sie ist gut zu uns gewesen, die gesegnete Mutter Agatha«, antwortete Salvör und seufzte. »Tjörvi und ich und die Kleine aus dem Fuchsbau mussten nicht schrecklich hungern, nicht einmal als die Kuh einging.«

»Wovon sprichst du, liebe Salvör?« Tófa begriff, dass die alte Frau nicht mehr alle Sinne beieinander hatte. In letzter Zeit litt sie immer öfter an Verwirrung. Salvör antwortete nicht und schloss die Augen. Nur ihr schwerer Atem gab zu erkennen, dass immer noch Leben in ihrem abgemagerten Körper war. Tófa ergriff die sehnige Hand, da schlug Salvör erneut die Augen auf und sah sie an.

»Woher kommt deine dunkle Erscheinung, Kind, woher kommen diese schwarzen Augen? Ich kenne alle hier ringsum, aber niemand, weder Frau noch Mann, hat solche Augen«, flüsterte sie. »Die Frau Äbtissin weiß es sicher, und zu ihr sollst du gehen, wenn ich gestorben bin. Sie wird sich um dich kümmern. Und nun hol den Priester, solange noch Zeit ist und der Verstand mich nicht verlassen hat.«

Tófa küsste ihre eingefallene Wange und gehorchte.

Der Pater von Kirkjubær, Valþjófur, zögerte zu kommen. Der Zeitpunkt war ungünstig, denn im Kloster lag eine andere Frau im Sterben, höher gestellt als eine Kätnerin. Nach langem Hin und Her schickte er schließlich den Mesner Móðólfur mit Tófa mit.

Sie erreichten die Heidekate nicht vor dem Abend, und es war so gekommen, wie Tófa befürchtet hatte: Salvör hatte diese Welt verlassen, ehe sie zurück war. Das Zögern des Paters hatte zur Folge, dass ihre Ziehmutter die Welt sündhaft und ohne das Sakrament verließ. Tófas Zorn milderte sich kaum dadurch, dass der Mesner den Leichnam mit geweihtem Öl bekreuzigte und lateinische Totenlieder sang. Das Böse vertreiben konnte sie selbst, es waren das Sakrament und der Leib Christi, die eine Rolle spielten. Doch jetzt war es zu spät und Salvör bereits im Fegefeuer, wo sie bis in alle Ewigkeit würde bleiben müssen.

Sie sagte kaum ein Wort außer Gottes Lohn und danke, als der Mesner ging und ankündigte, am nächsten Morgen Männer nach dem Leichnam zu schicken. Es war wohl ihre Schuld, nicht früher gegangen zu sein, und nun konnte man nichts mehr tun.

Sie wusch Salvörs geschrumpften Körper mit einem feuchten Tuch und sprach währenddessen Gebete vor sich hin, so dass sie keine bösen Geister fürchten musste. Schließlich wickelte sie den Leichnam in ein Leintuch vom Lager der alten Frau und nähte es zusammen. Das Tuch war zerrissen und häufig ausgebessert worden, doch war es aus gutem Stoff. Viel feiner als das grobe Tuch, auf dem Tófa schlief. Für einen Moment kam ihr in den Sinn, die Leintücher auszutauschen, doch sie schob den Gedanken von sich. Die alte Frau hatte nie auf etwas anderem als auf jenem Laken geschlafen und es sehr geschätzt, da war es bestimmt keine Verschwendung, es ihr mit ins Grab zu geben.

Wie sie sich so über die Näharbeit beugte, entdeckte sie ein Stück Stoff auf dem Lager, das wahrscheinlich unter dem Laken versteckt gewesen war. Sie erkannte es sofort wieder, nahm es in die Hand und betrachtete es im Licht der Sommernacht, das durch die Dachluke hereinfiel. Es war der rote Seidenstoff, den Tjörvi ihr einmal gezeigt und von dem er behauptet hatte, dass er von Elfen stamme. Sie zog ihn über dem Knie glatt und strich nachdenklich darüber. Frau Agatha würde sich um sie kümmern, hatte Salvör gesagt. Wieso nur?

Früh am nächsten Morgen, als zwei Knechte vom Kloster mit einem Packpferd kamen und den Leichnam holten, hatte Tófa ihre bescheidene Habe, unter anderem ein Federbett, zu einem Packen verschnürt. Die Knechte stellten keine Fragen und richteten nur wenige Worte an Tófa. Unterwegs unterhielten sie sich vorwiegend untereinander. Sie hatten die Heide noch nicht hinter sich, als Tófa ihren Worten entnahm, wer die hoch gestellte Frau war, die in Kirkjubær im Sterben lag. Ihr wurde ganz anders. Äbtissin Agatha Helgadóttir war bei der Messe zusammengebrochen, und obwohl sie noch bei Kräften war, war ihr Tod absehbar.

Nur wenige Leute hatten das Glück, überhaupt so alt zu werden wie die Klostermutter. Was hatte sie nicht alles erlebt und gesehen! Während ihres fast achtzigjährigen Lebens suchten Seuchen das Land mindestens fünf Mal heim, drei Mal hatte die Erde so furchtbar gebebt, dass Häuser, Menschen und Tiere untergingen, und ein ums andere Mal war es auf Grund von Trockenheit, Dauerregen, Vulkanausbrüchen oder Aschefall zu Hungersnöten gekommen. Vier Bischöfe von Skálholt hatte sie überlebt. Auch den hochwürdigen Jón Indriðason, der inzwischen an Lepra gestorben war. Keine drei Winter hatte er auf dem Bischofsstuhl gesessen.

Tófa lauschte abwesend und bedrückt den Worten der Knechte. Was war nun zu tun? Sie konnte nicht allein in der Heidekate bleiben. Nach Tjörvis Tod war es schwer genug gewesen, und auf dem Land lagen Pachtschulden so vieler Jahre, dass Tófa sie nie würde begleichen können.

Einige Zeit nach der Prim näherten sie sich der Marienkirche, wo die Messe schon begonnen hatte. Die Kirche war schlecht besucht, aber schließlich war gerade Heuernte, und in diesem Jahr war der Herr gnädig: An so gutes Wetter wie im vergangenen Winter und in diesem Sommer konnte sich niemand erinnern.

Pater Valþjófur hielt es nicht für nötig, die Beerdigung bekanntzugeben. Während der Ernte würden nicht viele Leute erscheinen, selbst wenn sich die Nachricht rasch in der Gegend herumsprechen sollte. Der Leichnam der Hebamme Salvör wurde daher zum Ende der Messe mit den üblichen Gebeten aus der Kirche getragen und von dort zum Friedhof. Sie wurde ungefähr an gleicher Stelle beigesetzt wie Tjörvi drei Jahre zuvor. Auch wenn sie nicht direkt bei der Kirche lagen, so war es doch auch nicht so weit entfernt, dass es hätte schaden können.

Tófa kümmerte sich nicht darum, dass sie nach der Beerdigung nur von wenigen Leuten geküsst wurde. Es war nicht so, dass die Leute aus der Gegend ihr oder Salvör je Wärme oder Mitgefühl entgegengebracht hätten, abgesehen vielleicht von einigen Müttern aus Siða, denen viele Kinder am Leben geblieben waren. Eine davon strich Tófa über die Wange und weinte. Hätte Tófa nicht gerade ganz neue Hinweise auf ihre Herkunft bekommen, hätte sie diese Frau für ihre Mutter gehalten, so dunkel wie sie war.

Sie selbst weinte nicht. Sie betrauerte Salvör auf ihre Art und hielt es für unnötig, das mit anderen zu teilen. Darüberhinaus musste sie sich zusammenreißen und mit Frau Agatha sprechen, falls irgend eine Möglichkeit dazu bestand. Deshalb bat sie den Pater um Beistand.

Pater Valþjófur lehnte rundweg ab. Undenkbar, dass die Äbtissin ihre vielleicht letzte Unterredung mit einer so unbedeutenden Person aus der Heidekate führen sollte. Doch Tófa gab nicht nach. Frau Agatha war ihnen gegenüber stets großzügig gewesen. Nach dem Tod ihrer Pächterin Salvör war das Mädchen nun ohne Versorgung.

In ihrem Gesicht standen Trauer und Hunger, so dass der Pater ihr schließlich doch befahl, im Klosterhof zu warten, während er feststellen wollte, ob die Äbtissin sich eine Unterredung überhaupt zutraute.

Tófa zog das rote Stoffstück hervor und reichte es ihm. »Zeig der Äbtissin dieses Tuch«, sagte sie. »Sie kennt es und wird sich an Salvör erinnern.« Pater Valþjófur schnaubte, nahm es aber und verschwand.

Tófa ließ sich an der Mauer der Küche nieder und wartete ab. Einige getupfte und braune Hühner stolzierten im Klosterhof herum, Mägde und Knechte liefen zwischen den Häusern und Schuppen hin und her, zwei Pferde warteten angebunden am Pferdestein auf ihre Reiter. In der Nähe jagte ein Hund seinem Schwanz hinterher. Die Sonne schien, es war warm, und die Fliegen summten über den Pferdeäpfeln.

Die Tür zur Küche wurde geöffnet, und Tófa sprang auf. Aber es war nicht Pater Valþjófur, sondern nur eine Magd. Mit ihr drang herrlicher Fleischgeruch aus der Küche. Tófa hatte seit dem Vortag nichts mehr gegessen, abgesehen von einem Happen Stockfisch, als sie am Morgen ihr Zuhause verlassen hatte. Nun quälte sie der Hunger. Dennoch konnte sie kein

Wort zu der Frau sagen, die dort in der Tür stand. Sie war ausgesprochen rundlich um die Mitte und hatte ein rotes, fülliges Gesicht, aber viel kleiner als Tófa, die fast ebenso groß war wie mancher Mann. Die Frau hielt einen kleinen verschlossenen Behälter in der einen Hand und einen Zinnbecher, randvoll mit Molke, in der anderen. Beides reichte sie Tófa.

»Da«, sagte sie nicht unfreundlich. »Gönn dir das, du Arme.« Tófa nahm das Essen entgegen und knickste und verbeugte sich gleichzeitig. Beinahe hätte sie etwas aus dem Zinnbecher verschüttet.

»Gottes Lohn«, murmelte sie mit gesenktem Kopf und lief knallrot an. Die Leute hier hatten bestimmt genug, warum verbeugte sie sich also?

»Wohl bekomm's, armes Waisenkind.« Die Frau schnippte unsichtbare Flusen von ihrer Schürze, wandte sich abrupt um und verschwand in die Küche.

Tófa öffnete das Gefäß, in dem sich ein fettes, noch warmes Stück Fleisch befand. Sie kaute sorgsam Happen für Happen und trank langsam die Molke dazu. Dabei dachte sie an nichts, nicht einmal daran, ob die Äbtissin vielleicht gestorben sei und niemand ein so abgemagertes und schwächliches Mädchen aufnehmen würde, das kaum für sein Essen arbeiten konnte. Wahrscheinlich würde sie an den Bettelstab kommen und in ihrem siebzehnten Jahr an Auszehrung zu Grunde gehen.

Die Non war bereits vorüber, als Pater Valþjófur endlich mit finsterer Miene zurückkehrte und ihr befahl, ihm zu folgen. Sie gingen durch ein Portal und standen wieder vor dem Kloster. Unter ihren Füßen war weder Schlamm noch Gras, sondern ein gepflasterter Weg. Sie befanden sich im Klostergarten, den niemand außer den Bewohnern betreten durfte. Tófa schaute sich vorsichtig um. In der Mitte des Gartens waren ein Brunnen und eine hohe Birke zu sehen, Löwenzahnblüten und Hahnenfuß standen unter der Hauswand, sonst bot sich dem Auge nicht viel.

Der Geistliche hieß sie wieder warten, während er die Räume der Äbtissin betrat, aber diesmal nur kurz. Er entfernte sich, nachdem Tófa zögernd eingetreten war.

Nie zuvor hatte sie ein so schönes Haus betreten. Die Wände waren wie die Kirche zum Festgottesdienst mit Teppichen behängt, die Vorhänge mit Darstellungen der heiligen Jungfrau Barbara und der seligen Sesselia bestickt. Alle Möbel, das Bett, der Tisch und die Stühle aus dunklem Eichenholz und Esche waren kunstvoll geschnitzt und verziert, die Sitzpolster mit verschlungenen Mustern in vielen Farben bestickt. Einen der beiden Lehnstühle erkannte sie und fühlte sich gleich wohler. Tjörvis Kunstfertigkeit war kaum geringer als die anderer Handwerker, deren Möbel hier im Zimmer der Äbtissin Agatha Helgadóttir standen.

Die alte Klostermutter hatte sich mit Polstern auf ihrem Lager halb aufgerichtet. Sie war schwach, die Wangen eingefallen, das Gesicht von den Runen eines langen Lebens gezeichnet, doch die blauen Augen waren noch immer lebhaft, und sie empfing Tófa mit eindringlichem Blick. Das Mädchen aber blieb mitten im Zimmer stehen und sah sich benommen mit großen Augen um.

»Willst du die hochehrwürdige Frau Agatha nicht begrüßen, du Tölpel?«, fragte eine harte Stimme. Eine gealterte Klosterschwester saß auf einem Hocker im Schatten am Fußende des Lagers. Tófa erschrak und verneigte sich unterwürfig und murmelte die Begrüßung so leise, dass sie kaum vernehmlich war.

»Man darf nicht glauben, dass Kätner sich benehmen könnten, liebe Schwester Jórunn«, sagte die Äbtissin ermahnend mit der lauten Stimme einer Schwerhörigen. Tófa wunderte sich darüber, dass einem so schwachen Körper eine so starke Stimme innewohnte.

»Komm ein wenig näher und bleibe hier im Kerzenlicht bei der Truhe stehen, damit ich dich besser sehen kann. Meine Augen haben nachgelassen«, sagte Frau Agatha. Tófa gehorchte und sah nun, dass die Äbtissin den roten Stoffstreifen zusammengeknüllt in ihren knotigen Händen hielt.

Die Klostermutter schwieg eine Weile und prüfte das Gesicht des Mädchens, das die Hebamme Salvör all die Jahre für reichlich Almosen großgezogen hatte. Salvör hatte zudem das Versprechen erhalten, dass die Waise nach ihrem Tod versorgt würde, sollte die Äbtissin dann noch leben. Frau Agatha hatte das Kind, das eigentlich kein Kind mehr war, nie zuvor gesehen. Doch nicht einmal die entsetzliche Magerkeit ließ einen Zweifel daran, dass sie erwachsen war. Die Gesichtszüge schienen bekannt, der Verdacht war stärker denn je zuvor und würde nie stärker sein.

»Sie hat dich Tófa Álfsdóttir genannt, Fähe Elfentochter«, sagte sie, und es war keine Frage. Tófa entgegnete nichts, sondern nickte bloß mit dem Kopf. »Angemessen, muss ich sagen«, sagte die Äbtissin mit einem leisen Ton, der wie ein Schnurren klang. »Du bist offenbar zäher als andere. Und in deinen dunklen Augen liegt Verschlagenheit.«

Tófa fand diese Worte wunderlich, doch es fiel ihr keine Entgegnung ein, obwohl sie, als sie an der Küchenmauer gesessen und gewartet hatte, sorgsam erwogen hatte, wie sie um Hilfe bitten und ihr Elend am besten ausschmücken könnte und dass sie, falls sie den Mut dazu aufbringen sollte, die Äbtissin sogar nach ihrer leiblichen Mutter fragen wollte. Denn hier musste sie sein, innerhalb der dicken Klostermauern, unter einer Kutte und dem Nonnenschleier verborgen.

»Lass uns ein Weilchen allein, Schwester Jórunn«, sagte Frau Agatha.

Die Nonne zog ein missmutiges Gesicht. »Ihr solltet nicht mit einer Bedürftigen allein hier drinnen sein, so krank wie Ihr seid«, antwortete sie, erhob sich aber trotzdem. »Ihr würdet nicht bemerken, wenn sie etwas stiehlt.«

Tófa wurde zornig. Erst nannte man sie verschlagen, jetzt diebisch.

»Ich bin ein ehrlicher Mensch, wenn auch arm«, sagte sie

halblaut und barsch, die letzten Wörter leiser als die ersten. Wie schwer es doch war, seine erbärmliche Stellung in einer Welt der Bessergestellten zuzugeben.

Schwester Jórunn gab sich nicht die Mühe einer Antwort und ging hinaus.

Frau Agatha stützte sich auf den Ellbogen, nachdem Jórunn die Tür hinter sich geschlossen hatte.

»Sag mir, Tófa, was hat Salvör dir über deine Herkunft gesagt?« Sie sprach nun leiser als zuvor, ihre Kräfte ließen offenbar nach.

»Wenig. Eigentlich gar nichts«, antwortete das Mädchen und war jetzt nicht mehr so niedergedrückt. »Aber ich weiß wohl, dass meine leibliche Mutter eine Eurer Töchter ist.«

»Du bist trotz deines Kätnerlebens nicht dumm«, sagte Frau Agatha. Ihr war unwohl, und sie ließ sich seufzend wieder in die Kissen sinken. »Und was willst du mit deinem Wissen anfangen?«

Tófa versagte die Stimme, mit dieser Frage hatte sie nicht gerechnet. »Ich weiß es nicht«, sagte sie schließlich. »Doch würde die Frau Äbtissin mich vielleicht hier im Kloster aufnehmen, wenn ich darüber Schweigen bewahre? Ich möchte nicht weggeschickt werden, denn ich habe keine Bleibe.«

Die Äbtissin betrachtete sie nachdenklich. »Weißt du, was Schwatzhaftigkeit in dieser Angelegenheit dich kosten würde?«, fragte sie und fuhr fort, ohne die Antwort abzuwarten: »Niemand würde dir glauben, du würdest wegen Verleumdung gezüchtigt und an den Pranger gestellt, und danach würde niemand dich aufnehmen. Du würdest an den Bettelstab geraten und verhungern oder beim ersten Frost erfrieren.«

Tófa schluckte und nickte voller Entsetzen, warum hatte sie das auch erwähnen müssen? Nun hatte sie Frau Agatha erzürnt und würde vielleicht hinausgeworfen.

»Schwöre bei Gott, dass du Schweigen bewahren wirst«, sagte die alte Frau und streckte ihre knochigen Arme nach einem großen und dicken Pergamentbuch aus, das auf der Truhe beim Bett lag. »Lege deine rechte Hand auf die Heilige Schrift und schwöre im Namen des Herrn und aller Heiligen.«

Tófa tat, wie ihr geheißen, und zögerte nicht. Mochte sie für immer und ewig in der Hölle braten, wenn sie jemals irgendjemandem anvertrauen würde, was sie nun endlich mit Gewissheit über ihre mütterliche Abstammung wusste. Danach bat sie um ihren roten Stofffetzen und erhielt ihn wortlos. Sie stopfte ihn unter ihre Brust.

Dann rief Frau Agatha Schwester Jórunn, die schon vor langer Zeit Priorin geworden war, wieder herein, und außerdem Pater Valþjófur. Sie ließ niederschreiben, dass der Gemeindepflegling aus der Heidekate, Fähe Elfentocher, als Tagelöhnerin in der Klosterküche Aufnahme finden und so lange dort bleiben sollte, wie sie ihre Pflichten gewissenhaft erfüllte.

Zwei Nächte vor der Marienmesse im Spätsommer verstarb Agatha Helgadóttir, Äbtissin des Klosters Kirkjubær.

Auf dem Pfad der Finsternis

Die Wege der Gottlosen sind wie die schwärzeste Finsternis.
Sie wissen nicht, worüber sie stolpern.
(Salomons Weisheit 4,19)

Alles hier in Kirkjubær war groß. Allein die Küche war doppelt so groß wie die gesamte Heidekate, und das Schlafhaus, das hier auf Lateinisch Dormitorium hieß, war wiederum doppelt so groß wie die Küche. Mägde und Laienschwestern schliefen im Frauenhaus außerhalb des Klosters.

Doch nicht dort bekam Tófa ihr Lager, obwohl genug Platz vorhanden gewesen wäre, um noch eine Schlafstelle hinzuzufügen. Sie war Feuermagd, das heißt ihre vordringlichste Aufgabe war es, am Abend das Feuer mit Asche zu bedecken und am Morgen die Glut wieder zu beleben, und deshalb musste sie auf der Bank in der Küche schlafen. Tagsüber sollte sie je nach Bedarf einspringen. Unter anderem musste sie das Essgeschirr reinigen sowie nach dem Kochen und den Mahlzeiten sauber machen. Es war auch ihre Aufgabe, Fischgräten und Knochen zum Abfallhaufen hinter dem Haus zu bringen.

Die rundliche und forsche Frau, die Tófa zu essen gegeben hatte, während sie auf die Unterredung mit der Äbtissin gewartet hatte, war die Köchin des Klosters und hatte in der Küche das Sagen. Sie hieß Þórgunnur und hielt ihre Mägde stets auf Trab. Aber sie war auch großzügig und warmherzig, und Tófa durfte sich an jedem Tag, an dem sie ihre Arbeit gut erledigte, satt essen, und das war meistens der Fall. Es dauerte nicht lange, bis sie ein wenig zunahm und ihre Haut nicht mehr aussah wie über die Knochen gespannt, und beim

Herbstmond gegen Ende September hatte sie keine Ringe mehr unter den Augen.

Am Morgen eines jeden Tages im Herrn besuchte Tófa vor der Messe die Gräber von Salvör und Tjörvi. Sie hatte einen sonderbaren, gut faustgroßen Stein, der einem Kruzifix nicht unähnlich sah, auf die Gräber gelegt, um sie wiederzufinden, wenn erneut Gras gewachsen sein würde. Sie betete für ihre Seelen und flehte darum, dass sich irgendein Engel der Seele Salvörs im Fegefeuer erbarme und ihr Kraft und Hoffnung gäbe. Sie musste dort – abgesehen von den Qualen – sehr einsam sein. Tófa hielt es nicht für wahrscheinlich, dass Tjörvi bei ihr wäre, denn er hatte die Sünde ebenso wenig gekannt wie ein totgeborenes Kind und musste demzufolge im Paradies sein. Dass sie den letzten Wunsch Salvörs nach der Beichte und dem heiligen Sakrament nicht hatte erfüllen können, machte sie noch immer unglücklich, und der Zorn auf Pater Valþjófur saß tief in ihrem Herzen. Die Schuld lag bei ihm, nicht bei ihr.

Bei jeder sich bietenden Gelegenheit betrachtete sie die Klosterschwestern eingehend und verspürte jedes Mal eine Mischung aus Furcht und Freude, wenn eine von ihnen in der Küche erschien. Sie versuchte im Stillen, das Alter jeder einzelnen zu schätzen, doch auf diese Weise vermochte sie nur wenige Frauen auszuschließen. Sie wusste auch, dass jene, die sie suchte, schon lange gestorben sein konnte. Und was würde sie mit ihrem Wissen anfangen, wenn sie nun durch irgendein Wunder die Wahrheit erführe, wo sie doch der seligen Äbtissin ewiges Schweigen gelobt hatte? Tófa schob diesen Gedanken mit aller Macht von sich. Höchstwahrscheinlich würde es sowieso keine Gewissheit geben.

Am wichtigsten war, dass sie zum ersten Mal im Leben abends mit dem Wissen einschlafen konnte, dass sie am nächsten Tag genug Essen und Wärme haben würde. Obwohl sie sich in der Küche schlafen legte, war sie nicht einsam. Es gefiel ihr im Gegenteil gut, denn tagsüber waren so viele Menschen um sie herum, dass ihr das Alleinsein am Abend regelrecht willkommen war. Das Komplet der Schwestern war das Letzte, was sie vor dem Einschlafen hörte. Manchmal bekam sie mit, wenn zur Frühmesse geläutet wurde und erwachte verwundert, merkte aber bald, wo sie sich befand und weshalb, und schlief dann friedlich wieder ein.

Zu Beginn des Winters wählten die Schwestern eine neue Äbtissin. Tófa verfolgte die Vorzeichen der Wahl mit einigem Interesse, denn tagelang war von nichts anderem die Rede als von den Fehlern und Vorzügen jeder einzelnen in Frage kommenden Schwester. An dieser Diskussion beteiligten sich Mägde und Bedienstete ebenso wie die Pater und die Schwestern selbst. Schwester Jórunn Hauksdóttir schien des Amtes würdig. Sie gehörte dem Kloster schon lange an und war seit einigen Jahren Priorin. Während der Bettlägrigkeit der früheren Priorin Þorgerður, der leiblichen Schwester der Äbtissin, war Jórunn auch deren rechte Hand gewesen. Andererseits war sie hart und nicht gerade beliebt. Vielmehr brachten ihr viele Schwestern eine mit Furcht gemischte Achtung entgegen. Anfänglich wurde auch über andere gesprochen, darunter vornehmlich Schwester Randíður aus der Bibliothek, die allen anderen an Belesenheit überlegen und bei den meisten wegen ihrer Fröhlichkeit beliebt war. Doch sie verfügte nicht über jene Kenntnisse, die Schwester Jórunn vom täglichen Betrieb des Klosters hatte, und das war in einem so großen Haushalt von Bedeutung.

Nach einer eintägigen Diskussion im Kapitel wurde schließlich Schwester Jórunn gewählt. Sie nahm nach der Wahl, wie es auch in anderen Ländern üblich war, den Namen einer heiligen Jungfrau an und hieß fortan Frau Agnes nach der Schutzheiligen der Verlobten. In jenem Winter bekleidete kein Bischof das Amt in Skálholt, um die neue Äbtissin zu weihen, und niemand wusste, wann der Erzbischof in Norwegen einen Nachfolger bestimmen würde. Darüber würde es vor Eintreffen des nächsten Schiffes im Frühjahr keine

Gewissheit geben. Es war jedoch bekannt, dass unter den Kanonikern in Trondheim auch Isländer waren. Daher konnte es sein, dass der nächste Bischof isländischer Herkunft sein würde. Zumindest auf einem der beiden vakanten Stühle, denn auch im Norden des Landes, in Hólar, war der würdige Herr Egill Eyjólfsson etwa zur gleichen Zeit wie Jón Indriðason verstorben.

All das und vieles andere wurde in Kirkjubær in jenem milden Winter 1342 besprochen, doch eine Menge ging auch völlig an Tófa Álfsdóttir vorbei, die damals eine neue und unausrottbare Sehnsucht entwickelte. Abgesehen von dem Wunsch, ihre Mutter zu ermitteln.

Eines Abends nach der Schlafenszeit und lange nach dem Komplet lag sie wach, und aus Unruhe und Neugierde beschloss sie, in den Klostergarten zu gehen, nachdem sie sich eine ganze Weile auf ihrer schmalen Bank in der muffigen Küche herumgeworfen hatte. Der Nachthimmel war sternenklar und herrlich anzusehen. Sie kannte den Nordstern, doch andere Himmelsbilder waren ihr unbekannt, und wie sie da in das Firmament starrte, da schmerzte sie das Dunkel ihrer Unwissenheit. Nicht nur hinsichtlich eines so großartigen Schöpfungswerks des Herrn, sondern hinsichtlich allem, was es in der Welt gab, und was ihr ebenso unbekannt war wie die Namen der Gestirne. Sie erinnerte sich an die Freude, als Salvör sie die Buchstaben lehrte, und an die gleichzeitige Enttäuschung, nicht einmal das einzige Buch lesen zu können, das es in der Kate gegeben hatte, weil es in der Sprache der Kirche verfasst war. Die Geschichte der heiligen Margarete war Tófas kostbarster Besitz, und sie wusste, dass das Buch trotz seiner wenigen Seiten und des kleinen Formats sehr wertvoll war. Eine der Nonnen in der Bibliothek hatte es sich ausgeliehen, zur Gänze kopiert und voller Dankbarkeit zurückgebracht. Sie hatte ihr gesagt, dass sie das Buch gut hüten solle.

Vielleicht schaute der Allmächtige auf sie herab und beschloss, ihr wortloses Gebet genau zu dieser Stunde zu hören. Vielleicht war es auch reiner Zufall, aber jedenfalls beeinflusste es den weiteren Verlauf der Ereignisse, dass das Mädchen Schritte in der Dunkelheit vernahm und glaubte, die Tür der Bibliothek sei gerade geschlossen worden.

Sie begab sich dorthin und tastete nach dem Türgriff. Die Tür war nicht abgeschlossen, und Tófa trat zögernd ein. Sie hatte diese Räumlichkeiten erst höchst selten betreten und immer nur gerade lang genug, um den Nonnen, die an Illustrationen arbeiteten oder lernten, Getränke oder Speisen zu bringen. Danach war sie immer rasch wieder verschwunden. Drei Schreibpulte standen unter einer großen Dachluke, durch die der Mond schien und die Umgebung in ein sonderbares Licht tauchte.

»Ist jemand hier?«, fragte Tófa halblaut und erschrak, als ihre eigene Stimme die Stille durchbrach. Niemand antwortete, sie schien sich getäuscht zu haben. Vielleicht hatte sie jemanden gehen und nicht kommen gehört.

Auf einem der Pulte lag ein kleiner Stapel Wachstäfelchen, die den Klosterschülern gehörten; lateinische Wörter waren in jedes eingeritzt. Tófa rührte sie nicht an. Die Bücher selbst wurden vorwiegend in Truhen entlang der Wände verwahrt. Eine davon stand offen. Der Deckel lehnte an der Wand, als sei vergessen worden, ihn zu schließen. Tófa zog die Truhe in den Lichtschein der Luke, um hineinsehen zu können, und nahm das oberste Buch in die Hand. Es war locker in Stoff eingewickelt, um es vor Staub zu schützen. Das Mädchen schlug das in dicke Holzdeckel gebundene Werk auf und sah die kunstvoll verzierte Initiale auf der ersten Seite. Es war das Bild einer sterbenden alten Frau. Die Seele entstieg ihrem Mund in Gestalt eines kleinen Kindes. An ihrem Bett standen Heilige, doch darunter lagen hässliche Teufel mit Haken und Ruten, und am Kopfende selber stand der Herr der Finsternis. Die Qualen im Gesicht der alten Frau erinnerten sie so deutlich an Salvör auf dem Sterbebett, dass sie das Buch rasch wieder zuschlug. Es war ohnehin auf Lateinisch geschrieben, und sie verstand nur die ersten vier Wörter, *credo in unum deum,* ich glaube an den einzigen Gott.

Das nächste Buch war zu ihrer grenzenlosen Freude auf Nordisch geschrieben, es war ein Psalter. Sie buchstabierte sich durch einige Zeilen. Das ging nur schleppend, denn die Schrift unterschied sich von jener der Margaretengeschichte. Sie war stärker verziert, mit Bögen an jedem Buchstaben und Punkten und Strichen über und unter den Wörtern. Doch sie fuhr beharrlich fort, denn jetzt erwachte ihre Wissbegier erst richtig. Laut las Tófa die Worte des Königs David: »*Heiß wurde mir das Herz in der Brust, bei meinem Grübeln entbrannte ein Feuer.*«

Lange saß sie über dem Buch und tauchte erst aus ihrer Versunkenheit auf, als zur Frühandacht geläutet wurde. Da richtete sie alles wieder so her, wie sie es vorgefunden hatte, und begab sich zu ihrem Lager in der Küche. Sie fühlte sich, als sei sie ein anderer Mensch geworden.

Am nächsten Abend, als sich wieder Stille ausgebreitet hatte, wollte sie die Bibliothek erneut aufsuchen, aber zu ihrer Enttäuschung war die Tür verschlossen, wie auch am darauf folgenden Abend. Sie gab jedoch nicht auf. Irgendwann würde wieder jemand vergessen, die Tür abzuschließen, und ihre Geduld wurde nur zwei Wochen später belohnt. Da traute sie zunächst ihren Augen nicht, denn der Schlüssel steckte im Schloss. Tófa trat ein und steckte einen Kerzenrest, den sie bei sich hatte, in einen Ständer; an jenem Abend gab es kein Mondlicht, und draußen war es stockdunkel. Die Allerseelenmesse war nicht fern, es war Winter geworden. Die Büchertruhe, die damals offen gestanden hatte, war immer noch da, als habe sie die ganze Zeit darauf gewartet, dass das Mädchen wiederkäme, um die Schätze, die sie bereithielt, anzusehen. Diesmal nahm Tófa alle Bücher, die sich in der Truhe befanden, heraus und reihte sie auf dem Boden um sich herum auf. Es waren sechs. Vier waren auf Lateinisch, doch außer den

Psalmen Davids war da noch ein großes Buch auf Nordisch, und dies war kein christliches Buch. Darin befanden sich allerlei Abbildungen von Menschen und Tieren, einige davon höchst sonderbar, sowie eigenartige Tabellen und Rechenbeispiele, von denen Tófa absolut nichts verstand. Die Menschen jener Abbildungen waren teilweise unbekleidet und mit Adern und Muskeln und Sehnen dargestellt, so dass es Tófa schauderte. Sie durchblätterte das Buch neugierig und buchstabierte sich langsam durch einen Text zu einer Darstellung von Segelschiffen, die unmittelbar auf den Horizont gemalt waren: *Das Meer und die See liegen wie Quellen auf der Erde und bilden so eine kugelige Oberfläche der Erde, quod erat demonstrandum.«*

Im gleichen Augenblick hörte sie, wie hinter ihrem Rücken der Schlüssel im Schloss gedreht wurde. Sie sprang auf, lief zur Tür und drehte am Türgriff, doch der bewegte sich nicht. Diejenige, die vergessen hatte, den Schlüssel abzuziehen und mitzunehmen, hatte ihren Fehler bemerkt – und korrigiert.

Tófa schlug in plötzlicher Aufwallung mit den Handflächen gegen die Tür. Was sollte nun werden? Welch verflixte Ausrede musste sie gegenüber jener Nonne benutzen, die morgens als erste in die Bibliothek kommen würde? Und was war mit Þórgunnur, die am Morgen eine erloschene Feuerstelle vorfinden würde, und niemanden, der sie schürte? Sie würde ganz bestimmt fuchsteufelswild sein.

Sie hatte wenig Gelegenheit, weiter darüber nachzudenken, denn im gleichen Augenblick hörte sie, wie der Schlüssel wieder ins Schloss gesteckt wurde. Der Türgriff bewegte sich. Tófa wich unwillkürlich zurück, als sich die Tür öffnete. Eine der Nonnen, die sich normalerweise in der Bibliothek aufhielten, trat zögerlich ein und hielt eine Laterne vor sich.

»Wer ist hier?«, fragte sie mit gedämpfter Stimme in den Raum hinein.

Tófa hörte, dass die Frau verängstigt war, fasste ihrerseits Mut und trat aus dem Schatten heraus. »Ich bin es«, entgegnete sie und versuchte selbstbewusst zu klingen. Die Nonne erschrak, stieß einen jämmerlichen Laut aus und hätte fast die Laterne fallen lassen.

»Was willst du hier?«, fragte sie.

»Nichts. Ich wurde hier eingeschlossen, und nun kann ich gehen«, sagte Tófa, verbeugte sich und wollte ihre Worte wahr machen, doch etwas in der Miene der Nonne hielt sie zurück.

»Erinnerst du dich an mich? Wir sind uns einmal begegnet, als du noch ein Kind warst.«

Tófa sah sie an, nein, sie sahen sich alle ähnlich in ihren schwarzen Kutten und unter dem Schleier, der das Haar verbarg.

»Du bist damals nicht zur Küche gekommen«, sagte die Nonne. In ihrer Stimme und den graublauen Augen lag eine alte Trauer, und da erinnerte Tófa sich plötzlich an sie, ebenso wie an ihren Namen.

»Du bist Schwester Katrín aus der Kirche«, sagte sie.

Die Nonne schien erfreut und nickte. »Ja, das stimmt«, sagte sie. »Und du bist Tófa von der Heide. Jetzt bist du Feuermagd hier im Kloster.«

»Ja«, sagte Tófa und fand die Frau merkwürdig. Lag in ihren Augen ein Funken Wahnsinn, oder war das nur der Schein der Laterne, der sich in ihnen spiegelte?

Die Nonne hob das Buch auf, das Tófa auf den Truhendeckel gelegt hatte und blätterte darin. Es schien, als wüsste sie nicht, was nun zu sagen sei. »Niemand außer uns Schwestern darf diese Bücher anrühren«, sagte sie mit etwas Schärfe in der Stimme. »Und schon gar nicht mit dreckigen Fingern.«

Tófa sah unverzüglich ihre Hände an. Sie hatte Trauerränder unter den Nägeln, aber sonst waren sie nicht so schmutzig, dass es auffallend gewesen wäre.

»Und wieso nimmst du überhaupt ein Buch zur Hand? Die Alte von der Heidekate wird dich wohl kaum das Lesen gelehrt haben.«

»Doch, ein wenig«, antwortete Tófa.

Schwester Katrín betrachtete sie interessiert. »Und was hast du mit ihr gelesen?«

»Eigentlich nichts«, sagte Tófa der Wahrheit gemäß. »Nur Geburtshilfesprüche, aber die kenne ich sowieso schon. Ich habe die Margaretengeschichte buchstabiert, doch sie ist auf Lateinisch, und ich verstehe sie nicht.«

»Hier sind die meisten Bücher in Latein«, sagte Schwester Katrín. »Du könntest es lernen.«

Jetzt war Tófa verwundert.

»Wie das?«, fragte sie. »Den Armen ist es nicht bestimmt, Gott zu verstehen, hat meine Ziehmutter immer gesagt.«

Die Nonne lachte ein freudloses Lachen. »Hat sie das? Dann wird es wohl stimmen. Warum solltest du auch Latein lesen und die Lehre verstehen?!«

Tófa antwortete darauf nicht. Es war ihr unangenehm, wie die Nonne sprach. Dennoch hätte sie gern gesagt, wie sehr sie lernen wollte, alles lernen, was zu Gebote stand, falls möglich. Doch irgendetwas hielt sie davon ab.

»Komm wieder her in der Nacht zum nächsten Montag, eine Stunde nach der Schlafenszeit, wenn alles still ist«, sagte Schwester Katrín. Sie beugte sich zu dem Mädchen und flüsterte: »Ich lasse die Tür offen.«

Schwester Katrín hielt Wort, und mehr als das. Die Bibliothek war nach dieser Unterredung jede Sonntagnacht offen, und manchmal war sie auch selbst dort, wenn Tófa kam. Die Nonne zeigte ihr Bücher und Übersetzungen ins Nordische. Einige davon hatte sie selbst farbig schön illustriert, und Tófa bewunderte ihre Kunstfertigkeit. Allmählich gewann Tófa mehr Sicherheit im Lesen und konnte irgendwann flüssig lesen, ohne sich noch zu verhaspeln. Auch wenn sie nicht alles, was in den Büchern stand, begriff, saugte sie es doch auf wie eine Verdurstende und bekam nie genug, egal ob es Homilien waren oder wissenschaftliche Handbücher, Rittergeschichten oder Isländersagas. Sie fand alles gleich interessant, solange es in der Muttersprache geschrieben war. Latein war ihr nach wie vor ein Rätsel, das sie nicht lösen wollte. Die Bücher in Nordisch reichten ihr.

Einige Bücher blätterte Tófa nur durch, andere las sie von vorn bis hinten und wunderte sich über das reiche Wissen der Welt. Dennoch lagen die Dinge so, dass es ständig mehr Fragen als Antworten gab. Anstatt sich selbst zu beschwichtigen, wurde sie von Angst gepackt. In einem großen Buch über die Göttlichkeit und die Welt des Satans las sie Folgendes:

Jede Sünde bestimmen die Teufel und verführen die Menschen zu Untaten und berichten deren böse Taten ihrem Fürsten unter großem Gelächter. Doch wenn einer von ihnen durch einen guten Menschen besiegt wird, dann wirft der Schutzengel dieses Menschen ihn in die Tiefe, und derselbe vermag niemals mehr gegen gläubige Menschen zu fechten, denn als der Mensch vom Teufel besiegt wurde, musste er das Paradies verlassen, und so wird der Teufel in die Hölle verbannt, wird er besiegt von einem gläubigen Menschen. Doch der Fürst der Hölle wird einen anderen senden an der Stelle des Besiegten. Zudem nehmen die Teufel gern nebulöse Gestalt an …

Sie musste an den Fuchs auf der Heide denken, den sie einst für einen Vertreter des Elfengeschlechts hielt. War er vielleicht ihr Schutzengel oder – was schlimm wäre – eine Verkörperung des Satans? Wie sollte sie, arm und ungebildet, dies unterscheiden können? Je mehr sie darüber nachdachte, um so größer wurde ihre Verzweiflung, nicht zuletzt als sie den Fuchs einmal am Klosterportal sah und begriff, dass er sie suchte. Eines Abends entschloss sie sich, ihre Bedenken mit Schwester Katrín zu besprechen, die an ihrem Schreibpult arbeitete.

Die Nonne erschrak.

»Ein Fuchs?«, fragte sie. »Der dir folgt?« Sie legte den

Federkiel beiseite, und ihre Hand zitterte leicht. »Hat er dir ein Leid angetan?«

»Nein, bisher nicht«, antwortete Tófa. »Seine Gegenwart war mir früher Trost, doch nun empfinde ich Furcht. Seit ich in Kirkjubær bin, glaube ich, dass Böses von ihm ausgeht.«

»Bitte Gott den Allmächtigen um Antwort auf deine Frage«, sagte Schwester Katrín. »Und sage keiner Seele, was du mir gesagt hast.« Nachdem sie das gesagt hatte, blies sie die Kerze aus und verschwand.

Tófa blieb mit ihrer Angst zurück. Nun wusste sie so viel mehr als zuvor über Gut und Böse, über Sünden und Tugenden, über Engel und Teufel, Göttlichkeit und die Welt des Satans, und doch war sie verwirrter als damals, als sie noch unwissend gewesen war. Salvör hätte nicht in solchem Zweifel gelebt, dachte sie. Was hätte sie getan? Die Antwort schien ihr ins Ohr geflüstert zu werden: *Mit Bösem sollst du Böses vertreiben.* Tófa ging zu Katríns Pult und öffnete es. Zuoberst lagen ein paar unbeschriebene Pergamentblätter, und sie wählte eines davon aus, das hellste und am besten verarbeitete. Der Schwanenkiel lag mit dem Tintenfass im Schreibkästchen.

Mächtig ist das gesprochene Gotteswort, doch das geschriebene ist stärker. Das hatte ihre Ziehmutter gesagt, als Tófa die Buchstaben lernte. Nun schien deren Stimme den Kopf des Mädchens auszufüllen. Unverständliche Wörter sprudelten aus ihrem Mund, furchterregend und machtvoll, und Tófa schrieb sie im gleichen Atemzug nieder, eins nach dem anderen, bis das Blatt voll war. Dann blies sie die Buchstaben an und wartete, bis die Tinte getrocknet war. Auf die Rückseite schrieb sie den mächtigen Vers *sator arepo tenet opera rotas.*

Nach dieser Tat war sie erschöpft, als hätte sie die ganze Nacht hindurch schwere körperliche Arbeit verrichtet, und die Furcht war völlig verschwunden. Was sollte sie nun mit dem Pergament anfangen? Sie konnte es wohl kaum unter der Kleidung tragen, denn das würde mit Sicherheit Böses bewirken, und sie konnte es auch nicht unter der Küchenbank verwahren, denn dort würde eine der Mägde darauf stoßen. Nur einem Menschen in Kirkjubær konnte sie dieses Blatt anvertrauen. Tófa öffnete das Schreibpult von Schwester Katrín erneut, legte die Beschwörung in ein kleines Lateinbuch und die unbeschriebenen Pergamente darauf.

Ein neues Jahr des Herrn brach an, Anno Domini 1343 nach Christi Geburt, mit viel Schnee und Not. Im dunkelsten Winter erkannte Tófa die Wahrheit und suchte ihre Mutter nicht länger. Mit einiger Gewissheit gewann sie ihre Erkenntnis eher aus Katríns Fragen als aus deren Antworten, denn die Nonne wich stets aus, wenn Tófa ihre Anerkennung suchte, und niemals wurde die Wahrheit explizit formuliert. Trotzdem wusste das Mädchen, dass niemand grundlos gut zu jemand anderem ist, und die Ausweichmanöver der Nonne schmerzten sie. Sie hatte allerdings nicht genug Mut, sie direkt zu fragen und das Risiko einer Abfuhr einzugehen, und so fand sie andere Wege, zu Schwester Katríns Geheimnis vorzustoßen. Immer wenn sie einen Text in den Büchern fand, der von Unzucht oder Keuschheit, Sünde oder Reue handelte – und davon gab es reichlich – dann las sie die Stelle laut, so dass Katrín es hören musste. Weiter tat sie nichts.

Die Nonne sagte wenig und schien lediglich trauriger zu werden. Sie distanzierte sich, als wäre ihre Seele dem Körper entrückt und würde in der Vergangenheit weilen. Ihre graublauen Augen drückten Trauer und Kummer aus und erinnerten Tófa an den Nonnensee auf der Heide, und doch konnte sie das böse Spiel nicht lassen, und ihre unterdrückte Wut wuchs weiter an.

Schwester Katrín sprach sie nun seltener an als vorher und stellte ihr keine Fragen mehr. Anfangs hatte sie alles über die Umstände von Tófas Kindheit wissen wollen: ob sie gehungert hätte, ob ihre Ziehmutter gut zu ihr gewesen sei, und ob sie gesund geblieben wäre, als Seuchen die Gegend heimsuchten. Bei den Antworten hatte sie stets gejammert, denn Tófa berichtete wahrheitsgetreu von der Armut der Kätner, der Kälte und der Not, von Entbehrungen und Hunger. Angesichts des Überflusses im Kloster hörte sich das für Katrín, die nichts anderes kannte, noch viel schlimmer an, als es in Wirklichkeit gewesen war. Tófa berichtete auch vom Vorwurf der Blutschande, der ihr überallhin folgte, und vom Glauben an ihre Herkunft von den Elfen, und stets hingen jene unausgesprochenen Worte in der Luft. Das Mädchen hielt nämlich sein Wort, das es der seligen Frau Agatha gegeben hatte. Sie legte keinen Wert auf jene fürchterlichen Höllenqualen, die Wortbrechern bevorstanden und die bildhaft im Buch der Tugenden und Laster geschildert waren.

»Warum liest du so viel vom Bösen, Tófa?«, fragte Schwester Katrín eines Tages überraschend und kam dem Mädchen damit bei der Verlesung von Elusidarius zuvor, der seinen Jüngern die Einrichtung der Hölle schildert. »Man könnte glauben, dass dich der Weg der Finsternis mehr fasziniert als der strahlende Pfad der Göttlichkeit.«

Tófa war sprachlos. Von ihrer Natur her war sie aufrichtig und wollte eine ehrliche Antwort geben, doch die distanzierte Art der Nonne weckte hasserfüllte Gedanken bei ihr: *Wie konnte sie so tun, als sei alles in Ordnung, warum gestand sie ihre Schuld nicht?*

»Für den, der stets im Dunkel der Unwissenheit tappt, reicht es nicht aus, nur das Licht des Herrn zu kennen«, sagte sie kühl nach einer kurzen Pause. »Er muss auch den Herrn der Finsternis kennen.«

Und da war es, als ob sie endlich jene Bestätigung erhalten sollte, um die sie den allmächtigen Gott so lange gebeten hatte. Schwester Katrín erhob sich von ihrem Pult und ging auf sie zu. Gesicht und Bewegungen drückten Angst aus.

»Was willst du eigentlich von mir, Kind?«, fragte sie verletzt. »Ich glaubte an einen Segen, als du überlebtest, doch nun bin ich mir nicht länger sicher, ob es mir nicht zum Fluch gereicht. Was verlangst du von mir? Ich kann doch nichts tun!«

Tófa gab keine Antwort und verließ die Bibliothek. Sie wünschte, niemals um etwas gebeten zu haben.

Der Frühling kam und mit ihm die Nachricht, dass der Heckelberg Feuer spuckte. Dem Ausbruch folgte so viel Asche, dass die Rinder und Schafe im Umkreis reihenweise verendeten. Während der ersten Tage verdunkelte Asche die Luft von der Prim bis zur Non, als sei es Nacht. Auch von Herðibreið im Osten hieß es, dass sie Rauchsäulen ausstieße, und zur gleichen Zeit begann die dritte Eruption im Hnappadalsgletscher. Dessen Asche bedeckte die Regionen Borgarfjörður und Skagi, so dass auch dort die Tiere eingingen. Nie zuvor in der Geschichte des Landes wollte man gehört haben, dass drei Feuerberge auf einmal ausgebrochen waren. Wie viel musste dieses Volk gesündigt haben, wenn es dem allmächtigen Gott gefiel, es mit der Nachbarschaft so böser Naturkräfte zu strafen?

Die ersten Handelsschiffe des Frühlings legten im Osten und im Süden an. Kaufleute kamen über den Mýrdalssander und erwarben im Kloster Kirkjubær Stockfisch und Wollstoff. Sie brachten Nachrichten aus dem Ausland mit. Große Neuigkeiten gab es vom Hof in Norwegen: König Magnús hatte beschlossen, seine Reiche Norwegen und Schweden voneinander zu trennen. Sein Sohn Hákon sollte König von Norwegen werden, wenn er heranwüchse. Bis dahin war sein Vater Statthalter.

Noch bedeutender für die Klosterinsassen und alle Gläubigen aber waren die Nachrichten aus dem Vatikan: Papst Benedikt XII., der so viele Häretiker auf den Scheiterhaufen geschickt hatte, war gestorben. Nun residierte Clemens VII.

in Avignon, und dort herrschte ein ganz anderer Geist als zur Zeit seiner Vorgänger, sagte einer der Kaufmänner, der nach Kirkjubær kam, um Wollstoff zu kaufen. Er brachte Vorräte an Buchgold und Weihrauch mit, ohne die das Kloster und die Kirche nicht sein konnten, und wurde unverzüglich in das Gästezimmer gebeten, wo seine Waren von der Äbtissin persönlich sowie von Schwester Katrín aus dem Skriptorium begutachtet und bewertet wurden.

»Derjenige, der nun Kirchenvater ist, soll Hof halten wie der König von Frankreich und das Leben eines weltlichen, nicht das eines Kirchenfürsten führen. Er veranstaltet Bälle und Vergnügungen, und nicht nur das.« Jetzt senkte der Kaufmann die Stimme: »Es heißt, dass ihm nicht einmal das Keuschheitsgelübde heilig ist.«

Die Frauen erröteten tief und hielten die Luft an, und es dauerte nicht lange, bis die Neuigkeit sich im ganzen Kloster herumgesprochen hatte und immer gewaltiger wurde.

»Da braucht man sich ja über die Vorfälle in þykkvabær nicht zu wundern«, sagte die Köchin þórgunnur, »wenn so etwas vom Kirchenvater persönlich gesagt wird. Aber vielleicht ist das alles erstunken und erlogen.«

Jener Vorfall in þykkvabær, den sie andeutete, hatte sich im Herbst davor zugetragen, und man erzählte sich im ganzen Bistum, das noch immer keinen neuen Bischof hatte, davon. Einer der Mönche im Kanonikerklaustur Álftaver wurde der Unkeuschheit bezichtigt, doch anstatt eine geeignete Strafe für sein Vergehen abzuleisten, lehnte er sich mit einigen Brüdern gegen den Abt auf, so dass es zu einem Handgemenge gekommen war. Vater þórlákur floh geprügelt und erniedrigt ins Kloster Viðey und war immer noch dort, weshalb die Mönche von þykkvabær den ganzen Winter über sich selbst überlassen blieben.

Doch damit würde es nun rasch ein Ende haben, denn aus Norwegen kamen weitere Nachrichten: Erzbischof Páll Bárðarson hatte zwei Bischöfe geweiht, einen für Hólar in

Nordisland und einen für Skálholt im Süden. Die beiden Männer würden in Kürze anreisen, spätestens vor der Þórláksmesse im Sommer. Der neue Bischof von Hólar war ein norwegischer Kanoniker, der von Skálholt war jedoch nicht nur Isländer, sondern hatte in seinen jüngeren Jahren ausgerechnet in eben jenem besagten Kloster gelebt.

Gleich setzten die Vorbereitungen zur Ankunft des Bischofs in Kirkjubær ein, und niemand zweifelte daran, dass etwas Bedeutendes bevorstand. Nun würde zum ersten Mal seit mehr als einem halben Jahrhundert eine Äbtissin geweiht werden, und das sollte so großartig sein, dass man sich noch lange daran erinnern würde. Alle Arbeiten, große und kleine, die aus irgendwelchen Gründen liegen geblieben waren, sollten nun schnellstens beendet werden. Frau Agnes, gewähltes Oberhaupt des Klosters Kirkjubær, trieb alle, die ihr Soll nicht pflichtgemäß erfüllten, mit harter Hand an.

Tófa besuchte das Skriptorium nicht mehr, denn zum nächtlichen Lesen blieb keine Zeit, die Küchenarbeiten waren wichtiger. Sie vermisste ihre Treffen mit der trübsinnigen Schwester Katrín auch kaum.

Am gleichen Tag, als die Nachricht eintraf, dass das Schiff der Bischöfe heil in den Ostfjorden gelandet sei, stellte Pater Valþjófur fest, dass es an Oblaten für das Abendmahl mangelte. In der Küche brach daraufhin hektisches Treiben aus. Oblaten wurden sonst nur ein bis zwei Mal im Jahr gebacken. Das Ganze erforderte sowohl Zeit als auch Ruhe. Beides hatte man gerade jetzt nicht. Alle Geräte und Rohstoffe mussten gesegnet werden, ebenso die Frauen, die mit dieser Tätigkeit befasst waren. Sie mussten zur Beichte gehen und Buße tun. Frau Agnes trieb die Frauen an. Pater Valþjófur stand in der Küche hinter der Köchin und verfolgte jeden ihrer Handgriffe, bis sie so erbittert war, dass der Backvorgang fast missriet.

Doch schließlich ging alles gut, und die Küchenhilfe Tófa verfolgte andächtig, wie die hauchdünnen Oblaten der Feuerstelle entnommen wurden und auf einem Rost abkühlten. Dieses Backwerk, das aus Weizenmehl aus Trondheim, Eiern der klostereigenen Hühner sowie geweihtem Wasser aus dem Fluss Fossá bestand, würde sich durch heilige Worte in das Fleisch Christi verwandeln und dann allen, die es empfingen, ewiges Leben an seiner Seite im Himmel gewähren. Daran zweifelte sie nicht, obwohl sie dem kleinen und kahlköpfigen Pater Valþjófur, der Salvör um das Sakrament auf dem Sterbebett gebracht hatte, tief im Herzen kaum zutraute, die Wandlung des Abendmahls zu vollziehen. Sie erinnerte sich an jene Worte, die sie in einem Buch gelesen hatte, wonach es nichts ausmachte, wenn ein unbedeutender Mensch die besonderen Worte über das Brot sprach – es war ja nicht der Mensch, der die Wandlung vollzog, sondern Gott der Herr selbst.

Und genau da kam ihr der Gedanke, dass sie ihrer Ziehmutter den Aufenthalt im Fegefeuer möglicherweise verkürzen oder ihr doch zumindest die Qualen erleichtern könnte, und damit auch ihre eigenen. Denn tief drinnen spürte sie, dass Salvörs Tod ohne das Sakrament nicht nur dem Pater anzulasten war, sondern auch ihr selbst. Warum könnte sie, Tófa, nicht über dem Brot singen? Und es danach auf das Grab legen, wo es in die Erde einginge, sich den sterblichen Überresten mitteilen und der im Feuer leidenden Seele erbarmen würde?

Allein mit diesem Gedanken beging Tófa eine viel größere Gotteslästerung, als ihre Ziehmutter Salvör mit ihrem uralten Zauber jemals begangen hatte, doch sie war unwissend und ahnungslos. Als keiner es sah, entwendete sie eine Oblate und steckte sie ein. Immerhin hatte sie so viel Verstand, dass sie dies heimlich tat.

Am darauf folgenden Montag stand die Tür der Bibliothek zu Tófas großer Erleichterung abends offen. Sie war einige Wochen lang nicht mehr hingegangen und hatte mit einer verschlossenen Tür gerechnet. Schwester Katrín war nirgends zu sehen, und so konnte Tófa ungestört im Messbuch nach dem Kapitel suchen, das vom Abendmahl des Erlösers und der Transsubstantiation handelt. Sie musste lange blättern, und unterdessen verging die Nacht. Als sie endlich am Ziel ihrer Suche war, tagte es bereits. Als sie die Zeilen überflog, kamen ihr Zweifel daran, ob die Worte auf Nordisch die gleiche Kraft hätten, als wenn der Priester sie auf Latein sprach. Sie kannte auch die Secreta nicht, die der Priester so leise über dem Brot sprach, dass niemand sie hören konnte. Wahrscheinlich würde es also nicht funktionieren. Dennoch schlug ihr das Herz heftig in der Brust, und ihr Hals brannte bitter, als sie die Oblate einem zusammengefalteten Tuch entnahm und auf einen Zinnteller zwischen zwei Kerzen auf Schwester Katríns Schreibpult legte.

Das Vaterunser beherrschte sie immerhin auf Lateinisch, und sie sagte es zuerst auf, bekreuzigte danach erst sich und dann das Brot und begann schließlich mit unsicherer Stimme mit der Lesung aus dem Wort Gottes. Dabei hob sie ab und zu den Blick und wandte ihn dem Sakrament zu.

»*Und als sie aßen, nahm Jesus das Brot, segnete es und brach es und gab es den Jüngern und sprach: Nehmet hin und esset, dies ist mein Leib. Und er nahm den Kelch, dankte und reichte ihn ihnen und sprach: Nehmet hin und trinket alle davon, denn dies ist mein Blut, das vergossen wird zur Vergebung der Sünden.*«

Nichts geschah.

An der Tür waren Schritte zu hören. Schwester Katrín trat ein. Sie blieb vor dem Pult stehen und starrte kreidebleich auf alles, was dort lag.

»Was hast du getan, Kind?«, flüsterte sie. »Bist du nicht bei Verstand?!«

Tófa nahm ihr Tuch, ein feuerrotes Stoffstück, und ließ es über die Oblate fallen. Über den Leib Christi, wenn der Zauber denn gewirkt hatte.

»Es ist nicht für mich«, antwortete sie. »Ich will damit auf den Kirchhof gehen und es auf das Grab meiner Ziehmutter legen. Sie starb ohne das Sakrament, und ich schulde ihr diese Sühne. Wenn sie nicht gewesen wäre, hätte ich nicht überlebt, und meinen Eltern wäre es gelungen, mich als Neugeborenes umzubringen.«

»Das ist Gotteslästerung! Du hast das Allerheiligste beschmutzt, den Leib Christi, corpus domini, du bist von bösen Geistern besessen und warst es vermutlich immer. Verflucht bist du seit deiner Geburt, das hat er gesagt. Nun sehe ich, dass er Recht hatte, nach all den Jahren qualvoller Schuld und Schande sehe ich, dass er Recht hatte!« Katrín flüsterte nicht mehr, sie schrie die letzten Worte heraus. Ihre Pupillen waren geweitet und die Adern an den Schläfen geschwollen.

Tófa glaubte links und rechts eine Ohrfeige erhalten zu haben, so sehr glühten ihre Wangen.

»Und wieso, liebe Mutter?«, fragte sie mit bitterem Unterton. »Was war es, das mich von Geburt an verdammte? Was habe ich verbrochen, um die Todesstrafe zu verdienen?«

Schwester Katrín blieb die Luft weg, als sei sie kurz vor dem Ersticken, und sie antwortete nicht. Doch als Tófa den Teller mit der Oblate an sich nehmen wollte, packte die Nonne ihre Hand. Tófa ließ los, und Teller und Oblate fielen klirrend zu Boden. Das runde Brot rollte zur Tür. Beide Frauen sahen ihm nach, sahen es im Schatten der Tür verschwinden. Jenseits der Tür trat eine hoch gewachsene, schwarz gekleidete Frau aus dem Dunkel heraus: die hochwürdige erwählte Äbtissin, Frau Agnes, früher Jórunn Hauksdóttir von Bakki.

Mutter und Tochter starrten sie an. Die Äbtissin ging langsamen, würdevollen Schrittes und mit siegessicherer Miene auf sie zu. Es bestand kein Grund zur Eile.

Eine Todsünde. Niemals war Tófa so ängstlich gewesen wie jetzt, und unbewusst wich sie einen oder zwei Schritte zurück. Eine Todsünde und kein Ausweg. Sie war entschlossen wie eine Fähe im Fuchsbau.

»Frau Agnes, ich wollte nicht –«, begann sie mit zittriger

Stimme, doch da erhob Schwester Katrín die Hand zum Zeichen, dass sie schweigen solle.

»Ich war es, Jórunn«, sagte sie gefasst. »Die Sünde liegt bei mir.«

»Ich kenne deine Sünden«, entgegnete die ältere Frau. »Ich kenne sie alle.« Sie öffnete das Schreibpult und entnahm ihm ein beschriebenes Blatt, dessen Platz sie offenbar kannte. Dann hielt sie es den beiden hin. »Wieso ist dieser Brief, adressiert an den Herrn der Finsternis persönlich, in deinem Pult versteckt, Schwester Katrín?«

Tófa wollte das Pergament an sich reißen, doch Jórunn zog es zu sich heran und lächelte kalt. »Es gehört also dir?«

»Erlaube mir, es anzusehen«, sagte Schwester Katrín und streckte die Hand nach dem Pergament aus. Jórunn überließ es ihr. Die Äbtissin hatte mit dem Empfänger Recht. Katrín wurde von einem Schauder gepackt, als sie das Schriftstück überflog. Einiges war unverständliches Kauderwelsch und kein Latein, anderes waren bekannte Wörter über die finsteren Kräfte, dazwischen Gebetszeilen ohne weiteren Zusammenhang, doch am deutlichsten war das auf den Teufel umgemünzte Vaterunser, und auf der Rückseite des Bogens stand eine Beschwörung, die das Paternoster in Sator arepo verdrehte. Die Schrift war wie zu erwarten linkisch und kindlich.

»Das Blatt war in meinem Pult verwahrt, wie du sagst«, äußerte sie mit fester Stimme. »Dann gehört es mir.«

Die Frauen sahen sich in die Augen, doch Schwester Katrín blieb standhaft. Sie wurde von einem Mut erfasst, den sie bislang nicht gekannt hatte. Im Blick von Frau Agnes lag so etwas wie Achtung.

Tófa schaute zu Boden und schwieg.

»Diesmal liegt es nicht bei uns zu urteilen, denn Gott dem Herrn sei Dank, dass der Herr Bischof erwartet wird. Er ist fähiger als wir, eine Entscheidung in einer derartigen Angelegenheit zu treffen. So schwer wiegend wie diese ist«, sagte Frau Agnes zu den Schwestern bei der Kapitelversammlung, nachdem sie ihnen die Sünden von Schwester Katrín erläutert hatte. Katrín selbst befand sich bei Wasser und Brot im Dunkelarrest.

Der Bischof ließ nicht lange auf sich warten. Noch gegen Abend des gleichen Tages ritt er mit großem Gefolge in den Klosterhof ein. Zum Tross gehörten seine eigenen Leute, aber auch die des königlichen Statthalters Bótólfur Andrésson, der ihn an der Anlegestelle des Schiffes als Vertreter der weltlichen Macht empfangen hatte. Es war ein beeindruckender Anblick, als diese farbenfrohe Menge auf guten Pferden in den Klosterhof ritt: Frauen, Männer, und hinter ihnen liefen Bettler her, die sich von den Festlichkeiten aus Anlass der Äbtissinnenweihe Gutes versprachen.

Auf der Wiese waren für jene, die in der keineswegs bescheidenen Gästehalle von Kirkjubær keinen Platz fanden, Zelte aufgeschlagen. Viele der Ankömmlinge trugen auffallende Kleidung. Ihre Jacken wiesen vorn zwei verschiedene Farben auf und hinten eine weitere, so dass ein buntes Kostüm entstand, teilweise sogar gestreift. Rechts am Gürtel trug man eine Ledertasche, und die Zipfel der Kapuzen waren bis zu zwei Ellen lang. Die Kleidung der Gefolgsmänner des Bischofs aus Norwegen war enger geschnitten, als man es je gesehen hatte. Ihre Kittel waren so skandalös kurz, dass sie kaum die Hüften bedeckten und die Beine in voller Länge freigaben. Diese steckten wiederum in hautengen, kaum etwas verbergenden Hosen, so dass viele der Schwestern errötend den Blick senkten.

Der frisch geweihte Bischof hob sich deutlich ab. Er trug eine schlichte dunkle Soutane nach Art der Augustinermönche sowie einen Kapuzenmantel mit kurzem Zipfel. Er war groß und dunkel mit ernsthafter, konzentrierter Miene und kam, um die Sitten seiner Landsleute zu bessern, an denen es gewiss einiges zu bemängeln gab, und um auf Befehl des Erzbischofs von Trondheim die Häresie überall dort, wo sie auftauchte, mit der Wurzel auszurotten. Seine Füße steckten nicht in Schnabelschuhen wie die anderer hoher Persönlichkeiten, stattdessen trug er bescheidene Sandalen wie die Apostel des Heiligen Landes.

Die Weihe der Äbtissin fand unter Beteiligung einer großen Menschenmenge am nächsten Morgen statt und glückte gut. Selten oder vielleicht nie zuvor waren so viele ranghohe Persönlichkeiten mit so viel Aufwand in Kirkjubær zusammengekommen. Und obwohl Frau Agnes alle Nonnen sowie alle anderen im Kloster eindringlich ermahnt hatte, Schwester Katríns Angelegenheit niemandem gegenüber zur Sprache zu bringen, damit dieser besondere Tag nicht überschattet würde. Doch das Gerücht gelangte mit erstaunlicher Geschwindigkeit von den Mägden zu den Dienstboten, von dort zu den Herren und kursierte so zunächst im Kloster, dann fast in der ganzen Gemeinde. Schließlich sprach es sich am Nachmittag des Weihetages unter den bischöflichen Geistlichen herum und drang letztlich bis zum Bischof persönlich vor: In der Arrestzelle des Klosters säße eine Gotteslästerin und Häretikerin, die ihres Urteils harre, nachdem sie den Leib Christi missbraucht und sich selbst mittels eines Briefes dem Satan verschrieben hätte.

Abends, als er mit dem königlichen Statthalter zur Rechten und der neu geweihten Äbtissin zur Linken am Ehrenplatz zu Tische saß und auf das Wohl weltlicher als auch kirchlicher Instanzen angemessen mit importiertem deutschen Bier und Moosbeerenwein aus den Klosterbeständen angestoßen hatte, da konnte der Bischof es nicht länger hinauszögern. Er sprach die Äbtissin auf jenes unerhörte Gerücht an, das ihm zu Ohren gekommen war, und fragte nach der Wahrheit. Da ließ Frau Agnes den Satansbrief holen, zeigte ihn vor und berichtete, ohne etwas zu verschweigen. Sie bat sogar wortreich um Entschuldigung, dass der Bischof die Nachricht nicht zuerst von ihr selbst erhalten hätte. Mit dieser furchtbaren Sache hätte sie den Herrn Bischof jedoch nicht vor dem nächsten Morgen plagen wollen. Der Bischof sah den Brief ernst an und sagte nichts.

»Und das ist noch nicht alles, obwohl es furchtbar genug ist. Im Frühjahr war zu hören, wie dieselbe Frauensperson unseren gnädigen Papst Clemens mit Worten lästerte, die öffentlich nicht wiederholbar sind«, fügte sie nach einer kurzen Pause hinzu. »Vielleicht ist es gewissermaßen auch meine Schuld, wie die Dinge liefen, denn ich unterließ es, eine geeignete Strafe zu verhängen, als ich davon erfuhr. Ich zog es damals vor, an eine Verleumdung zu glauben. Allerdings wurden bei dieser Frau schon früher verschiedene sittliche Mängel bemerkt. Alle Zeit fehlte es ihr trotz Ermahnung und Strafen an Gehorsam sowie Demut.«

»Klage nicht an, liebe Frau Agnes«, sagte der Statthalter Bótólfur, der ihr gegenüber saß, ein wenig nuschelnd. »Der Spötter nimmt keine Ermahnungen an, und der Mund des Gottlosen speit Böses.« Er nahm einen tiefen Schluck Wein, und der Mundschenk füllte sein Trinkhorn sogleich wieder auf.

Die Unterredungen am Tisch waren verstummt, alle Blicke richteten sich auf den Bischof und harrten in angstvoller Erwartung seiner Antwort. Schließlich ergriff er das Wort. Die Stimme war klangvoll und schwer von Ernst.

»Ehe ich Norwegen verließ, wusste ich schon von jenen Angelegenheiten, die in Þykkvabær und in Álftaver meiner Lösung harren«, sagte er. »Sie gereichen meinen Brüdern dort zur ewigen Schande. Vor dem Erzbischof musste ich mich ihrer und meines Volkes schämen, dass so etwas im Leben von Mönchen geschehen ist, Unkeuschheit und Meuterei gegen den Abt! Ich versprach, dass die Schuldigen mit geeigneten Mitteln bestraft würden, mit der Rute und durch öffentliche Erniedrigung in Eisen am Pranger.«

Er gewährte sich eine kurze Sprechpause, trocknete die Schweißperlen auf seiner Oberlippe mit einem weißen Tuch und fuhr danach mit noch gesteigertem Ernst fort: »Doch ein derartig gottloses Verhalten, wie es sich hier zugetragen hat und von dem mir bezeugt wurde, dass es hier innerhalb der Klostermauern selbst gedieh«, er wedelte mit dem Brief, um seine Worte zu unterstreichen, »so eine Angelegenheit wird nicht durch körperliche Strafe oder geistige Reue aus der Welt geschafft, sie wird nur durch das Feuer geläutert! Wer den Leib unseres Herrn mit schmutzigen Händen und unreinen Gedanken berührt – was tut derjenige anderes als unseren Herrn ans Kreuz zu schlagen? Gott erhört das Gebet eines solchen Menschen nicht, sein Gebet wandelt sich in Sünde und seine Segnung des Sakraments wird zu einem Fluch.«

Der Bischof hatte sich erhoben. Aus seinen Augen leuchtete der glühende Glaube des Gerechten. »Das Fleisch Gottes darf nicht beschmutzt werden!«, rief er. »Meine Hand hasst euer Opfer, sagt Christus, denn ihr reicht mir unreines Brot. Häresie, Gotteslästerung und Blasphemie müssen durch die reinigenden Flammen des Scheiterhaufens ausgelöscht werden, zur Strafe des Sünders und allen Kindern Gottes zur Warnung, wie uns der heilige Kirchenvater Benedikt gelehrt hat. Jenem Sünder geschieht Recht, wenn er im Marterfeuer dieser Welt lodert, nachdem er zuvor im Feuer der Bosheit brannte!« Er schlug mit seiner großen flachen Hand auf den Tisch, so dass alle Anwesenden, die seinen Worten mit offenen Mündern gelauscht hatten, zusammenzuckten. Frau Agnes, die ihm am nächsten saß, schrak mit einem unterdrückten Schrei zurück.

»So und nur so kann Licht in das Dunkel der Häresie gebracht und das Volk von Satans Willen befreit werden«, schloss der Bischof seine Rede, setzte sich, ergriff sein Trinkhorn und leerte es in einem Zug. »Amen«, fügte der Statthalter leise hinzu. Nach ihm wiederholte es einer nach dem anderen. Einige jedoch nur zögernd, viele ängstlich. Möglicherweise hatte niemand mit einer so harten Strafe gerechnet. Nie zuvor war in Island ein Mensch lebendig verbrannt worden, obwohl Derartiges aus dem Ausland zu hören war. Hierzulande war es Sitte, das Todesurteil bei Männern durch einen raschen Axthieb zu vollstrecken. Frauen, die ein ernsthaftes Verbrechen gegen die Menschen oder Gottes Gesetz begangen hatten, wurden ertränkt. Aber selbst derartige Hinrichtungen waren – wenngleich rechtens – selten. Meistens wurden Verbrecher des Landes verwiesen oder bekamen Gelegenheit, ihr Vergehen durch Körperstrafen und Schadensersatz zu sühnen.

Frau Agnes wirkte wie vom Schlag getroffen. Ihre Hände zitterten, als sie ihr Horn erhob und trank. Sie, die stets vorsichtig mit Bier und Wein umgegangen war, trank nun in tiefen Zügen.

»Noch nie wurde ein Isländer für seine Sünden dem grausamen Feuertod übergeben«, sagte sie, und es war leicht herauszuhören, wie erschrocken sie war. »Hält der Bischof es für angebracht, dass unsere Schwester für ihre Vergehen auf dem Scheiterhaufen leidet, wenn in den Gesetzen des Landes kein Wort davon geschrieben steht? In den Gesetzbüchern, die ich bei meinem Vater las, im Jóns-Buch und im Christlichen Recht, wird auch nicht davon gesprochen, dass Bischöfe die Macht haben, Todesurteile auszusprechen. Diese Gewalt liegt bei den Richtern, die die Amtmänner berufen. Haben wir Klostervolk nicht mehr als alle anderen die Pflicht zu christlichem Erbarmen und der Berücksichtigung der Tatsache, dass die Schuldige ihr Vergehen ohne Beschönigung unverzüglich gestanden hat?«

Der Bischof sah erst sie scharf an, dann den Statthalter Bótólfur, der vorher betrunken schien, nun aber wieder nüchtern war.

»Der Herr Bischof hat die volle Macht in den Fragen, die seine Kirche betreffen. Unser Herr König und der Herr Erzbischof haben ihn beauftragt, die Kirche vom schlechten Ruf, von Verderbtheit und Gotteslästerung zu reinigen«, sagte der Statthalter. Seine Heftigkeit war nicht zu überhören.

»Was die Bauern des Landes in ihre Rechtsbücher geschrieben haben, wird dem Wort des Herrn nie überlegen sein«, sagte der Bischof. »Gotteslästerung wird nur mit dem Feuer beglichen.« Dem hatte niemand etwas hinzuzufügen.

Wie zu erwarten, war die Feststimmung für den Rest des Abends erheblich gedämpft. Der Bischof zog sich früh zurück und ging schlafen, und die meisten taten es ihm nach. Am längsten saß Frau Agnes am Tisch, schweigsam und nachdenklich. Ihre Gedanken, die jahrzehntelang im Feuer der Eifersucht geschmort hatten, kehrten zu vergangenen Tagen zurück. War die Waage der Gerechtigkeit endlich ins Lot gekommen?

Bruder Jón Sigurðarson, aus Gottes Gnade Bischof von Skálholt, zuvor Klosterpater an diesem Konvent, erhob sich früh und gut ausgeschlafen von seinem Lager. Und das trotz gewisser Befürchtungen am Abend, dass seine Ankunft in dieser Gegend alte Albträume heraufbeschwören könnte, die ihn so viele Jahre nach der furchtbaren Sünde, die er in Kirkjubær begangen hatte, noch immer verfolgten. Eine Sünde, für die er alle Zeit danach Buße getan hatte, sowohl mit Geißelung als auch mit Reue und unzähligen Gebetsstunden in jeder einzelnen Kirche, die er betrat, vor allem jedoch im Kloster von Þykkvabær, wohin er sich nach dem Angriff des Versuchers vor siebzehn Jahren geflüchtet hatte.

Seine inbrünstigen Gebete, sein eifernder Glaube erzeugten so viel Gerede und Aufmerksamkeit, dass der damalige Bischof ihn als Vorgesetzten der Geistlichen an die Schule in Skálholt rief, damit sein Verhalten ihnen und den Schülern zum Vorbild gereiche. Damit trug ausgerechnet jene Sünde, die unter dem Einfluss finsterer Kräfte in einem Moment des Irrsinns begangen worden war, im Laufe der Zeit zu seiner Erhöhung bei. Er, der vorübergehend Recht und Unrecht nicht mehr hatte unterscheiden können und selbst einen unheilbaren Seelenschaden davongetragen hatte, erleuchtete nun anderen den Weg und folgte eifrigst dem Gebot der Kirchenväter, jede Häresie auszurotten. Nur so meinte er, damit rechnen zu dürfen, dass sich ihm das Himmelstor öffnen würde, wenn es dem Ende zuging. Dies war für ihn der einzige Weg zur Erlösung, und doch war es nicht völlig gewiss, ob er lange genug leben würde, um Buße für jene Abscheulichkeiten zu tun, für Unkeuschheit und Mord. Diese beiden Vergehen waren Todsünden und daher so gut wie unverzeihlich. Doch seine Hoffnung wurde mit den Jahren bestärkt, nicht zuletzt, als er drei Jahr zuvor zum Chorbruder in Trondheim berufen worden war.

Der Morgen war klar, der Himmel strahlend blau, und Jóns Herz füllte sich mit Dankbarkeit, als er mit den Geistlichen und Schwestern seine Morgengebete in der Marienkirche verrichtete. Er bat Gott um Stärke und Schutz gegen jene Kräfte, mit denen er zu kämpfen haben würde, wenn er die sündige Schwester verhören müsste.

Als die Nonnen zur Frühandacht kamen, beschlich ihn ein vager Verdacht. Einige Gesichter waren ihm unbekannt, und die Züge jener Frau, die er so sehr aus seinem Gedächtnis zu verdrängen suchte, waren nirgends zu sehen. War sie etwa tot? Gott gebe, dass es so sei, dachte er, und trotzdem nistete sich die Angst bei ihm ein. Sollte es ihr nie gelungen sein, den Versuchungen des Satans zu widerstehen? War sie es, die in der Dunkelheit harrte, von ihm selbst zum Tode verurteilt? Jón Sigurðarson spürte, wie ihm der Schweiß ausbrach, sein Herz schlug schneller, und er atmete schwer. Tränen strömten aus seinen Augenwinkeln. Sie würde die Sünde offenbaren, und er wäre verloren. Degradiert und verachtet, ein Unkeuscher und Kindsmörder.

Seine Augen schwammen in Tränen. Die Nächststehenden sahen es und bewunderten ihn. Hier war ein Mann des Geistes Bischof geworden. Die seltenen Tränen der Wahrhaftigkeit waren Teil seines Gebets.

Nach dem Frühstück hatte er sich wieder völlig beruhigt. Niemand würde den Anschuldigungen einer Gotteslästerin und Häretikerin Glauben schenken. Welche Beweise oder Zeugen hatte sie vorzubringen? Und vielleicht war die Verurteilte nicht Schwester Katrín, vielleicht war es eine ganz andere Frau. Dennoch fragte er aus Angst vor der Antwort niemanden nach ihrem Namen, und zur nicht geringen Überraschung des königlichen Statthalters verlangte der Bischof, die Frau allein zu verhören. Niemand anderer sollte zugegen sein, weder der weltliche Vertreter des Königs noch die Äbtissin.

»Ihre Angelegenheit fällt nicht unter Eure Gerichtsbarkeit, Herr Bótólfur, wie Ihr selbst in Gegenwart von Zeugen bestätigt und anerkannt habt«, sagte Jón Sigurðarson nachdrücklich. »Ihre Verbrechen sind gegen die Kirche und Gott gerichtet, nicht gegen den König, und es ist meine Aufgabe zu untersuchen, ob Buße ihre Seele retten kann oder nicht. Darüber hinaus kann das Böse auf diejenigen übergreifen, die sich ihm ohne den Schutz ihres Amtes nähern. Vor dem Kreuz des Herrn fliehen die Teufel, die Hölle erzittert, Sünden werden zunichte, und Frieden breitet sich aus. Die Liebe sowie alles Gute erwacht.«

Das Verhör fand in der Bischofsstube statt. Dorthin wurde Schwester Katrín geführt. Nach der dunklen Arrestzelle hatte sie einen starren Blick und war blass. Doch ging sie aufrecht und war von einer gewissen Erhabenheit umgeben, die Jón ungelegen kam, noch ehe sie ein Wort gesprochen hatte. Wie konnte sie nur so würdevoll sein, wo sie doch wusste, welches Urteil ihrem Vergehen folgen würde. War sie in ihrer Verderbtheit so verbohrt, dass nicht einmal der drohende Tod sie beugen konnte? Oder war sie davon überzeugt, dass der Urteilsspruch wegen jener Macht, über die sie verfügte und die sie gegen ihre Ankläger einsetzen konnte, zurückgezogen würde?

Er wies ihr einen Platz auf der Bank an der Wand an. Und

ließ sich ihr gegenüber nieder, zwischen ihnen der Tisch. Darauf lagen der Brief und ein Tabernakel mit der entwürdigten Oblate, die die Äbtissin zwischen dreckigen Spänen auf dem Boden der Bücherei gefunden hatte. Er hatte seine würdevollsten Bischofsgewänder angelegt, die vorn und hinten mit einem Kreuz bestickt waren. Vor der Brust trug er eine schwere Kette mit dem Symbol des Herrn: ein großes, mit kostbaren Steinen besetztes Kruzifix. Doch keine dieser Abwehrmaßnahmen taugte gegen den Zauber dieser Frau. Sie blickten sich schweigend in die Augen, und er spürte, wie ihre Macht sich in seinem Geist und Körper ausbreitete. Siebzehn Jahre hatten sie äußerlich kaum verändert. Sie stand nicht länger in der Blüte ihres Lebens, und doch waren alle ihre Züge noch mädchenhaft. Aus den blaugrauen Augen sprach Liebe, die ihm ins Herz schnitt. Aus der Ferne schallte ein ironisches Lachen zu ihnen herüber.

Die Luft war stickig und staubig, sie kratzte im Hals. Er räusperte sich und hatte doch eine belegte Stimme, als er schließlich das Wort ergriff.

»Wie kann es angehen, dass du derartig in Sünde gefallen bist, wie mir gesagt wird und wie diese Beweisstücke gegen dich bezeugen?« Er wies mit dem Zeigefinger auf das Tabernakel.

Schwester Katrín wandte den Blick nicht von seinem Gesicht, als sie mit sanfter Stimme erwiderte:

»Diese Sünden sind nicht meine, wie du sehen kannst, wenn du die Handschrift des Briefes mit meiner in unseren Büchern vergleichst. Und doch bekenne ich mich freudig zu jenen Vergehen, deren ich bezichtigt werde. Sie wiegen leicht gegen jene, die ich in der Tat begangen habe und die niemals vergeben werden. Jetzt erhalte ich endlich Gelegenheit, meine Seele zu läutern. Gleichzeitig kann ich jenen Menschen vor einem grausamen Tod bewahren, gegen den ich mich versündigte. Allerdings hätte ich nie geglaubt, dass Gottes Gerechtigkeit dergestalt wirksam wird wie jetzt, nämlich dass dir die Zuchtrute in die Hände gelegt würde, mein lieber guter Jón, dass du derjenige sein würdest, der meine Seele aus den Höllengriffen befreit. Gott straft wirklich jene, die er liebt.«

Er besah sich den Brief noch einmal und bemerkte erst jetzt die kindliche Handschrift. Er wusste, dass sie die Wahrheit sagte, und wunderte sich sehr über ihre Worte.

»Für wen übernimmst du eine so schwere Schuld?«, fragte er. »Warum soll diejenige nicht selbst für eine derartige Abscheulichkeit bezahlen? Warum fällt dir ein, dass ich zu deinem Komplizen werden und dein Blut vergießen würde, wenn es unschuldig ist?«

»Ich sagte nicht, dass ich schuldlos bin«, antwortete Katrín gefasst. »Ich bin viel schuldiger als jene, nach der du fragst. Sie hat in ihrer Unkenntnis einen Fehler begangen, weil sie nie etwas anderes kennen gelernt hat und weil ihr das Böse folgt, seit wir sie auf der Klosterheide in einem Fuchsbau aussetzten. Die Schuld unserer Tochter ist daher unsere Schuld, und wir begleichen diese Schuld zu Recht. Ich mit den Qualen des Feuers, du mit den Qualen des Herzens.«

»Unsere Tochter?«, flüsterte er ungläubig und entsetzt. »Du lügst, du bist von Sinnen, du sprichst mit der gespaltenen Zunge der Natter.« Doch im gleichen Augenblick wurde ihm klar, dass – sollte sie die Wahrheit sagen – er nicht schuldig war für das, was seine Seele so sehr geplagt hatte. Er war nicht des Mordes schuldig. *Gott hasst die Hände, die unschuldiges Blut vergießen,* sagt die Heilige Schrift. Diese Worte hatten sich in seiner Seele eingenistet und sein Leben fast zwei Jahrzehnte lang bestimmt. Sie antwortete nicht auf seine Anschuldigungen und sprach weiter, als hätte sie nichts gehört:

»Die Hebamme auf der Heide zog sie in Armut und Not groß. Es mangelte ihr an körperlicher und geistiger Nahrung. Nach dem Tod der Alten im letzten Sommer kam sie hierher und erhielt Arbeit in der Küche. Ich erkannte sie sogleich, so täuschend ähnlich ist sie dem Manne, der sie zeugte. Ihre innere Einstellung ist mir jedoch größtenteils verborgen.

Manchmal erkenne ich in ihr deine Leidenschaft, doch es fehlt ihr an jeglicher Größe. Sie ist davon geprägt, dass sie in der Kate einer Zauberin aufwuchs und deren Künste lernte. Deine Aufgabe wird es sein, sie zu bessern. Wenn mein Körper zu Asche geworden ist und du diesen Ort verlässt, sollst du sie mitnehmen und das Böse auslöschen, das in ihr steckt. Lehre sie das Gute, denn das wird sie hier als Dienstmädchen in Kirkjubær nicht können. Sie ist gelehrig, Jón. Versprich mir, dass du sie lehren wirst.«

»Wie heißt sie?«, fragte er mit gebrochener Stimme.

»Tófa wird sie genannt, Elfentochter.«

Er zuckte bei ihrer Antwort zusammen, spürte einen bitteren Geschmack im Mund. Der Albtraum hatte Menschengestalt angenommen.

»Und was, wenn ich mich weigere, aus deinem bitteren Kelch zu trinken?«, fragte er hilflos. »Was, wenn ich dich für unschuldig erkläre und dieses Mädchen zum Tod auf dem Scheiterhaufen verurteile, wie es meine Pflicht wäre?«

Sie schüttelte den Kopf. »Das wirst du nicht tun. Denn dann würde ich dich für unkeusch erklären und zum Vater meines Kindes. Ich würde uns alle drei ins Verderben stürzen. Lass mich für meine Schuld büßen, damit ich am Jüngsten Tag ins Paradies eingehen kann, und begleiche du deine Schuld, indem du meinem Wunsch nachkommst und unsere Tochter in Frömmigkeit und guten Sitten erziehst. Rotte das Böse aus, das wir mit unserer Lust säten.«

Er senkte zustimmend den Kopf. *Dein Wille geschehe.* Der Menschen Schritte werden von Gott gelenkt.

Die Flammen des Herrn

Ich schwieg, vom Glück verlassen,
doch mein Schmerz war aufgerührt.
Heiß wurde mir das Herz in der Brust,
bei meinem Grübeln entbrannte ein Feuer.
Da musste ich reden:
Herr, tu mir mein Ende kund
und die Zahl meiner Tage!
Lass mich erkennen,
wie sehr ich vergänglich bin.
(Psalm 39)

Es war auffallend still im Kloster. Das Schweigen, das früher Frieden verhieß, lag nun lastend über allem. Sogar in der Küche wurde geschwiegen und nur das Nötigste gesagt. Im Krankentrakt, wo die hinfälligen Alten lagen, war es ebenfalls still, und in der Webstube flüsterten jene Frauen, die sonst am lautesten waren, wie verängstigte Kinder.

Außerhalb der Klostermauern allerdings wurde geredet: In den Hallen des Verwalters, unter den Patern und Bediensteten, in den Zelten der Gäste und im ganzen Kirchspiel wurde von jenen furchterregenden Ereignissen gesprochen, die sich in Kirkjubær zugetragen hatten, und über das Urteil des Bischofs. Mit der Hinrichtung sollte nicht bis zur Eröffnung der Nationalversammlung in Þingvellir gewartet werden, auch wenn diese kurz bevorstand. Nein, die Schuldige sollte in der Gemeinde verbrannt werden, so schnell wie man einen Scheiterhaufen zusammentragen konnte, und man hatte bereits damit begonnen.

Bischof Jón jedoch befasste sich selbst nicht mit diesen Dingen, sondern war gleich nach dem Verhör in die Kirche gegangen. Dort hielt er sich seither fastend und betend auf. Der

Statthalter schickte sein Gefolge an die Arbeit und bestimmte den Ort: Der Scheiterhaufen sollte oben auf dem Felsblock Stapi errichtet werden, wo er weithin sichtbar wäre. Der eindrucksvolle Anblick würde nicht so schnell vergessen werden und wäre damit anderen die beste Warnung.

Schwester Randíður saß allein in der Bibliothek und weinte still. Ihre Schultern zuckten von den Schluchzern. *Warum, Gott, bist du so grausam? Sie, die sich all die Jahre gequält hat, warum strafst du sie weiter?*

Das Weinen beruhigte sie ein wenig, doch sie war immer noch außer sich vor Wut und Trauer. Sie war so versunken in ihre Gedanken und ihren Kummer, dass sie nicht bemerkte, wie jemand eintrat. Erst einige Zeit später fiel ihr, als ein Truhendeckel an die Wand schlug, auf, dass außer ihr noch jemand da war. Randíður trocknete ihre Augen mit einem Taschentuch, schnäuzte sich und ging nachsehen.

Es war Tófa, das Küchenmädchen. Sie saß mit ausgestreckten Beinen auf dem Boden vor den Büchertruhen. Einige Bücher lagen um sie herum, manche davon aufgeschlagen. Eines hielt sie auf dem Schoß und blätterte darin, Seite für Seite, ohne erkennbar zu lesen. Die Eifersucht umfing Randíður wie eine glühende Lavazunge. *Da war sie schon wieder!*

»Ich werde nie erfahren, was geschehen ist und auch nicht warum, aber eines weiß ich doch mit Sicherheit: Dass sie wegen dir sterben wird!«, sagte sie, und in ihrer Stimme lagen Schmerz und Zorn.

Das Mädchen schaute von dem Buch auf. Sie schien nicht erschrocken. In ihren braunen Augen lag nur Trauer.

»Ja«, sagte sie. »Es ist für mich.« Ihr vorbehaltloses Geständnis verschlug Schwester Randíður die Sprache. Sie hatte mit allem gerechnet, nur nicht mit dieser Antwort. Sie schwiegen eine Weile, und Tófa blätterte weiter, bis sie das Buch zuschlug.

»Hier ist nichts«, sagte sie hoffnungslos.

»Wonach suchst du?«

Tófa schüttelte den Kopf. »Ich weiß es selbst nicht, nach irgendeinem Gebet, einer Beschwörung, um die Ohren des Bischofs zu erreichen, um ihn zu quälen und zur Umkehr zu zwingen. Nach irgendetwas, das die Qualen des Feuers bannt. Einem Zauber, der mein Vergehen ihr gegenüber ausgleicht, um abzuwenden, was unabwendbar ist. Ich habe einmal geglaubt, dass alle Antworten in Büchern zu finden seien.«

Randíður kniete sich zu ihr, hob das Buch von Albucasis über die Heilung auf und öffnete es.

»Hier wird von vielen Kräutern berichtet, sowohl von jenen, die gut für Menschen sind, als auch von jenen, die ihnen gefährlich werden können«, sagte sie. »Todgeweihte kann man nicht retten, aber es mag sein, dass du ihrem Tod die Qualen nehmen kannst, wenn du bereit bist, dein eigenes Seelenheil zu riskieren.«

Tófa erwiderte leise: »Sag mir, was ich tun muss, und ich werde es tun.«

Randíður betrachtete das Mädchen und beruhigte sich. Sie schämte sich zwar dafür, selbst nicht genügend Liebe oder Mut zu besitzen, um das zu tun, was sie von dem Mädchen erwartete, und doch passte es groteskerweise zu allem, was vorangegangen war.

»Komm«, sagte sie zu Tófa, und sie gingen aus der Bibliothek durch den Klostergarten und hinüber zum Krankenzimmer. Dort trafen sie Schwester Guðrún an. Sie saß auf der Bettkante und spielte Schach mit der Übergeschnappten Sóley, von der böse Zungen behaupteten, dass sie ihre Tochter sei.

Randíður hatte das Buch von Albucasis dabei und bat Schwester Guðrún beiseite. Sie gingen in die Kammer, in der Kräuter, Salben und Aufgüsse für die Kranken aufbewahrt wurden. Tófa blieb bei der Verrückten zurück und wartete.

»Spiel mit mir«, sagte Sóley, und Speichel rann aus ihrem Mund.

Tófa nahm eine Schachfigur vom Tisch und stellte sie an der gleichen Stelle wieder hin.

»Ich kann es nicht«, sagte sie.

»Das macht nichts«, sagte Sóley und lächelte einfältig. »Ich kann es auch nicht, aber Schwester Guðrún tut so, als könnte ich es. Ich tue so, als ob du es könntest.«

Tófa tat ihr den Gefallen und schob eine Figur nach vorn, die Dumme tat es ihr nach. Tófa zog mit einer anderen, Sóley quietschte und klatschte vor Freude in ihre fleischigen Hände.

Die Zeit verging, und Tófa machte sich Sorgen. Die Köchin Þórgunnur würde sie bereits vermissen. Endlich kamen die Frauen aus der Kammer zurück. Guðrún war bleich und bat Gott, ihr und allen anderen zu vergeben. Tófa nahm von ihr eine kleine Flasche entgegen, die in einen Stofffetzen gewickelt war, und versteckte sie in ihrer Schürzentasche.

Randíður ging mit Tófa ein Stückchen zur Seite. »Du musst dies heute Abend in ihr Essen tun«, sagte sie. »Es ist die einzige Gelegenheit, die du hast, denn morgen früh …« Randíður schwieg, die Worte blieben ihr im Halse stecken. Sie umfasste Tófas Hände und drückte sie so fest, dass es schmerzte.

»Sag ihr, dass ich sie liebe. Sag ihr, dass ich sie immer geliebt habe, nicht nur wie eine Schwester. Und sag ihr, dass ich für sie beten werde.« Dann ließ sie Tófas Hände los, drehte sich abrupt um und verschwand in Richtung Kirche.

Die Strandhafergrütze war mit den Tränen der Köchin Þórgunnur gesalzen.

»Sie hat ihr Lebensleid in Stille ertragen, was immer es auch gewesen sein mag, und niemand etwas zu Leide getan, höchstens sich selber. Wenn es auch sein mag, dass es ihr an Unterwürfigkeit gegenüber ihren Vorgesetzten fehlte«, sagte sie zu den Mägden wie zu sich selbst und rührte mit einem großen

Kochlöffel kräftig im Grütztopf. »Ich will mich mit der Frau Äbtissin oder dem Herrn Bischof nicht darüber anlegen, ob sie das heilige Sakrament geschändet hat oder nicht, zumal sie es selber zugab, aber dass sie den Papst geschmäht hätte, ist doch gelogen. Der Kaufmann hatte ein loses Maul und sagte es allen, die es hören wollten.«

Sie ging vom Topf weg, um die Fladenbrote von der Feuerstelle zu nehmen. Das Fläschchen lag noch unberührt in Tófas Schürzentasche. Die Grütze war auch für andere gedacht. Schwester Katrín solle Butter auf ihren Fladen bekommen und Käse dazu, sagte Þórgunnur bestimmt. Die Mägde nickten und gehorchten alle wortlos. Ihnen widerstrebten Katríns Taten, aber sie kannten sie doch seit Jahren. Wie konnte es sein, dass sie in wenigen Stunden auf diese grausame Weise sterben sollte?

Heute Abend musste viel bedacht werden. Mehr als zehn Dutzend Mann würden in Kirkjubær zur Nacht essen, und die Köchin nickte erleichtert, als Tófa anbot, der Verurteilten das Essen zu bringen.

Die Arrestzelle schloss sich im Osten an die Gebäude an, so dass man den Hof überqueren musste, um sie zu erreichen. Niemand sprach Tófa an oder widmete ihr besondere Aufmerksamkeit, als sie dort entlang ging, niemand außer einem geduckten Tier, das einem Hund ähnelte und doch keiner war. Es lief auf sie zu und dann wieder fort in Richtung Berge, als sie es verscheuchte und sich hastig bekreuzigte. An der Schuppenwand hielt sie inne und zog die Flasche hervor. Die Flüssigkeit war erdbraun und löste sich in der Grütze auf, ohne ihre Farbe merklich zu verändern.

Zwei Männer hielten Wache vor der Zelle, beide mit Schwertern bewaffnet. Tófa kannte sie nicht, es waren keine Knechte des Klosters. Sie nahmen ihr den Fladen, die Butter und den Käse weg und vertilgten die Sachen selbst.

»Das ist viel zu gut für eine Verurteilte«, sagte einer von ihnen. Den Napf mit der Grütze rührten sie nicht an, dem

Himmel sei Dank. Danach schlossen sie die Tür zu Katríns Gefängnis auf und stießen Tófa hinein, so dass sie beinahe mit der Grütze gestürzt wäre. Einer sagte, dass sie klopfen solle, wenn sie wieder heraus wolle.

Drinnen roch es nach Erde und Schimmel. Eine brennende Kerze auf einem Ständer erhellte die fensterlose Zelle gerade genug, dass Schwester Katrín das Gebetbuch lesen konnte, das sie in den Händen hielt. Sie legte es zur Seite, nahm den Grütznapf entgegen und wies Tófa einen Platz auf der schmalen Bettstatt an der Wand an. Zunächst schwiegen sie, und Schwester Katrín aß von der Grütze. Sie hatte einen bitteren Beigeschmack.

Tófa unterbrach die Stille, sie überbrachte ihrer Mutter die Grüße von Schwester Randíður Wort für Wort.

»Sie hat dich geliebt, nicht nur wie eine Schwester«, wiederholte sie. »Das war es, was sie sagte.«

»Ich weiß.« Katrín lächelte und war doch traurig. »Ich konnte Randíður ihre Liebe nie so vergelten, wie sie es verdient hätte. Meine Liebe zu deinem Vater hat alles andere überschattet, auch lange nachdem er gegangen war. So viele Jahre glaubte ich, dass er wiederkäme.«

»Meine Mutter.« Die Wörter kamen ihr schwer über die Lippen. »Wer ist er, wer ist mein Vater?«

Katrín besah ihre Hände und wägte ihre Worte sorgfältig ab. »Er ist kein schlechter Mensch«, sagte sie dann. »Aber er kennt die Liebe nicht und trägt ihre Kraft nicht in sich. Es ist Jón Sigurðarson.«

»Der Bischof!« Tófa schrie es heraus. »Nein, nicht er, nicht er!«

Katrín fasste ihren Arm mit festem Griff. »Sei ruhig, sonst kommen die Wächter, und ich muss dir noch so viel sagen.«

Tófa biss sich auf die Lippe und spürte den Geschmack von Blut auf der Zunge.

»Jón hat versprochen, sich um dich zu kümmern, wenn ich …« Katrín beendete den Satz nicht. »Geh mit ihm nach Skálholt und lerne dort, was er dich lehren kann. Ich kann dich nichts lehren, außer vielleicht die Lektion, dass man Betrug mit dem Leben bezahlen muss. Aber denen, die lieben, wird alles vergeben, sagte meine Mutter. Ich wollte ihre Sünden mit einem Leben im Kloster sühnen, doch ich fiel in die gleiche Grube wie sie: Unzucht und Lüge. Ich liebte einen Mann, der einer anderen gehörte. Die Braut meines Vaters war jene Frau, die heute Äbtissin des Klosters von Kirkjubær ist, und die Braut deines Vaters ist die heilige Kirche. Wegen ihm und mir zuliebe habe ich dich verleugnet, mein eigenes Fleisch und Blut, und eine schwerere Sünde kann man nicht begehen. Sie richtete sich nicht nur gegen dich, sondern auch gegen Gott und das Leben selbst. Und wenn du am Leben geblieben bist, dann war es nicht durch mein Dazutun, sondern durch Gott den Allmächtigen. Ich hörte das Gerücht vom Blutschandekind auf der Heide, und als ich dich als heranwachsendes Mädchen in der Kirche sah, wusste ich, wer du warst, so ähnlich bist du deinem Vater. Ich wusste, dass du durch ein rätselhaftes Wunder vor jenem grausamen Tod bewahrt wurdest, den wir dir zugedacht hatten. Meine Sünde wuchs daher mit den Jahren, denn ich verleugnete dich auch weiterhin. Meine Schuld wurde immer schwerer. Jetzt ist die Gelegenheit zur Sühne gekommen, und ich begrüße sie. Wenn ich mich auch nicht über meinen Tod freue, so heiße ich ihn doch willkommen und finde mich damit ab, dass er naht. Nur auf diese Weise kann ich Gott geben, was Gottes ist. Die Flammen des Herrn werden mich von der Sünde befreien. Wenn ich sie jetzt fliehen und dich an meiner Stelle ein weiteres Mal opfern würde, müsste ich in alle Ewigkeit in den Höllenflammen schmoren. Betrauere mich nicht, bete für meine Seele, wie ich für die Seele meiner Mutter gebetet habe, und versuche zu vergeben. Anderes erwarte ich nicht, Tófa, meine Tochter.«

Das Mädchen lauschte voller Erstaunen und bewunderte seine Mutter, die unerschrocken und mutig dem Tod auf dem Scheiterhaufen ins Auge blickte. Weiß glühende Flammen, die sie verbrennen und verzehren würden, und unendliches Leid, das einem so furchtbaren Todestag folgen müsste. Was sollte man einem solchen Menschen vergeben, der sein Leben für einen anderen Menschen opferte, für Tófa, das Gör aus der Kate, die Arme, die nichts konnte und nichts verstand und keinen anderen Beweis für ihre Herkunft hatte als einen roten Stofffetzen?

»Dir wird alles verziehen werden«, flüsterte sie. »Ihm nicht.«

Katrín streichelte ihre Wangen und lächelte. Tófa senkte den Blick und sah den Grütznapf, den Katrín zur Seite gestellt hatte, kaum dass sie den Inhalt angerührt hatte.

»Du musste die Grütze essen«, sagte Tófa bedrückt. Katrín runzelte verwundert die Stirn.

»Wieso das? Ich habe keinen Hunger.«

Dem Mädchen fiel nichts als die Wahrheit ein, und es konnte sie doch nicht sagen, nicht direkt. Und das brauchte es auch nicht.

»Du musst einfach«, sagte sie. »Das Feuer brennt so heiß.«

»Ich weiß«, sagte Katrín. »Aber es reinigt.«

»Tu es für mich und für Randíður«, bat Tófa verzweifelt. »Dein Opfer wird dadurch nicht beeinträchtigt.«

»Jetzt geh. Gott segne dich, meine Tochter.«

Tófa erhob sich. »Ich lasse den Napf zurück«, sagte sie. »Falls du doch noch Hunger bekommst.«

Katrín breitete die Arme aus, und sie küssten sich. Nie zuvor war dies geschehen, und es würde nie mehr geschehen.

Tófa klopfte an die Tür, und die Wächter entließen sie in das schwindende Tageslicht.

Der Bischof persönlich nahm ihr am nächsten Morgen die Beichte ab, reichte ihr das Sakrament und salbte sie. Es erzeugte einige Verwunderung, dass er einer Häretikerin derartige Dienste erwies. Dennoch sagte niemand ein lautes Wort.

Das Schweigen der Leute, die sich bei der Kirche versammelt hatten, war nahezu greifbar. Die Sonne brach aus den Wolken hervor und streute ihre Strahlen über Kirkjubær. Der Schatten des Kirchturms fiel über die Menschenansammlung. Die Glocken erklangen. Ihr Schall war schwer und sorgenvoll.

Auf der Kirchentreppe nahm Frau Agnes Katrín alle Zeichen der Nonnenwürde ab, den Ring und den Schleier ebenso wie das Skapulier, danach die Kutte, so dass sie nichts anderes zurückbehielt als das ärmellose Unterkleid. Zum ersten Mal, seit sie ein junges Mädchen war und von den Grausamkeiten des Lebens noch nichts wusste, stand sie barfuß und ohne Kopfbedeckung vor den Leuten. Ihr Haar war auf Schulterlänge gestutzt, doch golden wie zuvor, höchstens eine Spur dunkler als damals. Sie wirkte stolz wie eine Königin trotz ihrer spärlichen Kleidung, mit schlankem weißem Hals und heller Haut. Als der Wind ihr Gewand erfasste, waren die Umrisse ihrer Brüste zu erkennen, immer noch fest wie bei einem Mädchen. Niemand außer Schwester Randíður und Tófa sah, dass ihre Lippen unnatürlich blau waren, ihr Blick abwesend wie bei einer Betrunkenen.

Um ihre Handgelenke schlang sich ein grobes Seil. So wurde sie zur Hinrichtungsstätte geführt, dem Felsblock Stapi, der sich südlich von Kirkjubær hoch aus der Landschaft erhebt. Vor der Prozession gingen Fackelträger einher, zwei an der Zahl, gefolgt von Jón Sigurðarson, der seinen weinroten Bischofsornat trug, mit der Mitra auf dem Kopf und dem Krummstab in der Hand. Ihm folgte der Statthalter, gegürtet mit seinem Schwert. Danach kamen die Pater und Prälaten, nach ihnen die Äbtissin und die Nonnen. Hinter ihnen ging die Verurteilte, an jeder Seite einen Wächter des Statthalters in voller Bewaffnung. Ihnen schloss sich das Volk an: die Gefolgschaft der höheren Herren, die Gemeinde und allerhand Leute, die Wind von den Ereignissen bekommen hatten.

Der Weg führte über die Hauswiese und über kleine Bächlein. Gelber Hahnenfuß und leuchtender Löwenzahn im frischgrünen Gras wurden zertreten. Andernorts war der Boden sumpfig und feucht. Hin und wieder mussten die Wächter ihren Schritt verlangsamen, denn Schwester Katrín strauchelte ein ums andere Mal, selbst über kleine Grasbuckel. *Meine Füße sind schwer wie Blei.*

Die Leute unterhielten sich, wurden jedoch leiser, je näher sie zum Felsblock Stapi kamen, und als die Prozession den Aufstieg begann, verstummten sie ganz. Nur weniges berührt die menschliche Seele so tief wie der Tod.

Ich habe Angst. Wo ist meine Tochter?

Tófa bahnte sich einen Weg durch die Menschenmenge. Die Leute standen dicht beisammen und verstellten ihr die Sicht. Schließlich sah sie ihre Mutter, sah, wie sie auf dem steilen Weg strauchelte und fiel, ohne sich mit den gebundenen Händen abstützen zu können.

Komm, Dunkelheit, komm.

Der Bischof drehte sich um, ging zu ihr hin, kniete nieder und versuchte sie aufzurichten. Er sagte etwas, das niemand außer ihr hören konnte, und segnete sie. Dann hob er die Frau auf seine Arme und trug sie den restlichen Weg hinauf bis zur Kante des Felsblocks, wo der Scheiterhaufen ihrer harrte.

Die Nächststehenden wurden Augenzeugen dieser Szene und beschworen später, dass der Herr Bischof über der sündigen Frau Tränen vergossen und sie auf die Stirn geküsst hätte.

Irgendwie gelang es, sie an den Pfahl zu binden. Der Bischof half mit und hielt sie aufrecht. Als er von ihr ging, sank ihr Kopf auf die Brust. Vorher hatte ein warmer Hauch geweht, doch nun war er zum Sturm angewachsen. Ihr Haar flog im Wind, und der Rocksaum wurde hochgeweht, so dass ihre nackten Beine zu sehen waren.

Vater, in deine Hände befehle ich meinen Geist.

Das untere Holz des Scheiterhaufens war feucht, und es gelang nur schleppend, das Feuer zu entzünden. Als es schließlich aufflammte, stieg dichter Qualm hoch, der Katrín den

Blicken entzog. Der Rauch wurde immer dichter. Die Nächststehenden begannen zu husten, und ihre Augen tränten. Vom Scheiterhaufen war außer dem Knacken des Feuers nichts zu vernehmen, und als der Wind die Rauchwolke für einen Augenblick verwehte, war bei Katrín kein Lebenszeichen zu erkennen. Die gierigen Feuerzungen leckten bereits an ihren Waden.

»Sie ist vom Rauch eingedämmert«, sagte ein Mann, der hinter Tófa stand. Einige Leute dankten Gott, viele bekreuzigten sich.

Ein schwacher Geruch versengten Fleisches stieg auf.

Begleichung der Schuld

Liebe ist ihre Flamme, denn sie glühen mehr
in der Hitze der Liebe, da sie
im Licht der Göttlichkeit sehen.
(De sancto Michaele et omnium angelorum/
Vom heiligen Michael und allen Engeln;
aus dem isländischen Homilienbuch)

Die drei Mönche in Þykkvabær wurden streng bestraft. Zuerst mussten sie die Rute über sich ergehen lassen, dann Halseisen und Fußschellen und die öffentliche Demütigung am Pranger. Bei diesem Anblick wurde Tófa an jenen Tag erinnert, als Greipur der Dieb vor der Marienkirche angeprangert worden war. Sie war daher erleichtert, als die Angelegenheit beendet war und der Bischof mit seinem Gefolge nach Skálholt aufbrechen konnte.

Bischof Jón war ein steifer und strenger Mann, und sie fand es furchtbar, dass er ihr Vater sein sollte. Sie hasste ihn, obwohl sie ihm alles zu verdanken hatte, selbst das nackte Leben. Sie hatten noch nicht miteinander gesprochen, doch er hatte einen Mann geschickt und in Kirkjubær mitteilen lassen, dass Tófa ihm folgen und zukünftig am Bischofssitz leben sollte. Stets hatte sie das Bild ihrer Mutter auf dem Scheiterhaufen vor Augen. Die Schuld quälte sie mehr als die Trauer, und doch glaubte sie, das Überleben verdient zu haben.

Jón ließ sie in jeder Hinsicht gut behandeln. Sie teilte Essen und Schlafplatz mit jenen Frauen, die die Zimmer am Bischofssitz versahen. Das Anwesen war so groß und hatte so viele Bedienstete, dass die Mägde, denen schwere Arbeiten wie Stalldienst und die Küche oblagen, in einem anderen Raum schliefen. Auch bekam sie neue Kleidung: Kittel mit weitem Rock und farbigen Mustern und einer Knopfleiste am Hals, wie es im Ausland gerade üblich war, über der Brust eng geschnitten. Der alte zerschlissene Kittel, den sie aus der Heidekate mit nach Kirkjubær gebracht hatte, wurde ihr weggenommen, und sie bekam ihn nicht wieder. Mag sein, dass man ihn verbrannte.

Anfangs brauchte sie nicht viel zu tun und konnte sich nach Belieben umsehen. Es gab viel Neues und weitaus mehr Leute als an anderen Orten Islands. Die Häuser waren größer und höher als in Kirkjubær, dessen Gebäude doch als durchaus ansehnlich galten. In Skálholt hatten viele Häuser zwei Stockwerke, wie Lager und Schlafhäuser, und eine Treppe führte nach oben. Die Domkirche glich vom Baustil her der Marienkirche, war jedoch viel größer und so hoch, dass jeder Mensch, der dort eintrat, sich seiner Winzigkeit bewusst wurde und die Nähe Gottes des Allmächtigen mit neuer Tiefe empfand. Am Hochaltar wurden die Reliquien des heiligen Þórlákur in einem Schrein verwahrt, dem besten und schönsten im ganzen Land. Er war mit Gold beschlagen und mit kostbaren Edelsteinen besetzt.

Ein ständiger Menschenstrom bewegte sich nach Skálholt. Viele Leute beglichen den Kirchenzehnten in Talg, Holz oder Leinen, andere brachten dem heiligen Þórlákur Opfer wie Kerzen, Weihrauch, Wollstoff und manchmal ihrer Hände Arbeit, wenn sie nichts anderes hatten, um für seine großen und kleinen Wunder zu danken. Die meisten Besucher jedoch waren Almosenempfänger und Obdachlose aus dem Hinterland, die vor dem Vulkan Hekla geflohen waren, der immer noch Feuer, Rauch und Asche spuckte, alle Pflanzen erstickte und damit auch das Vieh in seiner Nachbarschaft tötete.

Gäste und Durchreisende kamen zur Kirche, um zu danken und zu beten. Dort sah man bessere Leute in feiner, modischer Kleidung ebenso wie Bauern in derben Sachen und Arme in schäbigen Fetzen, doch der heilige Þórlákur und die Muttergottes wiesen niemanden ab, der in Demut erschien, und die dargereichten Opfer wurden nicht nach ihrem weltlichen Wert bemessen, sondern nach der Reinheit des Herzens.

Tófa fühlte sich in der Domkirche wohl. Dort war sie mit ihren Gedanken, der Reue und dem Bedauern allein. Die Messgesänge beschwichtigten ihren ohnmächtigen Zorn und Hass ebenso wie die kunstvoll gemalten Bilder und die Statuen der Seligen und Heiligen. Es war ihr nicht möglich, in bösen Gefühlen aufzugehen, wenn all diese Schönheit ihre Sinne ergriff.

Einige Zeit nach ihrem Eintreffen in Skálholt wurde Tófa aufgefordert, täglich nach dem Frühstück in die Webstube zu kommen. Dort sollte sie auf Wunsch des Herrn Bischofs verschiedene Handarbeiten erlernen. Zuerst empfand sie dies als eine gewisse Ehre. Die Dienstmädchen begannen zu flüstern, was sich wohl hinter den Vorrechten dieses Kätnermädchens verbarg, dass der Bischof sich persönlich um ihre Ausbildung kümmerte.

Sie erhielt eine Nadel, gefärbtes Garn und Stramin und sollte ein gemaltes Bild nachsticken. Doch ehe sie die Nadel auch nur einmal in den Stoff stechen konnte, wurde ihr alles wieder entrissen, und sie wurde hinausgeschickt, um sich die Hände zu waschen und die Trauerränder unter den Nägeln zu entfernen. Hinter ihrem Rücken hörte sie einige Mädchen kichern. Sie schrubbte ihre Hände im kalten Wasser, bis sie blutunterlaufen waren. Der Dreck unter den Nägeln verschwand, doch der Schmutz in den Handflächen blieb haften. Voller Scham brach sie in Tränen aus. Am liebsten wäre sie nicht mehr in die Webstube gegangen, doch sie nahm das Nähzeug mit blutrotem Gesicht wieder entgegen. Die Arbeit gelang ihr nicht. Sie stach sich in die Finger, und die Stiche waren zu kompliziert. Die fortgesetzten Erklärungen der Näherinnen waren spöttisch, und sie litt unter ihrer Unkenntnis und ihrer Herkunft wie nie zuvor. Dennoch war sie nicht bereit aufzugeben. Wieso sollte sie dieses Handwerk nicht ebenso erlernen wie das Lesen? Doch ihre mit Hornhaut überzogenen Finger führten die feine Nadel ungeschickt. Sie stach an der falschen Stelle ein, das Garn verwirrte sich und schlüpfte aus dem Öhr. Die tadelnden Worte und Blicke der Frauen machten die Sache nicht besser. So ging es eine Weile mit ihrer Ausbildung. Bis sie eines Tages fand, nun sei es genug, und die Handarbeit weglegte. Sie ging hinaus und achtete nicht auf die Ermahnungen der Näherinnen, die ihr befahlen zurückzukommen.

Sie ging zur Kirche und hoffte, dort Ruhe zu finden, doch in der Vorkirche wurde ein neues Altarbild aufgehängt. Sie wollte gerade wieder gehen, als der rotblonde Mann, den sie manchmal bei der Arbeit am Triptychon gesehen hatte, sie zu sich rief und sie bat zu bleiben. Er fragte, ob sie die Tafel nicht in fertigem Zustand sehen wollte. Tófa hielt inne und betrachtete die Abbildungen. Sie waren wirklich gut gemalt. In der Mitte war Gott mit langem väterlichem Bart, zu seiner Rechten der gekrönte Sohn, die Lebenden und die Toten richtend, und zur Linken die barmherzige Muttergottes mit sanfter Miene. Auf den äußeren Flügeln des Triptychons war die Auferstehungsszene zu sehen: Jesus Christus, der sich erhoben hatte, und die drei Frauen am leeren Grab, Maria Magdalena, Maria und eine dritte, eine Frau aus dem Volk ohne Heiligenschein. Sie hatte pechschwarzes Haar, braune Augen und vertraute Gesichtszüge. Tófa berührte ihr eigenes Gesicht wie abwesend mit den Fingerspitzen und spürte die Hitze in sich aufsteigen, als der Maler ihr lächelnd zunickte.

»Gefällt dir das Bild?«, fragte er.

»Warum hast du sie aussehen lassen wie mich?«, erwiderte Tófa ziemlich barsch. Wollte er sich über sie lustig machen?

Der Maler lächelte noch immer und seine Miene war freundlich. Er war jung, wenn auch einige Jahre älter als Tófa, und er kam ihr bekannt vor, wenn sie sich auch nicht daran erinnern konnte, wo oder wann sie ihm schon einmal begegnet sein könnte.

»Ich wollte es einfach«, antwortete er. »Du verbringst viele

Stunden hier, und ich hatte oft Gelegenheit, dich anzusehen, ohne dass du es bemerktest. Es war vielleicht nicht schön von mir, dich nicht um Erlaubnis zu fragen, aber ich fürchtete, dass du ablehnen würdest.«

Tófa sah ihn ungläubig an, doch seine blauen Augen wichen ihrem forschenden Blick nicht aus. Höchstwahrscheinlich log er nicht. Ein angenehmes Gefühl durchströmte sie. Er *hatte* gefürchtet, dass sie ablehnen könnte!

»Ich heiße Tófa«, sagte sie nach einer kurzen Pause.

»Ich weiß, wer du bist«, antwortete er. »Ich weiß noch, wie du dich mit den Jungen in Kirkjubær geprügelt hast. Ich heiße Páll und werde Páll der Kunstmaler genannt, weil ich mit dem Pinsel umgehen kann.«

Da erinnerte sie sich an ihn, den rotblonden Retter auf der Kirchentreppe. Die Erinnerung hatte ihn zum Engel gemacht, der die weißen Flügel unter einem kostbaren Umhang verborgen hielt. Er hatte geglaubt, sie sei ein Junge. Sie blickte zu Boden, noch röter im Gesicht als zuvor.

»Wer hat dich das Malen gelehrt?«, fragte sie, um etwas zu sagen.

»Ich habe es in Norwegen gelernt«, sagte er, und in seiner Stimme schwang Stolz mit. »Mein Lehrer war ein Isländer, der für den Bischof in Bergen malte, Þórarinn Eiríksson, Kunstmaler.«

»Nennt ihr euch alle ›Kunstmaler‹?«, fragte sie, nun weniger schüchtern. Er wurde etwas verlegen, zögerte und antwortete dann: »Nein, nicht alle.«

»Ich weiß so wenig«, beeilte sie sich zu sagen, damit er sich besser fühlte. Er nickte und lächelte wieder.

»Sieh mal«, sagte er und wies auf die Darstellung Gottes auf dem Altarbild. »Die Krone hier ist mit Blattgold belegt, auch die Heiligenscheine. Deswegen scheinen sie zu glühen. Und für die Gewänder des Vaters und des Sohnes benutze ich meist Indigo, das anderen Farben überlegen ist.«

»Die beiden Marien sind weiß, aber die andere Frau, die

dritte, trägt ein rotes Gewand«, sagte Tófa. »Ist das eine gute Farbe?«

»Es ist eine heiße Farbe«, antwortete Páll der Maler, »denn sie trägt verborgene Leidenschaften in ihrer Brust.«

Es wurde zur Vesper geläutet, und sie beendeten ihr Gespräch. Tófa spürte ihr Herz klopfen, als er gegangen war und sie dem Messgesang der Pater lauschte.

Tófa ging nicht mehr in die Webstube zurück, nicht einmal nachdem eine freundlich Frau zu ihr gekommen war und sich erboten hatte, sie Blättchenweberei anstelle des Stickens zu lehren, falls ihr das besser liegen sollte.

Wenige Tage danach ließ der Bischof nach ihr schicken, um vor der Abendandacht im Parlatorium mit ihr zu sprechen. Sie wurde von Angst und Feindseligkeit gepackt, doch es blieb ihr nichts anderes übrig als zu gehorchen. Einige Male hatte sie ihn in der Kirche und zwischen den Gebäuden gesehen, doch sie hatten nie miteinander gesprochen. Stets wandte er den Blick ab und bekreuzigte sich.

Bischof Jón Sigurðarson war allein in seinem Besprechungszimmer, als sie eintrat. Weder seine Schreiber noch die Prälaten waren zu sehen. Die Räumlichkeiten waren wie zu erwarten stattlich. Dabei hatte er einigen von seinem Vorgänger stammenden Luxus entfernen lassen und nur die nötigsten Möbelstücke behalten. Die Wände waren mit dicken, dunklen, aber unbestickten Teppichen behängt. Der einzige Schmuck des Raumes waren die verzierten Arme eines schweren Kandelabers, der an einer Kette von der Decke hing. Er selbst trug die schlichte Soutane der Mönche, und das einzige Symbol seiner Würde war ein mit Edelsteinen verziertes Kruzifix an einer schweren Goldkette, die um seinen Hals lag.

Jón forderte sie zum Sitzen auf, er selbst aber erhob sich und ging auf und ab, während er sprach. Nur um seinen Worten Nachdruck zu verleihen, blieb er stehen. Er hatte von ihrer

Trägheit, Handarbeiten zu erlernen, gehört. Auch dass sie den Anweisungen nicht folge. Er wollte den Grund wissen, ob sie nicht lernen wolle?

»Ich bin lernbegierig«, antwortete Tófa, »aber mir missfällt die Gesellschaft jener, die besser sein wollen als ich.« Sie verschränkte ihre Hände und sah ihn herausfordernd an. Der Bischof war ein großer Mann. Er überragte sie mit seiner dunklen Erscheinung mit den schwarzen, schweren Augenbrauen. Seine Tonsur glänzte von Schweiß, obwohl es kalt war und das Feuer im Ofen erloschen.

»Du musst dich in den Frauenkünsten ausbilden«, sagte er.

»Ich will Bücher lesen«, erwiderte sie trotzig und selbstbewusst. »Ich will lieber in der Schulstube sitzen und lesen, als in der Webstube, wo mir meine Unkenntnis zu Hohn und Spott gereicht.«

Er blieb stehen. »Frauen haben kein Recht, dort zu sein, wo Männer zu Patern ausgebildet werden.«

»In der Schule unterrichtet eine Frau Grammatik, wird jedenfalls gesagt«, sagte Tófa.

»Ingunn die Gelehrte nimmt den Scholaren die Lateinlektionen ab, das ist richtig«, entgegnete Jón. »Aber sie stammt aus gutem Hause und beherrscht die Frauenkünste ebenso gut wie die Grammatik. Und sie ist eine erwachsene Frau.«

»Stammt sie von besseren Leuten ab als ich?«

Er zuckte bei ihrer Frage zusammen. Wollte das Mädchen ihm drohen?

»Darüber sollten wir nicht sprechen«, sagte er fast unterwürfig. »Vielleicht kann Ingunn dich die Schriftsprache lehren, anderes jedoch nicht. Du wirst die Schulstube nicht betreten, wenn Gesang, Lesen oder die Interpretation der Heiligen Schrift und andere Wissenschaften unterrichtet werden.«

»Darf ich die Bücher aus der Bibliothek lesen?«

Er nickte ungeduldig. »Ja. Und nun geh, ich muss an vieles andere denken.«

Aber sie wollte nicht gehen, noch nicht.

»Was soll ich den Leuten sagen, wenn sie fragen, woher ich stamme und weshalb der Herr Bischof mir gegenüber so großzügig ist?«, fragte sie.

Er sah rasch auf. »Was hast du bisher gesagt? Doch nicht etwa …«

Sie schüttelte den Kopf. Eine Weile verging in Schweigen.

»Sag, dass wir blutsverwandt sind«, antwortete er. »Entfernt verwandt allerdings. Sag, dass ich deine Vormundschaft als Seelenheil übernommen habe, so wird am wenigsten gelogen und unsere Ähnlichkeit erklärt.«

Tófas Anwesenheit quälte ihn mehr, als sie sich vorstellen konnte. Allein das Mädchen so nahe vor sich zu sehen ließ seine Hände zittern. Er versteckte sie hinter dem Rücken, um seine Unsicherheit zu verbergen. Fast jede Nacht wurde er von Albträumen und Teufeln heimgesucht. Manchmal war es ein Fuchs, der eine blutige Nachgeburt hinter sich her über die Heide schleppte und im Nebel verschwand, doch schlimmer war, wenn er die Plazenta vor seinen Augen verschlang. Häufiger erschien ihm Katrín schweigend und anklagend, ihr Körper verbrannt und versengt, nur das Gesicht und das goldene Haar, lang und offen wie damals, waren unbeschadet. Zu ihren Füßen tanzten Teufel in den Flammen und richteten ihre Dreizacke gegen ihn. Diese Heimsuchungen waren so hartnäckig geworden, dass er versucht hatte, sie zu beschwören: *Weichet von mir, ihr Verfluchten, in das Feuer der Ewigkeit.* Aber es half kaum. Nur wenige Nächte vergingen ungestört von der Frühmesse bis zu den Laudes, und es kam vor, dass ihn die Angst so sehr schüttelte, dass jene, die in seiner Nähe schliefen, um ihn fürchteten und ihn niederdrücken mussten.

Er wischte den Schweiß auf seiner Tonsur mit einem kleinen weißen Tuch ab und wedelte damit in Tófas Richtung.

»Geh jetzt.«

Sobald sie durch die Tür verschwunden war, bekreuzigte er

sich voller Angst. Hatte er den Pfad der Hölle wieder eingeschlagen? Seine Fußsohlen brannten.

Tófas Lateinstudien gingen langsam voran. Einige der Schüler wurden zu Subdiakonen und Mesnern geweiht und standen kurz vor der letzten Weihe. Sie waren unterschiedlich weit vorangekommen, doch alle konnten etwas, während Tófa nur die Beschwörungsfloskeln von Salvör beherrschte. Sie war jedoch klug genug, darüber Schweigen zu bewahren. Dennoch genoss sie jede einzelne Stunde, die sie am Unterricht teilnehmen durfte. Sie hatte eine Wachstafel im Schoß, um Vokabeln und Übungen zu notieren. Und sie übersah schiefe Blicke und Tadel. Die Büchersammlung des Bischofs übertraf wie zu erwarten die Bibliothek in Kirkjubær, und als sie die Blicke über alle Kostbarkeiten streifen ließ, die dort in der Schriftsprache verfasst und ihr noch unzugänglich waren, packte sie die Ungeduld. Mit neuer Leidenschaft wandte sie sich ihrer Ausbildung zu, so dass ihr Ehrgeiz sich unter den Lehrern herumsprach und man die Fortschritte der jungen bischöflichen Verwandten bewunderte.

Páll der Kunstmaler gehörte ebenfalls zu den Lateinschülern. Er war einer der wenigen, die keine Weihe empfangen hatten.

»Ich strebe nicht das Priesterleben an«, sagte er zu Tófa. »Ich verbreite Gottes Wort durch die Schnitzkunst und durch Bilder. Sie sind die *Biblia pauperum,* die Bibel der Analphabeten und Armen im Geiste.«

Sie sprachen jetzt oft miteinander, denn er hatte sich erboten, sie in der Grammatik abzuhören, und sie kam zu ihm in die Kirche, wenn er dort bei der Arbeit war. Einmal zeigte er ihr sein Skizzenbuch mit Entwürfen und fertig ausgeführten Bildern. Einige waren dazu gedacht, Statuen nach ihnen zu bilden, andere dienten als Vorbilder für Altartafeln, und wieder andere stellten Scheusale und Monster mit aufgerissenen Mäulern dar. An den Rand einer dieser Seiten war ein Tier gezeichnet, das eindeutig eine Fähe darstellte.

»Ich sehe manchmal einen Fuchs hier zwischen den Gebäuden«, sagte Páll. »Merkwürdig, dass ihn noch niemand getötet hat. Viele haben versucht, ihn zu fangen, aber niemandem ist es gelungen.«

Tófa schauderte. Páll bemerkte es und bot ihr seinen Umhang an. »Es ist kühl geworden«, sagte er. »Der Sommer vergeht.«

Sie nahm den Umhang, zog den Wollstoff eng um sich und atmete tief ein. Der Umhang roch nach Mennige und Farbe. Das gefiel ihr.

Vor der Michaelismesse am 29. Tag des Septembermonats, wie der Kirchenkalender es vorschreibt, wurden das Herbstbier und die Abendwachen in Skálholt vorbereitet. Das Heuen war beendet, doch der Schafabtrieb und die Schlachtzeit mit ihrem Überfluss standen bevor, und die Pächter hatten ihre Schuld gegenüber dem Bistum in Form eines Butterberges beglichen. Zwar war der Kirchenzehnte nicht vollständig entrichtet worden, am wenigsten aus den Gebieten im Umkreis der tätigen Vulkane, die dank der Gnade Gottes am Erlöschen waren. Als Folge des Aschefalls war das Vieh verendet, sowohl im Westen als auch im Süden, und wenn bisher auch nichts von Menschenverlusten zu erfahren war, so musste man doch damit rechnen, dass der Tod sich im folgenden Winter unter jenen, die ihre Höfe wegen der Katastrophe verlassen mussten, seinen Zoll holen würde.

Doch am Bischofssitz musste niemand hungern, schon gar nicht an jenem Abend. Auch die Bedürftigen erhielten eine üppige Mahlzeit, und jene Gäste, die dazu aufgelegt und entsprechend gekleidet waren, durften am Tanzvergnügen teilnehmen. Denn dazu dient das Leben, dass man sich seiner erfreut, Gott lobt und dankt für alles, was er seinen Kindern gewährt. Nicht zu vergessen der Mut zum Durchhalten und die Überzeugung, dass im Durchhalten ein Sinn liegt.

Nie zuvor hatte Tófa einen solchen Trubel erlebt wie an diesem Abend. Die große Webstube diente als Festsaal, und nachdem die Leute mehr als reichlich vom frisch geschlachteten Fleisch gegessen und Bier getrunken hatten, wurden Tische und Bänke zur Seite geschoben und die Spiele vorbereitet. Alles begann gesittet und ordentlich: Zuerst kam das Hirschspiel mit Harfenbegleitung. Der Darsteller des Hirschen betrat feierlich die Tanzfläche. Er trug einen purpurroten Umhang, und auf dem prächtigen Geweih brannten Kerzen. Eine der Vorsängerinnen hatte eine durchdringende und klare Stimme, mit der sie den Refrain anstimmte:

Den Hirsch sah ich laufen
über die grüne Heide,
wilde Zungen trugen ihn
den langen Weg.

Die anderen Frauen fielen in den Vers ein, und der Hirsch bewegte sich langsam und würdevoll von einer zur anderen, vor und zurück und im Kreis. Sie drängten sich zusammen und waren seine Hirschkühe. Er war ihr Hirsch.

Doch dann wurden die Spiele wilder. Einige der Schüler kamen mit einer absurden Puppe auf einer langen Stange hereingerannt, die sie Hoch-Dora nannten und in wildem Tanz mit Rufen und Schreien hin und her schwangen, so dass manch einem dieser Unfug missfiel. Danach wurde zum Tanz aufgespielt. Männer und Frauen hakten sich unter und stampften mit den Füßen, dass es dröhnte. Die Schritte waren so einfach, dass Tófa, die bisher abseits gestanden hatte, beschloss, an dem Spiel teilzunehmen. Noch sah sie Páll den Kunstmaler nirgends, doch sie wusste, dass er irgendwo in der Gruppe sein müsste. Sie spürte seine Gegenwart und seine Augen und lachte voller Erwartung mit den anderen.

Schließlich sah sie ihn und erkannte ihn fast sofort an seinem leuchtenden Haarschopf, denn sein Gesicht war von einer geschnitzten, unansehnlichen Holzmaske verdeckt. Er war Satael, der lichte Engel, der im Schauspiel der Schüler zum Gegenspieler Gottes wurde – der schönste aller Engel, der nach größerem Glanz strebte und Gott gleich sein oder ihn gar übertreffen wollte, so dass er in die tiefste Hölle geworfen wurde, als Hässlichster von allen.

Die Zuschauer klatschen, und Tanz und Gesang huben wieder an. Tófa sah Páll zu sich kommen und spürte, wie sich ihre Härchen im Nacken aufstellten. Sie hatte feuchte Hände, als er sie unterfasste und zum Tanz führte. In seinen Augen lag nun mehr als Güte. Er schien zu wissen, was er wollte. Vielleicht besser als zuvor, als er glaubte, dass sie nur eine Waise von der Klosterheide sei, ohne Verwandte oder Vermögen, abhängig vom Erbarmen anderer.

Sie gingen nach draußen und lehnten sich an eine Mauer, um sich vom Tanz auszuruhen und im Herbstdunkel in Ruhe miteinander zu sprechen. Der Himmel war sternenklar. Er hätte ihr den Nordstern und das Siebengestirn zeigen können, aber als es so weit war, bedurfte es keiner Worte. Sie umarmten sich vorbehaltlos, als wüssten ihre Hände besser als sie selbst, was in einer solchen Stunde zu tun sei. Seine Lippen bedeckten ihr Gesicht mit Küssen, und sie wusste, dass sie diesen Mann besitzen müsste, sonst würde sie vielleicht nie wieder froh. Ihre Lippen begegneten sich. Er öffnete den Mund, und seine Zunge suchte die ihre, spielte mit ihr und zog sich wieder zurück. Sie spürte, wie ihr Körper auf seinen reagierte, ohne dass sie bis dahin solche Gefühle gekannt hätte.

In diesem Augenblick ging ein Mann vorbei. Er trug eine Laterne und hielt inne, als er die beiden erblickte. Dann schwenkte er die Laterne so, dass ihre Gesichter erhellt wurden. Sie erkannten ihn und ließen sich los. Jón Sigurðarson betrachtete sie voller Abscheu und drehte sich dann auf dem Absatz um, ohne ein Wort zu sagen. Er stapfte davon in Richtung Webstube und öffnete die Tür. Drinnen herrschte sogleich völliges Schweigen. Sie hörten, wie er die Leute mit tiefer Stimme ansprach und ihnen jede weitere Festlichkeit verbot.

Als er nach kurzer Zeit wieder herauskam, ging er auf Tófa zu und befahl ihr barsch, ihm zu folgen. Sie gehorchte, doch verabschiedete sie sich von Páll mit einem Kuss auf die Wange und wünschte ihm gute Nacht. Dabei hörte sie ihren Vater hinter sich vor Empörung tief Luft holen.

Jón ging zwischen den Gebäuden vor ihr her zur Domkirche, ohne ein Wort zu sprechen. Die Frühandacht war gerade beendet, und zwei dicke Wachskerzen am Altar des heiligen Þorlákur brannten noch, sonst war es dämmrig. Er bekreuzigte sich und sprach vor dem Heiligen ein kurzes Gebet, während er im Staub auf dem harten Steinboden kniete. Dann erhob er sich und wandte sich an Tófa.

»Ich verbiete dir«, sagte er, »zärtliche Absichten für Páll Jónsson von Bakki zu hegen. Zwischen euch beiden darf es keine Liebe geben.«

»Man kann die Liebe nicht verbieten«, entgegnete Tófa. »Die Liebe ist so stark wie der Tod.«

Er räusperte sich, denn plötzlich war seine Kehle trocken. »Er ist durch Blutsbande mit dir verbunden, Tófa. Es wäre Blutschande. Deine Mutter und sein Vater hatten den gleichen Vater.«

Sie stieß ein leises, kaltes Lachen hervor, das im Kirchengewölbe widerhallte. »Wie kann es sein, dass irgendein Mensch mit mir verwandt ist? Ich hatte niemals einen Vater und keine Mutter, und jene Frau, die meine Mutter gewesen zu sein scheint, war selbst ihr Leben lang in den Augen Gottes und der Menschen vaterlos.«

»Du wusstest es also«, sagte er. »Und doch stellst du ihm nach. Dann bist du also schlechter, als ich glaubte, und schlechter als deine Mutter, denn sie handelte nicht wissentlich und war in der Gewalt des Bösen.«

Tófa schwieg eine kurze Weile, um keine Worte zu benutzen, die sie bereuen würde oder die ihre Pläne durchkreuzen könnten. Sie ballte die Fäuste so fest, dass die Nägel sich in die Handflächen pressten.

»Ich handle wissentlich«, sagte sie dann gefasst. »Doch der Herr Bischof sollte nicht schlecht von Schwester Katrín sprechen, schon gar nicht hier an diesem heiligen Ort, wo Jesus Christus jedes Wort hört und jeden Gedanken kennt. Ich glaube, dass sie reinen Herzens und unschuldig wie ein Kind war, bis deine Lust ihre Unschuld zerstörte und ihr Leben verdarb. Es war deine Macht, die ihr Unglück brachte vom Anfang bis zum Ende, nicht die Macht Satans. Dein eigenes Herz ist in Sünde und Schande verrottet, aber ihr Herz wurde im Feuer geläutert. Deshalb sollst du nichts Schlechtes über sie sagen, wenn du nicht willst, dass andere als du und ich und der Allmächtige die Wahrheit erfahren. Die ganze Wahrheit.«

Jedes Wort von Tófa traf Jóns Seele wie ein Peitschenhieb. Keine Geißelungen, wie hart sie auch sein mochten, konnten seine Schuld jemals auslöschen. Keine Geduldsprobe war hart genug, um den Schmerz zu lindern, kein Opfer groß genug, um Frieden zu finden. Er verbarg das Gesicht in den Händen und atmete schwer, starr vor Schreck. Mag sein, dass er die drohende Rache des Mädchens mehr fürchtete als jenen, der seiner in der Finsternis harrte. Seine Augenwinkel wurden feucht. Er hatte schon immer zum Weinen geneigt.

»Alles, worum du bittest«, sagte er und zog die Hände vom Gesicht, so dass sie die Tränen im Kerzenschein glitzern sehen konnte. »Worum du auch bittest, das sollst du bekommen, wenn du mir dein Schweigen zusicherst. Ich werde niemals Seelenfrieden erlangen, nicht einmal, wenn du mir vergeben würdest, aber sollte da etwas sein, das du dir wünschst und das ich gewähren kann, dann benenne es.«

Tófa sah ihren Vater an und wusste, dass er die Wahrheit sprach, er würde zeit seines Lebens keinen Frieden finden. Jón Sigurðarsons Unglück war vor langer Zeit besiegelt worden.

Zu ihrer eigenen Überraschung spürte sie keinen Hass mehr, doch sie verachtete ihn.

»Gib der Liebe zwischen Páll und mir deinen Segen«, sagte sie. »Nur dafür verspreche ich dir mein ewiges Schweigen.«

Ihr Vater neigte den Kopf, gebeugt von der Last seiner Sünden, und schwieg lange. Als er schließlich zustimmte, tat er es so leise, dass es kaum zu hören war.

Die Leidenschaft ist hart wie die Hölle.

Nachwort

Isländische Annalen berichten davon, dass im Jahr 1343 eine Nonne im südisländischen Kirkjubæjavklaustur auf dem Scheiterhaufen hingerichtet wurde. Die Annalen stimmen hinsichtlich ihrer Vergehen nicht überein und es scheint, dass sie mit zunehmender Entfernung des Aufzeichnungsortes vom Ort des Geschehens schwerwiegender werden. In den Annalen von Skálholt heißt es, dass sie sich mittels eines Briefes dem Teufel verschrieben habe, dafür die Nonnenwürde verlor und später verbrannt worden sei. In den Annalen der Gerichtsbarkeit heißt es, dass sie der Blasphemie beschuldigt wurde. Und die Annalen von Flatey behaupten sogar, sie habe sich durch einen Brief dem Teufel verschrieben, den Leib Gottes geschändet und Verkehr mit vielen Nicht-Klerikern gehabt.

In einem allerdings stimmen alle Quellen überein: dass ihr die Nonnenwürde aberkannt und sie von Bischof Jón Sigurðarson, der gerade aus Norwegen, wo er die Weihe vom zuständigen Erzbischof empfangen hatte, nach Island kam, zum Tode auf dem Scheiterhaufen verurteilt worden sei. Die Herkunft dieses Bischofs ist nicht bekannt, doch gilt es als wahrscheinlich, dass er aus Island stammte und vor seiner Weihe zum Bischof Mönch war.

Die Nonne wird an einer Stelle der Annalen Kristín, an anderer Stelle Katrín genannt. Nach der Legende sollen zwei Nonnen auf dem Felsblock Stapi verbrannt worden sein, der seitdem Systrastapi, Nonnenfels, heißt. Dort seien zwei Hügel über ihren Gräbern; der eine sei immer grün, doch auf dem anderen gedeihe nichts außer Dornen. Aus den Quellen geht nichts anderes hervor, als dass eine Nonne verbrannt worden ist, und die Verdoppelung der Legende entspringt möglicherweise der Namensverwechslung.

Einige andere Personen haben ebenfalls reale Vorbilder in den Quellen. Darunter sind die Schwestern und Nonnen Guðrún, Þorgerður und die Äbtissin Agatha. Im Jahr 1239 wurde Agatha Helgadóttir im Alter von dreißig Jahren von ihrem Onkel mütterlicherseits, Árni Þórláksson, Bischof von Skálholt, zur Äbtissin geweiht. Dessen Nachfolger auf dem Bischofsstuhl von Skálholt war Agathas Bruder Árni Helgason. Er wurde nach seinem Tode von Bischof Jón Halldórsson bis zum Jahr 1339 abgelöst; dessen Leben und Ausbildung in Frankreich wird in den Bischofssagas geschildert. Dort wird auch Jón Indriðason erwähnt, der nur drei Jahre nach Besteigung des Bischofsstuhles starb. Von 1324 bis 1331 war Lárentíus Kálfsson Bischof im nordisländischen Hólar, und in seiner Saga wird von Besäufnissen und lockeren Sitten des Mönches Árni, seines Bruders, berichtet.

Nach dem Tode von Frau Agatha, die das Kloster von Kirkjubær nahezu ein halbes Jahrhundert leitete, wurde Jórunn Hauksdóttir zur Äbtissin geweiht und nahm aus diesem Anlass den Namen Agnes an. Sie war Tochter des Rechtsgelehrten Haukur aus dem Bezirk Gulaþing, von dem es heißt, dass er die juristische Schrift Hauksbók verfasst habe oder verfassen ließ.

Jón Sigurðarson ließ im gleichen Jahr, in dem er sein Amt antrat, ein Verzeichnis des Klosterbesitzes von Kirkjubær anfertigen. Auf dieses Verzeichnis stützen sich die Schilderungen der Besitztümer von Kirche und Kloster; darüber hinaus sind ihm die Namen der Ländereien im Klosterbesitz entnommen, sage und schreibe 25 an der Zahl. Zudem verfügte das Kloster über Rechte an 12 weiteren Anwesen.

Der Kanoniker Ormur Ásláksson von Stavanger wurde 1343 zum Bischof von Hólar in Nordisland geweiht, im selben Jahr wie Jón Sigurðarson Bischof von Skálholt. Beide galten als hart gegenüber Klerikern und Laien, wie es in den Annalen heißt. Einen der Mönche von Þykkvabær, die Jón strafte, halten manche für Bruder Eysteinn Ásgrímsson, den Verfasser von »Lilja«, einer der schönsten religiösen Dichtungen des Mittelalters.

Bischof Jón geriet mit Bauern wegen des Kirchenzehnten in Konflikt. Bauern in Nordisland beschuldigten den Hólar-Bischof Ormur der Korruption und Härte gegenüber dem Volk. Im Jahr 1347 eskalierten die Auseinandersetzungen zwischen kirchlichen Instanzen und den Bauern, und beide Bischöfe reisten nach Norwegen, um beim König Unterstützung zu erhalten. Ein Jahr später kam Jón nach Island zurück und versuchte eine Einigung mit den Nordisländern als Stellvertreter des Hólar-Bischofs, hatte jedoch mehr Mühe als Erfolg.

Aus den Annalen geht hervor, dass er zu Pferde über die Hochlandstrecke Kölur nach Skálholt zurückkehrte und dass ihn bei seiner Rückkehr eine Krankheit befiel, an welcher er am Tag vor der Magnusmesse zur Adventszeit verschied. In jenem Jahr 1348 suchten die Blattern Island heim. Möglicherweise hatte er sich damit infiziert.

Ferner liegen Quellen über Nonnen vor, die Mütter wurden. Ein Beispiel stammt aus dem Jahr 1431. Die Schuldigen hießen Pater Þórður Roðbjartsson und Schwester Þóra Illugadóttir vom Kloster Reynisstaðir, und es gibt einen Hirtenbrief des Bischofs, in dem er Þórður sehr harte Bußen auferlegt. Der Verbleib der Nonne und des Kindes wird nirgends erwähnt.

Zahlreiche Personen haben mir bei der Quellensammlung geholfen. Ihnen allen möchte ich hier danken, insbesondere jedoch dem Historiker Gunnar F. Guðmundsson, der mich durch unveröffentlichte Manuskripte sowie die Geschichte der Kirche und des Christentums der Jahre 1150 bis 1550 in Island führte, der Archäologin Steinunn Kristjánsdóttir, die mir bei der Skizzierung des Klostergrundrisses behilflich war, sowie Schwester Jull Maria vom Kloster des Heiligen Herzens der Benediktinerinnen in North-Dakota, USA.

Vilborg Davíðsdóttir,
zur Marienmesse im Spätsommer 1997